Hans Rath, Michaela Wiebusch
Die Wundersammler

HANS RATH
MICHAELA WIEBUSCH

# DIE
# WUNDER
# SAMMLER

Roman

dtv

Von Hans Rath
ist bei dtv außerdem erschienen:
Jetzt ist Sense

Von Michaela Wiebusch
sind bei dtv außerdem erschienen:
Im Dorf der Schmetterlinge
Das Mosaik meines Lebens

Originalausgabe 2024
© 2024 dtv Verlagsgesellschaft mbH & Co. KG, München
Umschlaggestaltung: buxdesign | München
unter Verwendung einer Illustration von Ruth Botzenhardt
Satz: Greiner & Reichel, Köln
Gesetzt aus der Aldus Nova
Druck und Bindung: CPI books GmbH, Leck
Printed in Germany · ISBN 978-3-423-28385-4

*Für alle,*
*die sich auf die Reise machen*

»Nur das Herz vollbringt Wunder.«
George Sand

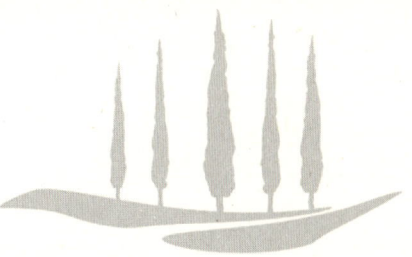

# 1

Die Morgensonne lässt das weiße Kuvert leuchten.

Paula hat sehnsüchtig auf diesen Brief gewartet. Kein Wunder, denn er könnte ihr Leben verändern. Möglich, dass er ihr endlich Antworten auf all die Fragen gibt, die ihr viele schlaflose Nächte beschert haben. Falls nicht, dann ist nun auch der letzte Versuch, das Geheimnis zu lüften, fehlgeschlagen. Sie wird diese Antworten dann nie bekommen.

Es klingt schlimmer, als es ist. Im Grunde hat sie nichts zu verlieren. Wenn dieser Brief ihr keine Antworten gibt, dann bleibt ihr Leben einfach so, wie es ist. Nichts wird sich ändern.

Es wäre kein Beinbruch, denn sie hat ihren Frieden damit gemacht, dass manche Fragen unbeantwortet und manche Dinge im Leben rätselhaft bleiben.

Sie nippt an ihrem Kaffee und fragt sich, ob sie überhaupt noch wissen will, was in dem Brief steht. Möchte sie im Grunde ihres Herzens vielleicht doch lieber, dass alles so bleibt, wie es ist? Seltsam, man könnte meinen, sie hätte Angst vor der Wahrheit.

Wie jeden Tag sitzt sie auf der Gartenbank im

Schatten des alten Olivenbaumes und genießt die Morgensonne, die durch das Blätterdach fällt. Dem kleinen Natursteinhaus, das noch bis zum Ende des Sommers ihre Heimat sein wird, hat sie den Rücken zugewandt. Das Haus steht im höher gelegenen Teil des sanft abfallenden Grundstücks, und wenn man es von hier unten betrachtet, dann wirkt es größer, als es in Wirklichkeit ist. Es scheint sich zu recken, um über den alten Baum hinweg das Meer sehen zu können.

Auch Paula liebt das Meer. Es ist in weiter Ferne als glitzerndes Blau zwischen zwei ligurischen Hügeln zu erkennen. Sie hatte gehofft, ein Haus in Küstennähe zu finden, aber im Sommer sind die Strände gespickt mit Touristen, was die Preise in schwindelerregende Höhen treibt. Alle wünschen sich Meerblick und kurze Wege zu den Badestränden.

Die Mietpreise haben Paula immer weiter ins Hinterland gedrängt. Beinahe wäre es ein Häuschen ohne Meerblick geworden. Aber dann hat sie dieses Städtchen entdeckt: Molitoni. Eigentlich ist es mehr ein Dorf, aber die Bewohner legen Wert darauf, dass sie in einer Stadt wohnen. In einer Kleinstadt zwar, aber eben in einer Stadt.

Paulas Haus steht am Rand von Molitoni, auf einem der Hügel. Von hier aus betrachtet, sieht es aus, als hätte man das Städtchen mitsamt der Kirche und dem alles andere überragenden Torre di Molitoni, dem alten Wehrturm, fürsorglich in ockerfarbenes Packpapier eingehüllt, um die greisen Gemäuer auf ihrer Reise durch die Jahrhunderte zu schützen.

Abends, wenn die Sonne das Städtchen und die Umgebung in ein zartes Rot taucht, scheinen die tönernen Dachziegel mit den Hügeln zu verschmelzen. Paula mag diese Abendstimmung ebenso wie die Ruhe, die sie hier gefunden hat. Überhaupt ist sie inzwischen froh, dass sie das Meer zwar sehen, aber nicht problemlos erreichen kann. Der Bus braucht bis zum nächsten Badeort eine geschlagene Stunde. Wer Strandurlaub machen möchte, der verirrt sich nicht so weit ins Hinterland. Die wenigen Touristen, die in dem kleinen Hotel am Marktplatz absteigen, sind hier, um zu wandern oder sich die mittelalterlichen Gebäude anzusehen, besonders die Kirche, die Santa Maria di Molitoni.

Das Schmuckstück ist vor vielen Jahren in einem Reiseführer erwähnt worden. Sie sei anlässlich einer Marienerscheinung gebaut worden, heißt es dort. Obwohl das ein Irrtum ist, hat niemand den Fehler beanstandet, schon gar nicht die Einwohner von Molitoni. Sie können das Geld, das die Touristen bringen, gut gebrauchen. Außerdem ist die Sache mit der Marienerscheinung nicht völlig aus der Luft gegriffen. Wenn man auf dem Weg, der an Paulas Haus vorbeiführt, ein halbes Stündchen weiter den Hügel hinaufgeht, dann gelangt man zu einer kleinen Kapelle. Die Leute hier nennen sie die Santuario della Madonna. Sie soll vor fast zweihundert Jahren von einer Bauernfamilie errichtet worden sein. Zum Dank dafür, dass die Eltern ihr jüngstes Kind, das sich im Wald verlaufen hatte, nach zwei bangen Tagen der Suche unbeschadet wiederfanden. Zuvor soll die Muttergottes der Bäuerin im Traum erschienen sein und ihr gesagt haben, wo das Kind zu finden sei.

Paula hat den Brief gegen das achteckige Kännchen gestellt, das die Italiener *caffettiera* nennen. Unten im Dorf könnte sie einen weitaus besseren Morgenkaffee bekommen. Den besten gibt es bei Faustino, dessen Bar am Marktplatz, schräg gegenüber vom Hotel Primo liegt. Den klingenden Namen trägt das Hotel nicht, weil es das Erste und Beste in der Gegend ist, sondern weil sein Besitzer Primo heißt, wie schon sein Vater. Das Fauchen und Brodeln der Siebträgermaschine in Faustinos Bar ist die Begleitmusik für den morgendlichen Caffè.

Paula schätzt ihre Ruhe mehr als eine perfekte Crema oder eine hübsche Milchschaumkrone. Außerdem liebt sie es, wenn ein sanfter Wind durch die Olivenbäume streicht, während sich unten im Dorf die Straßen und Plätze langsam mit Leben füllen. Faustinos Bar ist nur einen kurzen Spaziergang entfernt. Manchmal geht sie nachmittags, wenn sich der Tag zu voller Größe aufgerichtet hat und man eine Ahnung davon bekommt, dass die Hitze bald nachlässt, den Hügel hinab, um auf dem Marktplatz einen Cappuccino zu trinken. Wie wohl alle italienischen Barista macht Faustino einen Weltklasse-Caffè. Paula findet es tröstlich, dass sie ein solches Meisterwerk auch dann nicht so gut hinbekäme, wenn sie eine dieser imposanten Siebträgermaschinen besäße, wie sie in jeder noch so kleinen italienischen Bar zu finden ist. Ein chromblitzendes Schmuckstück, groß wie ein Schrank und meistens teurer als der Rest der Einrichtung.

Auch der Postbote ist nachmittags bei Faustino anzutreffen. Nach getaner Arbeit gönnt er sich einen Espresso und ein paar Gläser der hausgemachten Zitronenlimonade. Wenn er Paula sieht, lächelt er und nickt freundlich oder hebt kurz die Hand zum Gruß. Sie bekommt nicht oft Post, deswegen haben die beiden sich den Sommer über häufiger auf dem Marktplatz gesehen als an Paulas Haus.

Er ist etwa in ihrem Alter, vielleicht ein paar Jahre älter. Anfang dreißig, höchstens. Sie ahnt, dass er ihr gern häufiger die Post über die Gartenmauer reichen würde, um bei einer dieser Gelegenheiten mit ihr ins Plaudern zu geraten. Vielleicht würde er später sogar einen Flirt riskieren oder sie auf eine Nachmittagslimonade einladen.

In einem Dorf, wo jeder jeden kennt, bleibt eine junge Frau, die den Sommer allein hier verbringt, keinem der jungen Männer verborgen. Dabei findet Paula, dass sie so gar nicht mit den Frauen aus der Gegend konkurrieren kann. Sie ist das komplette Gegenteil der dunkelhaarigen, kurvigen, selbstbewussten und attraktiven Italienerinnen, die unten im Dorf zu finden sind. Frauen, die ihre provinzielle Herkunft damit vergessen machen, dass sie sich im Stil von Mailand und Florenz kleiden und ebenso mondän geben.

Paula ist eher schmächtig als kurvig. Sie hat keinen großen Po und keinen großen Busen. Das Größte an ihr sind ihre Augen. Die allerdings sind so groß, dass sie meistens erstaunt, manchmal sogar erschrocken aussieht. Die bequeme Kleidung, die sie trägt, vorzugsweise weite Hosen, dazu Blusen oder T-Shirts, sieht an ihrem schlanken Körper aus, als wäre sie ihr eine Nummer zu groß. Und ihre Haare sind nicht schwarz, sondern dunkelblond. Zudem sehen sie am frühen Morgen aus, als wäre etwas in ihnen explodiert. Noch ein Grund, warum Paula den Morgen lieber allein verbringt.

Den Postboten scheint all das nicht abzuschrecken. Gestern, als er ihr den Brief gebracht hat, schien es, als wäre er beinahe glücklich gewesen, ihretwegen den Hügel hinaufzustrampeln.

Der Brief. Paulas Blick fällt auf die geschwungenen Buchstaben, mit denen die Adresse auf das Kuvert gemalt wurde. Sie kennt die Handschrift.

»Guten Morgen!«, ruft eine helle Stimme. Dann erscheinen zwei Hände auf der Gartenmauer, und gleich danach schiebt sich ein von braunen Haaren umrahmtes Gesicht dahinter hervor.

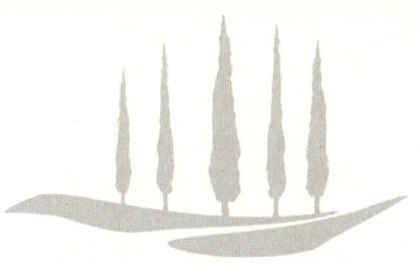

# 2

Behutsam nimmt Benedikt das schlichte Holzkreuz von der Wand. Vor ihm auf dem Bett
liegt der gepackte Koffer. Er ist alt, aus dunkelbraunem
Leder gefertigt und nicht sehr groß. Es ist der einzige
Koffer, den er besitzt. Beinahe hat sein ganzes Hab
und Gut darin Platz.

Bevor er das Holzkreuz oben auf die ordentlich ge-
faltete Wäsche legt, betrachtet er es einen Moment. Es
ist schmuck- und schnörkellos und aus hellem Eichen-
holz gefertigt. Die beiden Stücke, aus denen es besteht,
sind so perfekt ineinandergefügt, dass auch dort, wo
sie sich kreuzen, keine Unebenheit zu spüren ist. Wie
um sich davon zu überzeugen, streicht er mit dem Zeigefinger über das glatte Holz.

Hinter ihm, an der gegenüberliegenden Wand, hängt
ein Kruzifix. Anders als das Kreuz in seinen Händen ist
es eine bildhafte Darstellung der Leiden Jesu. Ein dras-
tisches Bild. Schon oft hat Benedikt diesen Gekreuzigten betrachtet. Die winzigen Nägel und die Blutströpf-
chen an Händen und Füßen. Die kleine Wunde an der
Flanke, die dem Gottessohn von der Lanzenspitze eines
römischen Soldaten zugefügt wurde. Benedikt muss an

einen Satz aus dem Johannesevangelium denken: Sie werden auf den blicken, den sie durchbohrt haben.

Er dreht sich um und blickt nun ebenfalls auf den Durchbohrten. Die Dornenkrone ist kaum größer als ein Fingernagel, auch sie ist mit Blutstropfen besprenkelt. Darunter die traurigen Augen und die von Schmerzen verzerrten Gesichtszüge. Der Mund des Messias ist leicht geöffnet. Benedikt hat sich schon oft gefragt, ob Jesus gerade Atem schöpft oder vor Schmerzen aufstöhnt. Vielleicht will er auch etwas sagen. Bittet er um Wasser? Tröstet er die Seinen? Spricht er Freunden, Verwandten und nicht zuletzt sich selbst Mut zu?

Seine streng katholische Großmutter – Gott hab sie selig – hat ihm dieses Kruzifix vor beinahe fünfzig Jahren zur Erstkommunion geschenkt. Als Kind fand er den Anblick des gekreuzigten Heilands unangenehm, ja sogar angsteinflößend. Später hat er sich nicht nur mit dem Anblick angefreundet, sondern am Ende sogar mit dem Gekreuzigten selbst.

Das Kreuz in seinen Händen ist nur halb so alt wie das Kruzifix der Großmutter. Er hat es zur Priesterweihe geschenkt bekommen. Der Spiritual, zuständig für die geistliche Ausbildung der Priesteranwärter, hat es ihm zum Dank für einen wichtigen Rat überreicht.

Als dessen Schüler wäre es eigentlich an Benedikt gewesen, Ratschläge vom Spiritual zu bekommen, aber der Priester, damals etwa so alt wie Benedikt heute, haderte zu dieser Zeit selbst mit seinem Glauben und seinem Schicksal. Benedikt hatte das bemerkt und ihn gefragt, ob er ihm irgendwie helfen könne. Der Priester hatte ihm daraufhin erzählt, dass er Gott schon lange darum bitten würde, als Missionar tätig werden zu dürfen. Doch Gott scheine sich nicht für diesen Plan erwärmen zu können, denn die Jahre seien vergangen, und immer noch arbeite er als Spiritual in München, statt Gottes Botschaft in alle Welt zu tragen. Nicht mehr lange, dann sei er vielleicht zu alt und zu müde, um noch aufzubrechen. Warum nur erhöre der Herr ihn nicht?

»Gott möchte, dass wir das Richtige tun«, hatte Benedikt geantwortet. »Er zeigt uns den Weg und gibt uns Kraft und Hoffnung für die Reise. Aber er drängt uns zu nichts. Vielleicht sollten wir deshalb auch ihn zu nichts drängen.«

Benedikt erinnert sich, dass der Spiritual den Ratschlag mit einem langen, ernsten Kopfnicken bedacht hatte, um dann zu erwidern, dass er beim Abendgebet darüber nachdenken wolle. Danach haben sie nie wieder über das Thema gesprochen, nicht einmal an jenem Tag, als der Lehrer ihm das Kreuz geschenkt hat. Vielleicht hatte er bereits seinen Frieden damit gemacht, den Allmächtigen zu nichts drängen zu können. Jedenfalls ist der Mann bis zum Ende seines langen Lebens Spiritual in München geblieben. Der Wunsch, missionarisch tätig zu werden, wurde ihm nie erfüllt. Vielleicht hat Gott ihm immerhin die Einsicht geschenkt, dass ein Priester den Weg des Herrn gehen muss, auch wenn dieser noch so unergründlich ist.

Gedankenverloren schaut Benedikt zum Fenster, wo die Morgensonne funkelt, als wollte sie damit angeben, dass heute ein besonders heißer Tag würde. Noch vor zwei Stunden, als er aufgestanden ist, war das Licht ein dünnes, zartes Rot. Jetzt ist es ein breites und sattes Gelb. Der prächtige Pfarrgarten hat sich längst mit Leben gefüllt. Vögel und Insekten berauschen sich an der Fülle des Sommers und schütteln schwere Düfte aus den Blumen und Bäumen.

Der greise Pater Johannes geht am Fenster vorbei, einen Korb Rosen in der einen, die knallrote Gartenschere in der anderen Hand. Der große Sonnenhut, den er weit ins Genick geschoben hat, ist ein Geschenk von Frau Hackenberg. Die engagierte Vorsitzende des Pfarrgemeinderates hat den alten Pater ohne Kopfbedeckung im Garten werkeln sehen und war sofort von der Sorge erfüllt, dass er sich ohne Hut bei der stundenlangen Gartenarbeit einen Sonnenstich holen würde. Johannes ist siebenundachtzig Jahre alt. Vermutlich hat er die Sommer schon hutlos durchgearbeitet, als die fürsorgliche Frau Hackenberg, die etwa in Benedikts Alter sein müsste, noch gar nicht geboren war.

Johannes trägt ihren Hut trotzdem. Vielleicht, weil er Frau Hackenberg nicht enttäuschen will. Vielleicht liegt es aber auch an seinem Naturell. Er ist ein Mensch, so sanft und friedlich wie sein Garten.

Benedikt findet es beruhigend, Johannes bei seinen Blumen und Bäumen zu wissen. Sollte der ehrgeizige Vikar mit seiner forschen Art dem alten Pater zu sehr auf die Nerven gehen, dann könnte der sich jederzeit in sein Reich zurückziehen. Benedikt beneidet Johannes manchmal darum, dass der Pfarrgarten ihn so wunschlos glücklich macht. Die Blumen, Bäume und Sträucher zu hegen und zu pflegen und sich an ihrem Anblick zu erfreuen, ist alles, was der Priester noch vom Leben erwartet. Und wenn Gott ihm einen Gefallen tun will, dann lässt er ihn eines Tages in seinem Garten sterben.

Benedikt legt das Kreuz in den Koffer, schließt den Deckel und fragt sich, ob es auch ihm je vergönnt sein wird, Frieden zu finden. Er hat nicht geahnt, dass der Ratschlag, den er damals seinem Spiritual gegeben hat, eines Tages auch ihm selbst gelten könnte. Heute ist er es, der abwechselnd mit Gott und mit sich selbst hadert. Und er hat ebenfalls erfahren müssen, dass der Herr im Himmel sich nach wie vor zu nichts drängen lässt.

Als die Kofferschlösser zuschnappen, klopft es an der Tür.

»Ja, bitte?«

Der Kopf des Pfarrvikars erscheint. »Der Küster hat Ihren Wagen vorgefahren. Sind Sie bereit?«

»Wollen Sie mich etwa loswerden?«, fragt Benedikt freundlich.

Der Pfarrvikar sieht, dass Benedikt noch beim Packen ist, und betritt das Zimmer. Er ist Anfang dreißig, trägt Brille und wirkt auf den ersten Blick wie ein gemütlicher Typ, dem Ruhe und gutes Essen wichtiger sind als seine Laufbahn. Aber der Eindruck täuscht.

Ignaz ist nicht nur ehrgeizig, sondern auch clever genug, seinen Ehrgeiz nicht an die große Glocke zu hängen. Eine Kombination, mit der er in der Kirche bestimmt Karriere machen wird, findet Benedikt.

»Aber sicher. Ich kann kaum erwarten, dass Sie weg sind«, erwidert der Vikar scherzhaft. »Dann habe ich hier endlich allein das Sagen.«

Benedikt lächelt milde. Ignaz lässt die Sätze zwar wie einen Scherz klingen, aber es ist die Wahrheit.

»Soll ich Ihren Koffer nehmen?«, fragt er.

»Geht schon«, sagt Benedikt und nimmt ihn selbst.

»Frau Hackenberg ist auch gekommen«, fügt Ignaz hinzu. »Sie hat Ihnen Brote gemacht. Für die Fahrt.«

»Das ist nett von ihr«, sagt er und freut sich. Frau Hackenberg backt nicht nur leidenschaftlich gern Kuchen, sondern auch ihr eigenes Brot. Vor zwei Jahren ist sie Witwe geworden, nachdem sie sich lange und sehr rührend um ihren todkranken Mann gekümmert hat. Benedikt kommt es manchmal vor, als hätte sie inzwischen ihn zum neuen Ziel ihrer Fürsorge auserkoren.

Er bemerkt, dass Ignaz ihn mustert. »Was ist? Stimmt was nicht?«

»Sie tragen keine Soutane«, stellt der Vikar fest. Es schwingt ein leiser Vorwurf in dem Satz mit.

Benedikt hat eines seiner schwarzen Kollarhemden mit weißem Priesterkragen angezogen, den sommerlichen Temperaturen entsprechend ein kurzärmeliges. Dazu trägt er eine dunkle Stoffhose und leichte Halbschuhe. Für einen Priester ist er vielleicht leger gekleidet, für jemanden, der in den Urlaub fährt, wirkt er hingegen ziemlich zugeknöpft.

»Das haben Sie gut beobachtet«, sagt er.

»Pater Johannes trägt seine Soutane selbst bei der Gartenarbeit«, fügt Ignaz hinzu.

Hat sich das gerade wie ein Tadel angehört? Pater Johannes muss auch nicht stundenlang im Auto sitzen, denkt Benedikt. Da er jedoch nicht die geringste Lust hat, über seine Kleidung zu diskutieren, sagt er: »Ich weiß. Gehen wir.«

»Sofort«, sagt der Vikar. »Ich wollte Ihnen nur noch etwas unter vier Augen sagen.«

Benedikt steht da, den Koffer in der Hand, unschlüssig, ob er ihn abstellen und sich setzen soll.

»Dauert es länger?«, fragt er.

Ignaz schüttelt den Kopf. »Ich wollte Ihnen nur sagen, dass ich für Sie bete. Ich hoffe inständig, Sie finden auf Ihrer Reise, wonach Sie suchen. Möge Gottes Segen mit Ihnen sein.«

»Danke«, sagt Benedikt. »Und danke auch, dass Sie sich in der Zwischenzeit um unsere Gemeinde und die Wallfahrer kümmern. Ich weiß, dass ich beruhigt auf Reisen gehen kann, weil die Arbeit hier bei Ihnen und Pater Johannes in den allerbesten Händen ist.«

Das ist keine Lobhudelei, sondern die reine Wahrheit. Niemand wäre für seine Vertretung besser geeignet als der ehrgeizige Ignaz. Er scheint nur darauf gewartet zu haben, sich und der Welt endlich zu beweisen, dass ihm längst die Leitung einer eigenen Pfarrgemeinde zustünde.

Der Pfarrvikar lächelt zufrieden. »Soll ich Ihnen noch die Beichte abnehmen?«, fragt er. »Dann können Sie Ihre Reise mit reinem Gewissen antreten.«

Benedikt überlegt, ob er seinem Stellvertreter sagen soll, dass Pater Johannes ihm bereits die Beichte abgenommen hat. Das stimmt zwar nicht, aber es würde ihn vor unangenehmen Fragen bewahren. Die Wahrheit ist, dass es ihm widerstrebt, dem Pfarrvikar seine Sünden zu beichten. Denn Benedikt hat das merkwürdige Gefühl, dass seine Sünden bei Ignaz nicht gut aufgehoben sind. Es gibt Menschen, denen man problemlos viel Geld oder sein Haustier oder sogar die eigenen Kinder anvertrauen würde, aber kein Geheimnis. Nicht, weil sie es nicht bewahren würden, sondern weil sie zu schwer daran zu tragen hätten. Ignaz ist so ein Mensch. Einer, der gern organisiert, strukturiert und gestaltet. Ein Macher, der den Sinn seines Lebens in unermüdlicher Arbeit sieht und den schon allein deshalb nie Zweifel plagen, weil er schlicht keine Zeit dafür hat.

Vielleicht ist das so ähnlich wie mit manchen Leuten, denen man ein Buch leiht, denkt Benedikt. Man hat die Befürchtung, dass sie es nicht so wertschätzen und pfleglich behandeln, wie man selbst es tut. Und obwohl man es dann in einwandfreiem Zustand zurückbekommt, glaubt man, dass das Buch sich in der Fremde nicht wohlgefühlt hat. Benedikt findet den Vergleich ganz passend. Der springende Punkt ist wohl, dass er befürchtet, seine Sünden könnten sich bei Ignaz nicht wohlfühlen.

»Ein andermal«, sagt er. »Ich würde meine Sünden gerne mit auf diese Reise nehmen.«

Ignaz scheint die Antwort zu irritieren, denn er runzelt die Stirn, sagt aber nichts.

Kurz darauf startet Benedikt den Wagen.

Der Küster hat ihm zuvor erklärt, dass sein alter Kombi, den er partout nicht gegen einen neueren Pkw eintauschen will, zwar halbwegs fahrtüchtig ist, dass der Motor aber jederzeit den Geist aufgeben könnte. Benedikt hat die Brote und die guten Wünsche von Frau Hackenberg entgegengenommen, ebenso den Segen von Pater Johannes und die warmen Abschiedsworte von Ignaz.

Jetzt rollt sein dunkelblauer Volvo die Einfahrt hinab. Im Rückspiegel ist zu sehen, wie die Vier ihm hinterherwinken. Er kurbelt die Scheibe herunter, streckt den linken Arm ins Freie und winkt zurück.

Als er die Straße erreicht, ist er außer Sichtweite.

Er hält an und schaut erneut in den Rückspiegel, diesmal um seine Augen zu betrachten. Er hat dunkelbraune Augen, die Brauen sind buschig und angegraut wie sein Bart. Viele kleine Falten verraten, dass er zwar noch kein alter Mann ist, aber die Fünfzig längst überschritten hat. Seine Augen wirken traurig. Er hat das Gesicht eines unglücklichen Mannes.

Seufzend setzt er den Blinker und fährt los.

3 Paula freut sich jedes Mal, wenn sie dieses Lachen sieht. Es kommt ihr vor, als würde es mit der Sonne um die Wette strahlen. »Guten Morgen, Franca.«

Bevor sie ihre Besucherin durch das Gartentor hereinlassen kann, hat diese bereits die kleine Mauer erklommen, um von dort in den Garten zu springen, leichtfüßig und flink, wie es nur eine Zwölfjährige kann. »Und ob das ein guter Morgen ist!«, ruft sie übermütig.

Franca ist die Tochter von Letizia und Primo Martinelli, jenem Primo, dessen Großvater dem Hotel am Markt seinen Namen gegeben hat. Die Martinellis haben vier Kinder. Franca ist die Jüngste. Ihren drei älteren Brüdern ist es vermutlich zu verdanken, dass sie nicht nur so schnell laufen und so gut klettern kann wie ein Junge, sondern auch ein enormes Durchsetzungsvermögen besitzt. Paula mag die Energie der Kleinen. Wobei es nicht mehr ganz passend ist, Franca als klein zu bezeichnen. Zum einen ist sie schon jetzt fast so groß wie Paula, zum anderen kann Franca sehr erwachsen wirken. In solchen Momenten glaubt Paula, die junge Frau zu erkennen, die schon bald aus ihr werden wird.

»Hast du Kakao gekauft?«, fragt die frühe Besucherin.

Hat Paula natürlich. Trotzdem tut sie so, als müsste sie überlegen. »Sollte ich das?«, fragt sie scheinheilig.

Francas Schultern sacken herab. »Du hast es vergessen.«

Paula muss lachen. »Auf dem Küchentisch. Und im Kühlschrank ist frische Milch.«

Franca freut sich. »Gibt's auch Eiswürfel?«

»Klar.«

»Super. Bin gleich wieder da«, sagt sie und läuft zum Haus.

Sie haben sich kurz vor den Sommerferien auf dem Marktplatz kennengelernt. Paula wohnte erst seit ein paar Tagen in Molitoni, hatte aber schon voller Elan damit begonnen, ihre Dissertation zu beenden. Sie wollte diesen Hügel mit einem halb fertigen Manuskript erklimmen, um ihn mit einer erstklassigen Doktorarbeit wieder herabzusteigen.

»Bist du neu hier?«, hat Franca gefragt.

Paula, mit ihrem dritten Cappuccino in einen Stapel Bücher vertieft, hat hochgeschaut und einen eisverschmierten Mund mit einem extrabreiten Lachen gesehen. Sie hat in diesem Moment gedacht, dass Francas Zahnzwischenräume bestimmt nur deshalb entstanden sind, weil die Zähne es partout nicht geschafft haben, dieses unglaublich breite Lachen auszufüllen.

Auch Paula hat in diesem Moment lächeln müssen.

Dann haben die beiden sich erzählt, wer sie sind, womit sie ihre Zeit verbringen und welche Eissorten sie besonders gern mögen. Und so sind sie Freundinnen geworden. Freundinnen für einen Sommer. Das zumindest hat Franca eines Tages so beschlossen, denn seit dem Treffen auf dem Marktplatz schaut sie regelmäßig bei Paula vorbei, um Eisschokolade zu trinken und mit ihr zu quatschen. Dunkle Schokolade ist übrigens auch ihre Lieblingseissorte bei Faustino.

Die Sommerferien heißen in Italien nicht nur so, sie umfassen tatsächlich beinahe den ganzen Sommer. Je nach Region beginnen sie Anfang oder Mitte Juni und enden im September. Dass für Franca bald wieder die Schule beginnt, erinnert auch Paula an das bevorstehende Ende ihres italienischen Sommers. In wenigen Wochen werden ihre finanziellen Mittel erschöpft sein. Dann muss sie zurück nach München, ob sie nun will oder nicht.

Leider kommt ihr das Manuskript noch so unfertig vor wie am ersten Tag. Sie hat zwar ständig daran gearbeitet, hat am Text gefeilt, Passagen verändert oder gleich ganz neu geschrieben. Trotzdem ist sie mit dem Ergebnis unzufrieden. Immer noch hat sie keine Antworten auf eine entscheidende Frage gefunden: Was sind Wunder? Sind sie Zeichen einer göttlichen Gnade oder doch nur glückliche Zufälle? Sind sie pure Einbildung oder handfeste Realität? Sind sie von dieser Welt oder aus einer anderen Dimension? Sind sie allgegenwärtig oder so selten wie ein Besuch des Halley-schen Kometen?

Wie um Paula an all diese Fragen zu erinnern, kommt Franca zurück in den Garten und hat nicht nur ihre Eisschokolade dabei, sondern auch Paulas Manuskript. Sie legt es auf den Tisch und setzt sich zu ihrer Freundin auf die Bank. »Du hast dein Doktorbuch vergessen«, sagt sie und nippt an ihrem Getränk. Erwartungsvoll fügt sie hinzu: »Oder bist du etwa fertig?«

Paula möchte nicht an ihre Probleme erinnert werden, und sie möchte schon gar nicht darüber reden, also schüttelt sie lediglich den Kopf.

»Und wann bist du fertig?«, hakt Franca nach, die mit Paula schon vor Wochen abgemacht hat, dass die beiden bei Faustino feiern werden, wenn Paulas Werk vollendet ist. Franca will sich diese Party auf gar keinen Fall entgehen lassen.

Paula hebt die Schultern. »Weiß nicht. Ich befürchte, ich schaffe es nicht, zumindest nicht in diesem Sommer.«

»Was? Warum nicht?«, fragt Franca, empört darüber, dass die Buchpremiere bei Faustino ins Wasser fallen könnte.

Paulas Schultern sinken herab. »Mir fehlt einfach noch der gesamte Schlussteil.«

»Dann schreib ihn doch einfach auf.«

»Leider weiß ich nicht, was ich schreiben soll.«

»Aber du schreibst doch jeden Tag«, gibt Franca zu bedenken.

»Na und?«

»Dann müsste das Buch doch auch irgendwann mal fertig werden, oder nicht?«

Paula muss über Francas Logik lächeln. »So einfach ist das nicht, Franca. Man bekommt den Doktortitel nur, wenn man ein paar neue und interessante Dinge herausfindet.«

»Und die sind dir nicht eingefallen?«

»Bislang nicht«, erwidert Paula. »Ich habe zwar eine Menge Informationen gesammelt, aber es kommt mir vor, als wären es zu viele. Wenn ich glaube, eine gute Idee zu haben, flutscht sie mir im nächsten Moment schon wieder weg.«

»Das kenne ich«, sagt Franca.

»Deshalb überarbeite ich ständig das, was ich schon geschrieben habe«, fährt Paula fort. »In der Hoffnung, dass mich das irgendwie weiterbringt. Gestern habe ich zum Beispiel den Anfang umgeschrieben. Wieder mal.«

»Und? Hat es dir geholfen?«, fragt Franca.

»Ich glaube, nicht«, antwortet Paula.

Franca schiebt ihr das Manuskript zu. »Willst du mir mal die erste Seite vorlesen? Ich kenne mich damit aus. Ich gehe oft in die Bibliothek und lese erste Seiten, um zu entscheiden, welche Bücher ich mitnehmen will. Das ist, wie wenn man jemanden zum ersten Mal trifft und er dich begrüßt und du dann denkst: Hey, der ist nett. Oder: Schade, der ist aber langweilig. Oder: Wow, ist der spannend! Auf der ersten Seite sagt einem ein Buch hallo. Danach kann ich ziemlich genau sagen, ob ich es weiterlesen will.«

»Das ist was anderes«, sagt Paula. »Ich erzähle ja keine Geschichte. Es ist eher so etwas wie eine Hausarbeit.«

»Umso besser«, erwidert ihre Freundin für einen Sommer mit einem überbreiten Lächeln. »Mit Hausarbeiten kenne ich mich noch besser aus.«

Paula nimmt das Manuskript vom Tisch und lässt die Gedanken und ihren Blick in die Ferne schweifen. Ein Boot mit schneeweißen Segeln gleitet zwischen den ligurischen Hügeln durch das tiefblaue Wasser und den wolkenlosen Morgen. Es lässt die Gischt mit den Sonnenstrahlen um die Wette funkeln.

Paula hat an Momente wie diesen gedacht, als sie das Haus gemietet hat, um Inspiration für ihre Arbeit zu finden. Inzwischen muss sie jedoch befürchten, dass dieser Plan nicht aufgegangen ist.

»Komm. Trau dich«, sagt Franca. »Ich sage dir auch ehrlich, was ich davon halte, okay?«

Sie gibt sich einen Ruck, öffnet die Mappe und nimmt das erste Blatt in die Hand. »Okay. Erste Seite. Bereit?«

Franca nickt und nimmt zur Stärkung noch rasch einen Schluck Eiskakao.

»Wenn wir Kinder sind, dann ist jeder Tag voller Wunder. Selbst Sonne, Wind oder Regen lassen uns staunen und ehrfürchtig innehalten. Der erste Schnee ist ein Wunder. Ein Schmetterling. Eine Blume. Wir sehen, schmecken, fühlen und riechen die Welt um uns herum, als wäre sie allein da, um uns zum Staunen zu bringen.

Nicht viele Menschen können sich dieses Gefühl bewahren. Die meisten finden sich im Laufe der Jahre damit ab, dass die wundersamen Momente im Leben seltener werden und irgendwann ganz verschwinden. Was uns als Kinder zum Strahlen brachte, ringt uns später nur noch ein müdes Lächeln ab. Was uns als Kinder staunen ließ, lässt uns als Erwachsene mit den Schultern zucken.«

Paula hält inne. Sie fragt sich, ob sie selbst diesen neuen Einstieg gelungen findet.

»Es ist schon mal sehr schön geschrieben«, stellt Franca fest.

»Danke. Aber?«

Franca wiegt unschlüssig den Kopf hin und her.

»Du wolltest mir die Wahrheit sagen. Gib ruhig zu, wenn du es nicht gut findest«, fordert Paula.

»Es ist vielleicht ein bisschen kitschig, oder?«, überlegt Franca laut. »Und denkst du wirklich, dass Kinder so doof sind, dass sie alles, was sie sich nicht erklären können, gleich für ein Wunder halten?«

Paula muss lachen. So hat sie ihre Einleitung bislang noch nie gelesen. »Wenn ich das richtig in Erinnerung habe, dann war das bei mir als Kind so«, sagt sie. »Die Geschenke unter dem Christbaum waren für mich ein echtes Wunder.«

»Wirklich? Oder hast du nur so getan, als wären sie ein Wunder, damit du auch im nächsten Jahr wieder Geschenke bekommst?«, fragt Franca.

»Nein! Ganz sicher nicht«, widerspricht Paula energisch, muss dann aber stutzen. »Oder doch?«

»Gib es zu. Als du herausgefunden hast, dass es den Weihnachtsmann nicht gibt, bist du nicht gleich zu deinen Eltern gelaufen, um es ihnen zu erzählen, sondern hast das schön für dich behalten.«

Paula muss grinsen. »Vielleicht später, als ich älter war.«

»Siehst du«, sagt Franca. »Kinder sind längst nicht so doof, wie Erwachsene immer denken.«

Paula legt die Manuskriptseite zurück auf den Stapel, schließt die Mappe und schiebt sie ein Stück weg. »Egal«, sagt sie. »Vielleicht sollte ich den Rest des Sommers genießen und mich einfach damit abfinden, dass ich keine fertige Arbeit mit nach Hause bringe.«

»Kommt gar nicht in die Tüte«, widerspricht Franca. »Wenn das Buch nicht fertig wird, dann können wir kein Fest bei Faustino feiern. Dabei freue ich mich schon den ganzen Sommer darauf, mit dir Eis zu essen, bis ich platze.«

Paula nickt amüsiert. »Das ist natürlich ein guter Grund, die Flinte noch nicht ins Korn zu werfen.«

»Genau. Du hast gesagt, du willst an diesem Tag alle Eissorten probieren, die du noch nicht kennst.«

»Stimmt. Wäre wirklich schade, wenn ich mir das entgehen lassen würde«, gibt Paula zu.

»Das ist die richtige Einstellung«, lobt Franca und stellt mit entschlossener Miene ihren Eiskakao auf den Tisch. Dabei fällt ihr Blick auf den Brief. »Oh. Du hast Post bekommen.«

»Mhm.«

»Und?«, fragt sie neugierig. »Was steht drin?«

»Weiß nicht. Ich habe ihn noch nicht aufgemacht.«

»Warum nicht?«

»Mach ich später.«

»Bist du nicht neugierig?«

»Doch.«

»Dann mach ihn halt auf.«

»Ich bin einerseits sogar sehr neugierig, aber andererseits befürchte ich, dass ich enttäuscht sein könnte, wenn ich ihn lese.«

»Das wirst du nur erfahren, wenn du ihn liest«, gibt Franca zu bedenken.

»Ich weiß«, erwidert Paula. »Ich werde ihn auch ganz bestimmt öffnen, aber ...«

»Dann los, mach ihn auf«, unterbricht Franca. »Jetzt hast du mich auch neugierig gemacht.«

»Ich werde ihn später aufmachen«, sagt Paula.

»Gut.« Franca nickt. »Dann warte ich eben.«

»Viel später«, fügt Paula hinzu.

»Und wann ist ›viel später‹?«

»Vielleicht am Nachmittag.«

»Das dauert ja noch ewig«, beschwert sich Franca.

»Vielleicht mache ich ihn auch früher auf, mal sehen.«

»Soll ich ihn für dich aufmachen?«, schlägt Franca vor. »Ich kann ihn dir auch vorlesen.«

Paula schüttelt den Kopf. »Nicht nötig. Ich mache das schon selbst.« Kunstpause. »Später.«

Franca lässt die Schultern sinken. »Schade.«

»Ich mache dir einen Vorschlag. Wenn du mich

morgen wieder besuchst, dann werde ich ihn geöffnet haben«, sagt Paula. »Und dann verrate ich dir auch, was drinsteht, okay?«

»Ich bin zwar eigentlich genau jetzt neugierig«, erwidert Franca. »Aber morgen ist immerhin besser als nichts.«

4 Es wird eine lange Fahrt. Um beizeiten loszu-
kommen, hat Benedikt auf das Frühstück verzichtet. Doch kaum ist er zwei Stunden unterwegs,
merkt er, dass er Hunger hat. Meist isst er morgens
nicht viel, oft reicht ihm ein Kaffee. Aber heute ist
das anders. Sein Aufbruch ins Ungewisse scheint ihn
hungrig zu machen.

Er hat sich eigentlich vorgenommen, Frau Hacken-
bergs Brote mit einem echten italienischen Cappuccino
zu genießen, aber Google Earth behauptet, dass er den
Brennerpass frühestens in zwei Stunden erreichen
wird. So lange kann er nicht warten.

Während er die linke Hand am Steuer und den Ver-
kehr im Blick behält, tastet er mit der Rechten auf dem
Rücksitz nach dem Lunchpaket. Er wird fündig, legt
es auf den Beifahrersitz und wickelt es vorsichtig aus,
was mit einer Hand nicht ganz einfach ist.

Ohne hinzusehen, fischt er eines der belegten Brote
aus dem Papier, und weil er volles Vertrauen in die
kulinarischen Fähigkeiten von Frau Hackenberg hat,
lässt er sich überraschen und beißt einfach hinein.

Er hat ein Käsebrot erwischt. Ein ebenso schlichtes

wie ausgezeichnetes Käsebrot. Es besteht aus einer Scheibe altem Gouda, die von zwei Scheiben dunklem Brot freundschaftlich umarmt wird. Der Teig ist traumhaft frisch, nicht zu fest und nicht zu locker. Frau Hackenberg hat die Scheiben nur mit gesalzener Butter bestrichen und auf jede weitere Zutat verzichtet. Kein Salatblatt, kein Dill, keine Gurkenscheibe trüben den puren Genuss dieses Brotes.

Schade, ein solches Meisterwerk hätte er wirklich gern mit einem Kaffee genossen, der diesem Brot ebenbürtig wäre.

Er tastet nach dem Lunchpaket, den Blick weiter auf die Straße gerichtet. Sie hat ihm ein weiteres Brot gemacht, hoffentlich ebenfalls eins mit Käse. Wenigstens dieses könnte Bekanntschaft mit einem italienischen Kaffee machen, denkt er und beschließt, es aufzusparen, bis er in Italien ist.

So gut es mit einer Hand geht, packt er es wieder ein und legt es zurück nach hinten, damit es ihn nicht vom Nebensitz aus in Versuchung führt.

Er muss an die Pausenbrote seiner Mutter denken. Schon zu Schulzeiten hat er sich nicht viel aus Wurstsemmeln gemacht. Ganz anders als sein jüngerer Bruder, der nie genug davon bekommen konnte. Theo labte sich an Schweinshaxen, Rippchen, Würsten und Braten, während Benedikt auch mit einer Gemüsesuppe oder einem Salat zufrieden war.

Der Gedanke an seinen Bruder stimmt ihn melancholisch. Nicht nur beim Essen sind die beiden immer grundverschieden gewesen. Dabei mag auch Benedikt

Fleisch, nur eben nicht in so rauen Mengen, wie es in seiner fränkischen Heimat gegessen wird.

Vielleicht war es absehbar, dass er sich in einer Gegend, wo man schon für einen Asketen gehalten wird, wenn man keine Schlachtplatten mag, irgendwann fremd fühlen würde. Wobei er zugeben muss, dass er noch andere Eigenarten hatte, die den Leuten seltsam vorkamen. Nicht nur seine Beziehung zur heimischen Küche, sondern auch seine Beziehung zu Gott war den Dorfbewohnern nicht geheuer. Er verbrachte viele Stunden in der Kirche, versunken in Meditation und Gebet, und gab damit den Leuten Rätsel auf. Wieso sitzt ein junger Mann, der eigentlich ganz andere Dinge im Kopf haben müsste als Gottes unergründliche Wege, ganze Nachmittage lang in einem Gotteshaus?

Hätten sie ihn gefragt, wäre seine Antwort so simpel wie einleuchtend gewesen. Seitdem er denken konnte, interessierte er sich brennend für die Wege Gottes. Deshalb verbrachte er viel Zeit damit, sie abzuschreiten und über die Entscheidungen des Allmächtigen nachzudenken. Manchmal sprach er auch mit dem Gekreuzigten, was irgendwann herauskam und dazu beitrug, Benedikts Ruf als merkwürdiger Kauz zu festigen. Während andere junge Männer sich auf Volksfesten oder in Kneipen und Diskotheken amüsierten, widmete er seine Zeit lieber dem Herrn. All das missfiel seinem Vater, der schon früh befürchtete, seinen Ältesten an die Kirche zu verlieren. Xaver hatte andere Pläne mit Theo und Benedikt. Er wollte seinen Söhnen die Schreinerei vermachen. Einst hatte der alte Steinbach den Betrieb selbst von seinem Vater übernommen. Eines Tages sollten Benedikt und Theo in seine Fußstapfen treten.

Während Theo den Schreinerberuf ebenso liebte wie die fränkische Küche, haderte Benedikt damit, den Vater zu beerben. Dabei wollte er sich den väterlichen Plänen keineswegs verweigern. Mehr als einmal hatte er sich seit damals gefragt, ob es nicht für alle Beteiligten – ihn eingeschlossen – besser gewesen wäre, das Leben zu führen, das sein Vater für ihn vorgesehen hatte. Und ob es nicht sowieso sinnvoll gewesen wäre, sich anzupassen und den Weg des geringsten Widerstands zu gehen.

Eine Weile hatte er sogar versucht, so normal zu sein, wie man es von ihm erwartete. Er feierte mit den anderen die Wochenenden durch, trank und lachte mit ihnen, und wie der Zufall es wollte, verliebte er sich dabei in eine junge Frau aus dem Nachbardorf. Die Liebe zu ihr ließ ihn die nachmittäglichen Besuche in der Dorfkirche vergessen, zumindest für eine Weile. Aus dem frommen Benedikt, wie manche im Dorf ihn hinter vorgehaltener Hand mit leisem Spott nannten, wurde ein gewöhnlicher Kirchgänger. Der Vater hoffte, sein Wunsch, beide Söhne in den Familienbetrieb zu holen, würde sich doch noch erfüllen. Zwar stritten die Brüder nun häufiger als früher, aber wohl nur, weil sie um die Anerkennung des Vaters buhlten und nebenbei die Hackordnung ausmachten. Von ähnlichen Problemen hörte man auf praktisch jedem Hof, wo ein Erbe zu verteilen war. Der alte Steinbach maß dem keine Bedeutung bei. Als dann sogar gemunkelt wurde, Benedikt und seine Liebste hätten vor, sich zu verloben, war Xaver sicher, dass Gott seine Pläne nicht länger durchkreuzen würde.

Aber dann passierte etwas Unerwartetes. Benedikt, der schon oft unter vier Augen mit dem Gekreuzigten geredet, aber nie eine Antwort von ihm bekommen hatte, hörte plötzlich dessen Stimme. Es geschah während der Ostermesse, kurz nach dem Hochgebet. Obwohl die Gemeinde, begleitet von donnernden Orgelklängen, ein Sanctus-Lied angestimmt hatte, hörte Benedikt klar und deutlich, dass der Herr zu ihm sprach. Es war zwar nicht viel, was der Messias sagte, aber es reichte, um Benedikts junges Leben gründlich auf den Kopf zu stellen.

Der Volvo passiert ein blaues Schild, und das holt Benedikt in die Gegenwart zurück. Die Aufschrift lautet: Italia. Der Grenzübergang erinnert ihn daran, dass er über den Berg ist, und zwar wortwörtlich. Nicht nur die Hälfte seiner Reise liegt hinter ihm, er hat auch gerade den Brennerpass überquert und rollt nun seinem lang ersehnten Cappuccino entgegen.

Mit jedem Kilometer steigt die Temperatur. Jenseits der Alpen, auf der italienischen Seite, erwartet ihn ein heißer Sommertag. Er wirft einen Blick auf die Uhr. Gleich Mittag. Die Hitze hat sich also noch nicht zu voller Größe aufgeschwungen.

Er kurbelt das Glasschiebedach auf. Es ist die einzige Sonderausstattung, die sich der Erstbesitzer gegönnt hat. Als der Wagen gebaut wurde, gehörten ein elektrisches Schiebedach ebenso wie eine Klimaanlage, Ledersitze oder das Kassettenradio zur Luxusausstattung. Der Erstbesitzer hat nichts Dergleichen einbauen lassen. Der Wagen verfügt auch nicht über ein Antiblockiersystem oder Airbags. Auch das war Ende der Achtziger noch Luxus. Dennoch galt das Modell schon damals als besonders sicher, weil der Wagen nicht nur groß war, sondern auch sehr dickes Blech hatte.

Der Kombi lief 1989 vom Band. Im Januar dieses Jahres starb der Surrealist Salvador Dalí, ohne zu ahnen, wie surreal dieses Jahr noch werden würde. Schon im Laufe des Sommers bekam der Eiserne Vorhang erste Risse, dann fiel die Berliner Mauer, und in der Tschechoslowakei wurde ein Schriftsteller zum Präsidenten gewählt. Benedikt war damals einundzwanzig Jahre alt. Er kann sich noch gut an diese Zeit erinnern, denn im Jahr darauf entschloss er sich endgültig dazu, seinen Heimatort zu verlassen, um die Wege Gottes noch besser zu erforschen. Leider hatten nicht nur sein Vater und sein Bruder, sondern auch seine Beinahe-Verlobte keinerlei Verständnis für diese Pläne. Während sich die DDR und die Bundesrepublik zusammenraulten und feierlich wiedervereinigten, ging durch die Familie Steinbach in diesem Jahr ein tiefer Graben, der sich trotz intensiver Bemühungen von Benedikt auch in den folgenden Jahren nicht zuschütten ließ.

Er spürt den Fahrtwind. Er ist warm und nicht wirklich erfrischend, aber besser als nichts. Benedikt hat sich oft gefragt, was dieser Wagen alles erzählen würde, wenn er könnte. Er hat ihn vor knapp zehn Jahren aus dritter Hand gekauft, da hatte der Volvo bereits einhundertachtzigtausend Kilometer und fünfundzwanzig Jahre auf dem Buckel. Jetzt hat er die Dreißig überschritten und fast eine Viertelmillion Kilometer zurückgelegt.

Benedikt überlegt, ob er die Autobahn verlassen und sich ein nettes Plätzchen für seine Mittagspause suchen soll. Der Blick auf sein Handy sagt ihm, dass er noch mindestens vier Stunden Fahrt vor sich hat. Vermutlich ist es klüger, bei der nächsten Raststätte anzuhalten und dort einen Kaffee zum Mitnehmen zu kaufen, denkt er. Es wäre gut, wenn er nicht allzu spät in Molitoni eintreffen würde.

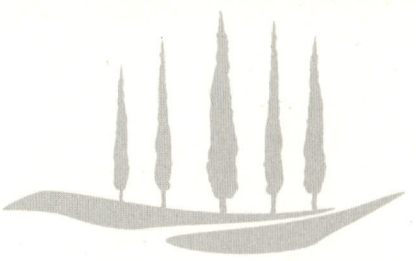

# 5

Nach dem Gespräch mit Franca bringt Paula den Tag damit zu, ihr Manuskript noch einmal kritisch zu lesen. Einerseits schuldet sie ihrer Sommerfreundin die versprochene Party bei Faustino, andererseits schuldet sie es sich selbst, nicht mit leeren Händen nach München zurückzukehren.

Inzwischen ist es Nachmittag, und das Manuskript ist über und über mit Anmerkungen und Notizen versehen – und wie nach praktisch jedem ihrer Korrekturdurchgänge könnte sie jetzt wieder von vorn mit der Arbeit anfangen. Dabei ist ihr die Quintessenz ihrer Recherche weiterhin völlig unklar. Es kommt ihr vor, als hätte sie haufenweise Zutaten besorgt, um jetzt nicht zu wissen, was sie damit kochen soll.

Frustriert lässt sie den Stift auf den Gartentisch fallen. Was für eine Zeitverschwendung! Sie überlegt, den Ärger über diesen vergeudeten Tag mit einem Cappuccino bei Faustino hinunterspülen, während der Stift langsam zu dem Brief rollt, der immer noch ungeöffnet an der Kaffeekanne lehnt. Kurz entschlossen nimmt sie den Brief zur Hand, greift mit der anderen nach dem Stift und schiebt die Spitze vorsichtig unter die Lasche.

Gerade will sie ihn öffnen, da ist eine leise, fast brüchig klingende Stimme zu hören. »Buongiorno.«

Paula lässt den Brief sinken und schaut zur Gartenmauer. Eine sehr alte Frau, ganz in Schwarz gekleidet, schleppt sich mit schweren Schritten den Hügel herauf.

»Buongiorno«, erwidert Paula und schaut der Frau dabei zu, wie sie stetig und entschlossen näher kommt.

Seit ihrer Ankunft in Molitoni kennt Paula die schwarze Dame. Jeden Tag pilgert sie zur Santuario della Madonna, der kleinen Kapelle oben am Berg. »Guten Morgen« oder »Guten Tag«. Mehr sagt sie nicht, wenn sie leicht gebeugt und mit gesenktem Blick an der Gartenmauer entlangschleicht.

Paula hat sie oft dafür bewundert, dass sie jeden Tag aufs Neue die Disziplin aufbringt, den Hügel zu erklimmen, und das bei meist schweißtreibenden Temperaturen. Sie schätzt die Dame auf Mitte, Ende siebzig. Vielleicht hat sie auch die Achtzig schon überschritten. Ihr Alter ist schwer zu schätzen. Nicht nur die Jahre haben sie gezeichnet. Es gibt da noch etwas anderes, das sie mit sich herumschleppt. Vermutlich ein kummervolles Ereignis, dessen Gewicht sie bei jedem Schritt niederzudrücken droht. Die Last hat tiefe Sorgenfalten in ihr Gesicht gemalt.

Ihr Name ist Benedetto. Giulia Benedetto. Sie lebt noch nicht sehr lange in Molitoni. Vor drei, vier Jahren hat sie ein winziges Haus bezogen, das von Paulas Haus aus gesehen genau auf der anderen Seite der Hügelkette liegt, die das Dorf umgibt.

Die Signora könnte also durchs Städtchen gehen, wenn sie das Heiligtum der Madonna besuchen möchte. Stattdessen zieht sie es vor, Molitoni auf dem Weg über die Hügel zu umrunden. Sie möchte lieber allein sein, heißt es im Dorf. Man hört außerdem, dass sie selten einkaufen geht. Ein Grund dafür ist, dass sie fast alles, was sie benötigt, selbst anbaut. Ein anderer könnte sein, dass sie nicht gern unter Menschen ist.

Bislang ist es noch niemandem gelungen, mit ihr mehr als ein paar Sätze zu wechseln. Sie soll nicht nur wortkarg, sondern regelrecht schweigsam sein, besonders für eine Italienerin. Aber da, wo jemand schweigt, reden die anderen umso mehr. Und so blühen die Gerüchte um die rätselhafte Signora.

Es gibt viele Theorien für ihr zurückgezogenes Leben und die täglichen Besuche bei der Madonna vom Berg. Die schwarze Dame, wie Franca sie getauft hat, beflügelt die Fantasie der Leute. Sie haben sogar Francas Spitzname für Signora Benedetto übernommen. *La Signora Nera.* Vermutlich, weil es geheimnisvoller und damit spektakulärer klingt als ihr richtiger Name. Einig ist man sich in Molitoni nur darin, dass Giulia Benedetto aus Mailand stammt, denn das hat sie einmal dem Polizisten gegenüber erwähnt. Was sie dort gemacht hat, ob sie verheiratet oder alleinstehend war, ob sie Familie hatte oder ihr ganzes Leben in Mailand verbrachte, darüber scheiden sich die Geister. Manche im Dorf behaupten sogar, dass sie bis zu ihrem Umzug nach Molitoni in einem Kloster gelebt habe, das schon seit vielen Jahren Nachwuchssorgen hatte. Als es aufgelöst wurde, habe Signora Benedetto sich dafür entschieden, nicht mit ihren verbliebenen Mitschwestern in eine andere Abtei umzuziehen, sondern fortan ein einsiedlerisches Leben in der Provinz zu führen. Andere behaupten, dass sie mit einem wahlweise sehr reichen oder sehr armen Mann verheiratet war, der jedoch gestorben sei. Nach Molitoni soll sie gekommen sein, um ihren Kummer darüber zu vergessen. Wieder andere dichten der alten Dame an, dass sie sich hier versteckt, weil ihr entweder die Mafia oder die Finanzbehörde auf den Fersen ist.

Es gibt auch etliche Theorien darüber, warum Signora Benedetto täglich die Kapelle der Madonna besucht. Die einen sagen, sie gehe auf den Hügel, um Buße zu tun, andere behaupten, sie bitte die heilige Mutter Gottes um die Erfüllung eines Herzenswunsches. Wieder andere sind der Meinung, dass die Signora jeden Tag eine kleine Wallfahrt auf den Hügel unternimmt, um sich bei der Madonna für ein Wunder zu bedanken.

Paula weiß nicht, was sie glauben soll. Die alte Frau wirkt zwar nicht überglücklich, aber auch nicht kreuzunglücklich. Trotz allem, was sie belastet, strahlt sie eine gewisse Ruhe und Zufriedenheit aus. Paula vermutet, dass die Traurigkeit, die die alte Frau in sich trägt, schon sehr alt ist. Sie ahnt vielleicht, dass sie diese Traurigkeit ihr ganzes Leben lang mit sich tragen wird. Aber vielleicht tröstet es sie, dass sie damit zu leben gelernt hat.

Paula ist schon zu Beginn ihres italienischen Sommers auf den Hügel gewandert, um sich die Kapelle der Madonna anzusehen. Sie war allein dort.

Als sie heute sieht, wie die schwarze Dame geduldig und unbeirrt den Hügel erklimmt, hat sie plötzlich Lust, ihr zu folgen.

Sie legt den ungeöffneten Brief wieder auf den Tisch und geht zum Haus, um sich ihren Sonnenhut aufzusetzen. Drinnen ist es angenehm kühl. Paula hat die Läden geschlossen, damit die Mittagshitze draußen bleibt. Inzwischen ist die Sonne nicht mehr so stark, aber stark genug, um Paulas helle Haut im Nu zu verbrennen. Obwohl sie den ganzen Sommer hier zugebracht hat, ist ihre Haut kaum gebräunt. Die längste Zeit des Tages hat sie unter dem Olivenbaum und damit im Schatten gesessen.

Sie zieht die Tür zu, schließt aber nicht ab. Das hat sie in den ersten Wochen gemacht, aber dann ist ihr klargeworden, dass kein anständiger Dieb in ein so winziges Haus einbricht wie das von Paula. Obwohl es zwei Etagen hat, besteht es im Grunde aus zwei Zimmern, dem Wohnraum mit Küchenzeile und einer kleinen Arbeitsecke in der unteren und dem Schlafraum mit Bad in der oberen Etage.

Paula überlegt, ob sie der schwarzen Dame noch etwas Vorsprung lassen soll. Dann entschließt sie sich aber, der Frau in gemessenem Abstand zu folgen und sich dabei auf ihr Tempo einzustellen. Paula hat heute wieder mal eine Menge Zeit verplempert, da kommt es auf eine halbe Stunde auch nicht mehr an.

Während sie mit kurzen und bedächtigen Schritten

voranschreitet, fragt Paula sich, ob Signora Benedetto es wohl auch als Zeitverschwendung empfindet, dass sie zwei bis drei Stunden jedes Tages damit verbringt, einer kleinen und eigentlich unbedeutenden Kapelle einen Besuch abzustatten. Immerhin ist sie nicht mehr die Jüngste, ihre Zeit ist somit sehr kostbar. Umso größer muss die Bedeutung der Kapelle für die alte Frau sein, denkt Paula. Sie spürt, dass ihre gleichmäßigen und bedächtigen Schritte den Ärger über ihre Arbeit zumindest ein wenig vergessen lassen. Vielleicht ist dieser täglich Gang für die Signora so eine Art Meditation, überlegt sie weiter und merkt, dass sie es genießt, den Berg im Schneckentempo zu erklimmen.

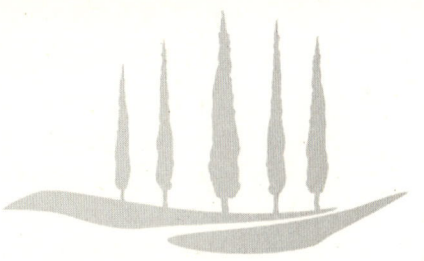

6   Zu beiden Seiten der frei auf dem Hügel ste-
    henden Kapelle wachsen kleine Zypressen. Die
schmale Front, auf deren spitzem Giebel ein Kreuz
thront, weist himmelwärts. Über dem Eingangsportal
aus schwerem braunem Holz befindet sich ein Rundfenster ohne Glas, das genügend Licht ins Innere der
Kapelle lässt und zugleich den Altar effektvoll in Sze-
ne setzt. Wenn die Sonne richtig steht, wirkt das Innere des Gotteshauses, als wäre es in magisches Licht
getaucht.

Die alte Dame hat sich in einer der beiden Kirchenbänke niedergelassen, die vor dem Altar stehen. Die
kleine Kapelle bietet Platz für sechs Gläubige. Wäre
sie voll besetzt, würde sich trotz der hohen Wände
wohl bei allen rasch ein Gefühl der Enge einstellen.
Im Grunde ist der Ort gedacht für ein oder zwei Menschen, die mit Gott oder der heiligen Jungfrau Zwie-
sprache halten möchten.

Die Eingangstür steht offen. Paula könnte sich eingeladen fühlen und auf der noch freien Kirchenbank
Platz nehmen. Aber sie zieht es vor, neben der Kapelle
zu warten, wo die Kommune eine Sitzbank aufgestellt

45

hat, damit Spaziergänger die Aussicht genießen können.

Die alte Frau verbringt eine Viertelstunde in Andacht und Gebet, bevor sie den Rückweg antritt. Als
sie Paula bemerkt, nickt sie ihr freundlich zu.

Paula genießt die Wärme der Nachmittagssonne.
Sie lässt sich Zeit, bis Signora Benedetto außer Sichtweite ist. Erst dann betritt sie die Kapelle.

In der Santuario ist es merklich kühler als draußen.
Paula setzt sich auf den Platz, auf dem gerade noch die
alte Frau gesessen ist, und betrachtet den Altar. Er ist
aus Sandstein gefertigt und bemalt. Vier Säulen tragen das Himmelsgewölbe. Inmitten der Säulen steht
Maria, das Jesuskind auf dem Arm. Die Madonna ist
in Gold und Rot gekleidet, ihr Sohn hat die rechte
Hand erhoben, um alle, die an diesen Ort kommen,
zu segnen.

Um ihn vor Dieben zu schützen, ist vor dem Altar
ein weiß gestrichenes schmiedeeisernes Gitter ange-
bracht. Paula kann von ihrem Platz aus das Gesicht der
Madonna zwischen den Gitterstäben erkennen, und es
kommt ihr so vor, als würde sie ihr direkt in die Augen
schauen.

Als Paula gleich zu Beginn ihres italienischen Sommers hörte, dass es hier oben eine Kapelle gibt, die
eines Wunders wegen erbaut worden ist, hat sie diesen Ort fotografiert – so wie sie eine Menge anderer
Orte fotografiert hat, die ihr für ihre Arbeit wichtig schienen. Gerade wird ihr klar, dass sie zwar all
diese Orte abgelichtet und in den schier unendlichen

Weiten ihres Handyspeichers abgelegt hat, aber was nützt ihr nun diese Enzyklopädie von Wunderdingen? Wobei die meisten Enzyklopädien heute eigentlich Datenbanken genannt werden müssten, denkt sie. Seitdem das Internet existiert, sammeln alle völlig wahllos alles, was sich irgendwie sammeln lässt. Fotos, Filmchen, Alltagsimpressionen oder auch völlig Belangloses, das von irgendjemandem auf dieser Welt gemocht werden könnte.

Hat sie sich auch in der Sammelwut verzettelt? Wäre es vielleicht richtiger und klüger gewesen, sich nur wenige Orte anzusehen, diese aber ganz genau?

Sie merkt, dass ihre Laune sofort schlechter wird, wenn sie an ihre unvollendete Dissertation denkt. War die ganze Arbeit womöglich für die Katz?

Als sie aufsteht und sich zur Tür wendet, fällt ihr etwas ins Auge, das sie bei ihrem ersten Besuch übersehen hat. Es ist eine Inschrift über dem Portal, unterhalb des Rundfensters, deren geschwungene Buchstaben der Form des Fensters folgen. In altertümlich klingendem Italienisch steht dort: *Ich liebe den Herrn, denn er hört meine Stimme, mein Flehen um Gnade.*

Reflexhaft zieht Paula ihr Handy aus der Jeans und macht ein Foto. Kaum hat sie den Auslöser betätigt, da muss sie über sich selbst lachen. Ihr Sammeltrieb ist eine Gewohnheit, die sie sich offenbar nicht im Handumdrehen abgewöhnen kann.

Sie steckt das Handy wieder ein und betrachtet die Inschrift. Klingt wie der Stoßseufzer der glücklichen

Eltern, die damals ihr vermisstes Kind wiedergefunden haben und Gott für dieses Wunder auf ewig dankbar sind.

Auf dem Rückweg nimmt sie sich vor, eine Entscheidung zu treffen. Entweder wird sie den Rest ihres italienischen Sommers damit verbringen, ihre Arbeit ständig umzuschreiben, oder sie wird sich eingestehen, dass sie in einer Sackgasse steckt, und die Konsequenzen daraus ziehen.

Als sie einen halbstündigen Spaziergang später die letzte Kurve zu ihrem Haus nimmt, ist sie zu einem Ergebnis gekommen. Sie wird ihre Dissertation so lange ruhen lassen, bis sie weiß, wie sie die Arbeit sinnvoll zu Ende bringen kann. Sie will keine unausgereifte Arbeit abgeben, selbst wenn sie damit durchkäme. Später wird zwar der Doktortitel ohnehin entscheidender sein als die Note der dazugehörigen Arbeit. Aber es war noch nie Paulas Art, sich mit halben Sachen zufriedenzugeben.

Paula wird sich also entspannen und noch ein wenig Urlaub machen. Und Franca soll, wie versprochen, ihre Eis-Party bekommen, auch wenn es keine Dissertation zu feiern gibt. Immerhin haben die beiden einen schönen und ereignisreichen Sommer in Molitoni verbracht. Das kann man schließlich auch feiern, findet Paula.

Als sie sich ihrem Haus nähert, stutzt sie. Ein blauer Kombi parkt auf dem Weg, der sonst nur selten von Autos befahren wird. Der Mann, der vermutlich zum Auto gehört, hat es sich etwas abseits unter einem Olivenbaum bequem gemacht. Als er Paula sieht, steht er auf und tritt aus dem Schatten des Baumes.

Sie bemerkt sein Kollarhemd, vermutet spontan, dass der hiesige Priester ihr einen Besuch abstatten möchte, und nimmt sich gleich mal vor, ihn höflich, aber zügig abzuwimmeln. »Buongiorno«, sagt sie freundlich.

»Ich wünsche Ihnen auch einen schönen Tag«, antwortet er auf Deutsch und fügt hinzu: »Entschuldigung, aber ich würde Ihnen gern mein Italienisch ersparen. Es ist ein bisschen eingerostet.«

Erst jetzt fällt ihr das deutsche Kennzeichen auf.

»Frau Walther, richtig?«, fragt er.

Sie nickt irritiert. »Woher wissen Sie, wie ich ...«

»Ihre Freundin Franca hat mir Ihren Namen verraten und auch, wo ich Sie finden kann. Ich wohne im Hotel Primo«, erklärt er. »Und Signora Benedetto hat mir gesagt, dass Sie bei der Kapelle sind. Also dachte ich, ich warte einfach, bis Sie zurückkommen.«

»Signora Benedetto?«, erwidert sie perplex.

»Ja, die alte Dame, die ...«

»Ich weiß, wer sie ist«, unterbricht Paula. »Aber gewöhnlich ist sie eher schweigsam.«

»Mir gegenüber nicht«, erwidert Benedikt. »Sie hat mich sogar angesprochen.« Er sieht, dass Paula sich wundert, und fügt hinzu: »Ich vermute, das bringt mein Beruf so mit sich. Ich werde oft angesprochen, nicht selten von älteren Menschen.«

Paula hat ihren Plan, ihn rasch abzuwimmeln, etwas aus den Augen verloren. »Und mit wem habe ich das ...«

»Entschuldigung«, unterbricht er nun seinerseits. »Ich habe mich noch gar nicht vorgestellt. Benedikt Steinbach. Ich bin hier, um mit Ihnen über Ihre Arbeit zu reden. Also, nicht sofort, aber ich hoffe, dass Sie so freundlich sind, mir ein wenig von Ihrer Zeit zu widmen. Ich wollte ein paar Tage in der Gegend bleiben und würde mich ganz nach Ihnen richten.«

Sie weiß im ersten Moment nicht, was sie darauf sagen soll. Also schweigt sie.

»Ihr Doktorvater und ich haben einen gemeinsamen Bekannten. Über den habe ich erfahren, dass Sie Ihre Dissertation über Wunder schreiben. Deshalb bin ich hier.«

»Wer soll das sein, dieser gemeinsame Bekannte?«, fragt sie.

»Der Bischof«, antwortet er freundlich.

»Oh«, sagt sie verwundert.

»Ich kenne ihn nicht besonders gut«, erklärt er. »Aber ab und zu besucht er den Wallfahrtsort, in dem ich als Geistlicher tägig bin.«

»Geht es um Ihren Wallfahrtsort?«, fragt sie. »Möchten Sie deshalb mit mir über Wunder reden?«

»Nein, überhaupt nicht«, beeilt er sich zu versichern. »Ich bin aus rein persönlichen Gründen hier.«

Sie wollte ihn abwimmeln, fällt ihr wieder ein.

»Sie hätten vielleicht schreiben oder wenigstens anrufen sollen«, sagt sie. »Tut mir sehr leid, dass Sie die Reise umsonst gemacht haben.« Sie bemerkt, dass seine Schultern herabsinken. So, als würden die Schultern seine Augenbrauen nachahmen wollen, deren Enden ebenfalls nach unten zeigen. Und ihr scheint, dass er auch dann traurig wirkt, wenn er es offenbar nicht ist.

»Falls ich ungelegen komme …«, beginnt er.

»Nein, es ist nur so, dass ich beschlossen habe, die Arbeit ruhen zu lassen«, erklärt sie. »Ich brauche dringend eine Pause und will mich in dieser Zeit auch nicht mit dem Thema befassen.«

Seine Schultern sinken noch etwas tiefer. »Oh. Verstehe. Da kann man wohl gar nichts machen, oder?«

Obwohl er ihr leidtut, schüttelt sie entschieden den Kopf. »Nein. Bedaure.«

»Schade«, sagt er und versucht ein Lächeln. Es kann nicht verhehlen, dass er enttäuscht ist. »Dann trotzdem danke für Ihre Zeit.« Er öffnet die Wagentür. »Falls Sie es sich doch noch anders überlegen …«

»Das werde ich nicht«, sagt sie. »Ich wünsche Ihnen aber trotzdem alles Gute.« Sie wendet sich zum Haus und geht hinein, ohne sich noch einmal nach ihm umzudrehen.

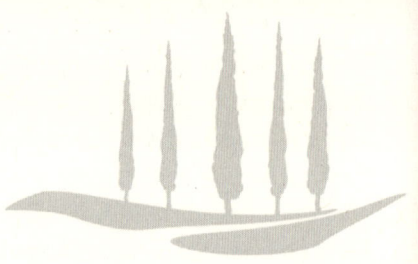

# 7

»Guten Morgen, Frau Herzlos!«, ruft Franca und klettert über die Gartenmauer.

Paula muss lachen. »Guten Morgen, Frau ... wie bitte?«

»Frau Herzlos«, wiederholt Franca. »So nenne ich dich ab heute, weil du gestern den armen Betto so herzlos behandelt hast.«

Sie setzt sich neben Paula auf die Gartenbank.

Die wundert sich. »Was ist los mit dir? Trinkst du heute keinen Eiskakao?«

»Weiß ich noch nicht«, antwortet Franca schnippisch. »Und ich weiß auch nicht, ob ich mit Frau Herzlos überhaupt noch befreundet sein will.«

»Offensichtlich möchtest du mir etwas sagen«, erwidert Paula. »Also, leg los. Und wer ist eigentlich Betto?«

»Er war gestern hier«, antwortet Franca. »Wollte mit dir über dein Buch reden. »Aber du hast ihn völlig herzlos abblitzen lassen.«

»Etwa der Priester?«

»Genau der.«

»Du nennst ihn Betto?«, wundert sich Paula.

»So ist es«, bestätigt Franca. »Wir verstehen uns

nämlich sehr gut, denn im Gegensatz zu dir ist er wirklich nett.«

»Und wie kommst du darauf, dass ich nicht nett zu ihm war?«

»Du hast ihm gesagt, dass du mit der Arbeit am Buch Pause machen willst, dabei …«

»Was auch stimmt«, unterbricht Paula.

»Warum denn das?« Franca schüttelt den Kopf und lässt dabei ihre braunen Haare fliegen. »Gestern hast du noch behauptet, dass du nicht aufgeben wirst. Gib zu, dass du ihn nur abwimmeln wolltest.«

»Das auch«, gesteht Paula. »Trotzdem habe ich ihm die Wahrheit gesagt. Ich lasse die Arbeit ruhen. Zumindest vorerst.«

»Aber warum?«, empört sich Franca.

»Weil ich das Gefühl habe, auf der Stelle zu treten. Vielleicht muss ich eine Pause machen, um dann ganz neu anzusetzen.«

»Echt?«

Paula nickt ernst.

Franca überlegt. »Schade. Dann wird auch nichts aus unserer Party bei Faustino.«

»Ich habe mir gedacht, wenn wir schon nicht mein Buch feiern, dann feiern wir eben den Sommer und unsere Freundschaft. Das ist doch ein schöner Grund, dich einzuladen.«

Franca knipst ihr überbreites Lächeln an. »Okay, das ist jetzt wieder ziemlich nett von dir.«

»Siehst du. Eigentlich bin ich nämlich nett«, erwidert Paula und muss ebenfalls grinsen.

»Aber kannst du nicht trotzdem mit Betto reden? Er will dir nur ein paar Fragen stellen. Vielleicht gibt er dir sogar einen Tipp für dein Buch. Du musst wissen, er ist ziemlich schlau. Ich vermute, er hat schon mehr Bücher gelesen als wir beide zusammen.«

»Du setzt dich ja sehr für ihn ein«, stellt Paula fest.

»Ja. Weil er eben einfach nett ist«, entgegnet Franca.

»Oder weil er dir ein Eis spendiert hat? Oder eins versprochen?«

»Und wenn schon.«

»Aha. Er hat dich also bestochen.«

»Hat er nicht. Er weiß ja nicht einmal, dass ich regelmäßig hier bin«, widerspricht Franca. »Aber selbst, wenn es so wäre – ich finde, dass jemand, der Eis spendiert, eine Chance verdient hat.«

»Also gut«, sagt Paula. »Ich überlege es mir, okay?«

»Super«, freut sich Franca. »Dann hole ich mir jetzt mal einen Kakao.« Sie springt auf, sieht Paulas Brief auf dem Tisch liegen und setzt sich sofort wieder. »Du hast doch gestern gesagt, dass du ihn öffnen willst. Hast du dir das etwa auch anders überlegt?«

»Nein.« Paula sieht den Brief und erinnert sich daran, dass sie es nicht ewig vor sich herschieben kann, ihn zu lesen. »Ich bin nur noch nicht dazu gekommen.«

Franca nimmt den Brief vom Tisch und drückt ihn Paula in die Hand. »Na, dann aber jetzt«, sagt sie aufmunternd.

Paula denkt diesmal nicht lange nach. Sie schiebt den kleinen Finger unter die Lasche, reißt entschlossen das Kuvert auf und zieht ein handbeschriebenes Stück Papier hervor.

»Cool. Während du ihn liest, hole ich mir mal schnell den Kakao«, sagt Franca und flitzt zum Haus.

Paula entfaltet das Papier und beginnt zu lesen.

Das erste Wort des zweiten Satzes lautet »Leider«. Sie ahnt bereits, dass sich damit ihre Hoffnungen zerschlagen haben. Und tatsächlich, was folgt, ist die Erklärung, dass die Kosten und Mühen der letzten Jahre vergebens waren. Auch dieser letzte Versuch war ein Fehlschlag.

Sie legt den Brief zurück auf den Tisch. Schade, denkt sie. Dann ist es also endgültig aus. Die allerletzte Chance – vertan. Sie spürt, wie ihre Augen feucht werden. Nur für einen kurzen Moment. Die meisten Tränen hat sie schon vor langer Zeit vergossen, außerdem ist sie langsam geübt darin, solche Fehlschläge wegzustecken. Zugegeben, dieser hier ist anders, er ist ein Grund zu kapitulieren.

Die sanfte Brise, die durch den Garten streicht, hat Paulas Tränen getrocknet, bevor Franca wieder da ist.

»Und? Sind es gute Nachrichten?«, fragt sie und setzt sich.

»Nein«, antwortet Paula. »Aber wer weiß, vielleicht werde ich das in ein paar Monaten anders sehen. Manchmal muss man Dinge einfach loslassen. Das ist vielleicht so ähnlich wie mit meiner Arbeit.«

Franca spürt, dass Paula der Brief nahegeht. »Willst du mir vielleicht sagen, was drinsteht? – Oder lieber nicht?«

»Ein andermal, okay?«, sagt Paula leise.

»Klar, kein Problem«, erwidert Franca und nimmt einen Schluck Eiskakao.

Schweigend schauen sie zum Meer, das unter dem wolkenlosen Himmel herumtollt wie ein junger Hund in den Rabatten.

»Lass uns einfach über was anderes reden«, bittet Paula. »Zum Beispiel darüber, wann wir unsere kleine Party bei Faustino feiern wollen.«

Franca nickt. Sie kennt das von ihren anderen Freundinnen: Manchmal hilft es jemandem, nicht zu reden.

Es ist früher Nachmittag, als Signora Benedettos »Buongiorno« über die Gartenmauer flattert. Obwohl die Mittagshitze noch in der Luft klebt, hat die schwarze Dame sich bereits auf den Weg zur Kapelle gemacht.

Paula, die unter einem Olivenbaum döst und damit ihren Plan, die Arbeit für eine Weile an den Nagel zu hängen, in die Tat umsetzt, erwidert ihren Gruß mit geschlossenen Augen.

Als ein paar Minuten später ein zweites »Buongiorno« zu hören ist, öffnet sie sie jedoch erstaunt. Diesmal ist es eine Männerstimme. Obendrein eine, die ihr bekannt vorkommt.

Sie setzt sich auf, um zu sehen, wer ihr da gerade einen guten Tag gewünscht hat, und erkennt Francas neuen Freund Betto. Auch heute trägt der Priester ein Kollarhemd und eine dunkle Hose. Sieht warm und unbequem aus, vor allem, wenn er darin in der sengenden Hitze einen Hügel erklimmen will. Er scheint genau das vorzuhaben und macht zudem keine Anstalten, stehen zu bleiben.

»Guten Tag«, erwidert sie auf Deutsch. »Ich habe mir schon gedacht, dass Sie heute kommen. Ihre gute Freundin Franca hat mich besucht.«

Erstaunt hält er inne. »Ich will gar nicht zu Ihnen. Ich bin auf dem Weg zur Kapelle.«

»Oh«, sagt Paula.

»Was hat Franca denn gesagt?«, fragt er.

»Sie fand, dass ich gestern unfreundlich zu Ihnen war. Ich muss zugeben, da ist was dran. Ich bin gerade etwas unentspannt, weil ich mit meiner Arbeit nicht so vorankomme, wie ich es mir wünsche.«

»Sie haben ja schon so etwas angedeutet«, sagt er. »Deshalb die kreative Pause, in der Sie sich nicht mit dem Thema befassen wollen, richtig?«

»Richtig«, antwortet sie.

Er nickt. »Kann ich gut verstehen. Und ich fand nicht, dass Sie unfreundlich waren. Außerdem hatten Sie recht. Ich habe schon vermutet, dass ich ungelegen komme. Und ich hätte wirklich vorher anrufen oder schreiben können. Also, nichts für ungut. Ich wünsche Ihnen nur das Beste für Ihre Arbeit und werde sie hoffentlich lesen dürfen, wenn sie fertig ist.« Er nickt freundlich und wendet sich zum Gehen.

Paula muss an Francas Worte denken. Er ist wirklich ganz nett. Was spricht dagegen, ihm zu helfen? »Was wollten Sie denn eigentlich von mir?«, ruft sie ihm hinterher.

Wieder hält er inne und kommt ein paar Schritte auf sie zu. »Wieso fragen Sie?«

»Ich weiß nicht, ob ich Ihnen helfen kann«, beginnt sie. »Aber ich kann es ja mal versuchen. Faustinos Bar ist in Sichtweite von Ihrem Hotel. Was halten Sie davon, wenn wir uns dort später auf einen Kaffee treffen?«

»Wirklich?« Ein ungläubiges Lächeln huscht über sein trauriges Gesicht. »Und was wird aus Ihrem Plan, das Thema eine Weile völlig auszublenden?«

»Vielleicht hilft es mir ja, mit Ihnen darüber zu reden. Und falls nicht, kann ich auch morgen mit dem Ausblenden anfangen.«

»Gut«, sagt er erfreut. »Aber dann möchte ich Ihnen einen anderen Vorschlag machen. Ich habe Letizia versprochen, dass ich ihr heute dabei helfe, Pansotti zu kochen. Essen wir doch zusammen, und danach können wir in Ruhe reden.«

»Letizia?«

»Ja. Frau Martinelli. Francas Mutter.«

»Sie kennen sie?«

»Nein. Wir haben nur über die richtige Kräutermischung für Pansotti gefachsimpelt, und dann habe ich ihr angeboten zu helfen, weil diese Nudeln viel Arbeit machen. Heute Abend gibt es sie mit Borretsch, Mangold, Kerbel und ein bisschen Löwenzahn gefüllt. Und natürlich mit Walnusssoße.«

Paula nickt beeindruckt. »Okay.«

»Heißt das, Sie sind einverstanden?«, fragt er.

»Ja, ich komme gern.«

»Fein«, freut er sich. »Dann sehen wir uns später. Ich muss los, weil Signora Benedetto auf mich wartet. Sie hat gefragt, ob wir heute zusammen beten wollen.«

Paula ist erstaunt. »Im Dorf gilt sie als wortkarg und eigenbrötlerisch. Ich glaube, ich kenne niemanden, der sich schon einmal länger mit ihr unterhalten hätte.«

»Vielleicht hat es nur noch niemand richtig versucht«, gibt er zurück.

»Hat sie Ihnen etwa auch verraten, warum sie jeden Tag zu dieser Kapelle pilgert?« Auch wenn Paula die Gründe der alten Dame nichts angehen, ist sie ebenso neugierig wie alle anderen in Molitoni.

»Ja, das hat sie«, antwortet er mit ernster Miene.

Seine Antwort hängt eine Weile neben ihrer Frage in der Luft. Dann hebt er die Hand und sagt: »Also dann. Wir sehen uns.«

Er macht sich auf den Weg, ohne sich noch einmal nach ihr umzudrehen.

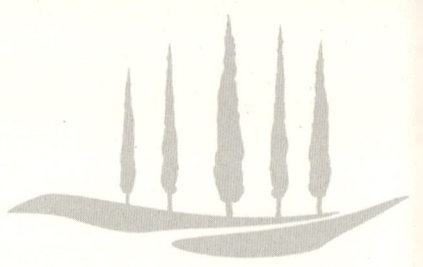

8 Über der Piazza thront die Krone einer alten Steineiche. Sie soll vor mehr als dreihundert Jahren gepflanzt worden sein, vermutlich noch vor Napoleons Italienfeldzug. Gut möglich, dass der Baum in der Republik Genua das Licht der Welt erblickte, um nach dem Sturz des kleinen Korsen im Königreich Sardinien und noch später im Königreich Italien aufzuwachsen. Der Baum hat in all den Jahrhunderten seinen Platz verteidigt und mit seiner mächtigen Krone die umliegenden Häuser auf Abstand gehalten. In seinem Schatten ist mehr passiert, als man in einem Menschenleben erzählen könnte. Unter seinem Blätterdach wurde gesäuselt, geschworen, gelogen, geliebt, ja sogar gestorben. Er hat Leidenden und Liebenden Schatten gespendet, Halunken, Glücksrittern und all jenen Bewohnern von Molitoni, die schon als Kinder unter ihm gespielt und als Greise unter ihm gedöst haben.

Auch heute ist die kleine Piazza von Menschen jeden Alters bevölkert. Die Kleinen spielen Fangen, die Großen trinken Kaffee oder ein Glas Wein bei Faustino.

Vor dem Hotel Primo sitzen die Gäste in kleinen Gruppen zusammen. Eine Familie aus Rotterdam, schwedische Rucksacktouristen, zwei befreundete Paare und ein halbes Dutzend Bildungsurlauber auf einer kulturellen Entdeckungstour durch Norditalien. Sie alle haben die Pansotti von Letizia und Benedikt genossen und lassen das Essen nun bei Caffè, Aperitifs und frischen Erdbeeren und Melonenscheiben, die zum Nachtisch gereicht werden, ausklingen.

Die meisten Hotelgäste wohnen in Vollpension. Zum einen ist es bequem, zum anderen werden Letizias Kochkünste in beinahe jeder Hotelbewertung im Internet lobend erwähnt. Außerdem gibt es kaum Alternativen in Molitoni. Bei Faustino und in den anderen Bars bekommt man Snacks, aber keine komplette Mahlzeit, und die beiden anderen Restaurants, die es in der Gegend gibt, sind deutlich teurer als Letizias einfache, aber immer frische Küche.

Benedikt und Paula sitzen abseits an einem kleinen Tisch. Dort, wo man in Ruhe reden kann. Sie trinken Rossese di Dolceacqua, einen einfachen fruchtigen Rotwein aus der Region. Letizia hat ihnen Käse dazu serviert. Einen Hartkäse namens Trioria, der aus dem gleichnamigen Dorf in der Nachbarprovinz stammt.

Bislang haben Benedikt und Paula über die Schönheiten Liguriens und die italienische Küche gesprochen und über München, wo auch Benedikt studiert hat, unter anderem Soziologie.

»Wirklich? Sie haben auch Soziologie studiert?«

»Nein, nur reingeschnuppert«, antwortet er. »Ich

habe ein halbes Dutzend Fächer ausprobiert. Philosophie, Psychologie, Soziologie, Pädagogik, Anthropologie. Auch Kunstgeschichte hat mich interessiert.«

»Und Theologie ist dann Ihre Nummer eins geworden«, stellt Paula fest.

Er schüttelt den Kopf. »Eigentlich habe ich mit allen Mitteln versucht, ein Theologiestudium zu vermeiden. Ich habe mich lange nach einer Alternative umgesehen und nur deshalb so viel probiert.«

Paula zieht die Stirn kraus. »Das klingt, als hätten Sie sich dagegen gewehrt, Theologie zu studieren.«

»So war es gewissermaßen auch. Als Teenager habe ich viel Zeit in der Kirche verbracht. In meinem Dorf dachten damals alle, dass ich bestimmt eines Tages Priester werden würde. Doch dann habe ich mich in eine Frau verliebt, und mein Leben schien eine völlig neue Richtung zu nehmen. Bis zu jenem schicksalhaften Tag, an dem ich in einer Messe urplötzlich die Stimme Gottes hörte …«

»Sie haben ein Wunder erlebt?«, fragt Paula erstaunt.

»Ich weiß es nicht. Vielleicht. Jedenfalls hatte ich in diesem Moment ein Problem. Ich wollte kein Auserwählter sein. Also versuchte ich, nicht auf Gott zu hören.«

»Was hat er denn gesagt?«, fragt sie neugierig.

»Nur drei Worte: Folge mir nach.«

Sie stutzt. »Kommt mir bekannt vor.«

»Kein Wunder. Es steht in der Bibel, und das gleich mehrmals. Jesus hat es zu seinen Jüngern gesagt.«

»Gott wollte Sie also zu seinem Jünger machen.«

»Gott wollte, dass ich ihm folge. Wohin, das hat er mir nicht verraten.«

»Haben Sie eine Ahnung, was er von Ihnen erwartet?«

»Nein. Ich habe mich das nicht nur damals, sondern auch in den folgenden Jahren oft gefragt. Leider habe ich bis heute keine zufriedenstellende Antwort darauf gefunden. Manchmal denke ich, es gehört zu Gottes Plan, dass er seine Leute im Unklaren darüber lässt, was auf sie zukommen wird.«

»Oder der Weg ist das Ziel«, erwidert Paula. »Die Hauptsache ist doch, dass Sie mit dem, was Sie tun, glücklich sind.«

Er sieht sie an und schweigt beredt. Paula kann in seinen Augen lesen, dass es bei ihm mit dem Glücklichsein nicht weit her ist.

»Aber lassen wir das«, sagt sie wegwischend. »Ich bombardiere Sie hier mit Fragen. Dabei haben wir uns getroffen, um über Ihr Anliegen zu sprechen. Also, was kann ich für Sie tun?«

Er ist ihr dankbar für den Themenwechsel, das sieht sie ihm an.

»Ist es eigentlich ein Zufall, dass Sie Ihre Dissertation über Wunder schreiben, oder haben Sie eine besondere Beziehung zu dem Thema?«, fragt er.

»Sie meinen, ob ich selbst schon mal ein Wunder erlebt habe?«

»Zum Beispiel.«

Paula schüttelt den Kopf. »Ich bin kein gläubiger

Mensch, falls Sie das meinen. Ehrlich gesagt habe ich gehofft, ich hätte ein dankbares Promotionsthema mit einem eng umrissenen Aufgabenfeld gefunden. Wunder sind ja naturgemäß eine sehr exklusive Angelegenheit. Zumindest dachte ich das. Hat sich aber als völliger Irrtum erwiesen.«

»Inwiefern?«

»Wenn man sich mit dem Thema beschäftigt, dann merkt man plötzlich, dass andauernd Sachen passieren, die für Wunder gehalten werden.«

»So, wie Sie das sagen, klingt es, als wären Wunder an jeder Ecke zu kriegen. So unkompliziert wie Frühstücksbrötchen.«

»Da ist ja auch was dran«, erwidert Paula. »Als ich mit meiner Recherche begann, da dachte ich eine Weile, dass ich von Wundern regelrecht umzingelt bin. Die Medien sind voll von Geschichten über wundersame Ereignisse. Scheint sich gut zu verkaufen. Außerdem gibt es eine Menge offizieller Wunder. Die sieben antiken Weltwunder, die sieben modernen Weltwunder, die sieben technischen Weltwunder und die sieben Naturwunder. Wobei man die Liste der Naturwunder problemlos verlängern kann. Die UNESCO hat über zweihundert Naturstätten zum Welterbe ernannt, von denen die meisten locker als Naturwunder durchgehen würden. Außerdem gibt es um die neunhundert Kulturwunder auf der UNESCO-Liste, und es werden ständig mehr. Und wussten Sie, dass von der katholischen Kirche gewöhnlich zwei Wunder für eine Heiligsprechung erwartet werden? Bei einigen

Tausend Heiligen müssten allein deren Wunder in die Zehntausende gehen.«

»So habe ich das noch nie betrachtet«, sagt Benedikt nachdenklich. »Allerdings haben sich die meisten der Wunder, die von der Kirche anerkannt werden, vor sehr langer Zeit zugetragen.«

»Das tut ihrer Wirkung aber offenbar keinen Abbruch«, entgegnet Paula. »Denken Sie nur an Wunder, die zur Gründung von Wallfahrtsorten geführt haben. Allein nach Lourdes pilgern jedes Jahr fünf Millionen Menschen, vier Millionen sind es in Fátima. Obwohl beide Marienerscheinungen über hundert Jahre zurückliegen, kommen die Menschen in Scharen, um für eigene Wunder zu beten. Und nicht selten passieren solche Wunder dann ja auch. In Lourdes soll es einige Tausend Fälle gegeben haben, immerhin um die siebzig davon werden auch von der Kirche anerkannt.«

»Interessant. Sie glauben also tatsächlich an Wunder«, stellt er sachlich fest.

Paula zieht ratlos die Schultern hoch. »Ich weiß es nicht, denn dazu müsste ich erst einmal eine andere Frage beantworten.«

»Und die wäre?«

»Was ist überhaupt ein Wunder?«, erwidert Paula.

Er nickt nachdenklich. »Gute Frage.«

»Vielleicht können Sie sie mir beantworten. Denn Sie glauben ja bestimmt an Wunder.«

»Nicht direkt«, antwortet er ausweichend.

»Was soll das heißen? Nicht direkt.«

»Ich bin, unter uns gesagt, inzwischen skeptisch. Es

könnte sich auch um Zufälle handeln. Oder um bloßes Wunschdenken, verzerrte Wahrnehmung oder Autosuggestion. Es gibt viele denkbare Erklärungen dafür.«

Paulas große Augen werden noch etwas größer. »Entschuldigung, wenn ich das so direkt frage, aber gehört es nicht zu Ihrem Job, an Wunder zu glauben?«

Seine Mundwinkel heben sich ein winziges Stück. Es sieht aus, als würden sie ein Lächeln versuchen, es dann aber doch wieder aufgeben. »Auch wir Priester sind nicht davor gefeit, dass bei uns im Laufe der Jahre Theorie und Praxis auseinanderdriften.«

»Sie zweifeln ernsthaft daran, dass es Wunder gibt?«

»Nicht nur daran«, antwortet er. »Ich zweifle auch an anderen Dingen. Aber ich hatte gehofft, dass Sie mir zumindest eine meiner Frage beantworten können. Nämlich die, ob Wunder Ihrer Meinung nach existieren.«

»Ich weiß es leider nicht«, antwortet Paula. »Und mir fehlen auch noch sämtliche anderen Antworten auf die Fragen, die ich mir gestellt habe.«

Er nickt erstaunt. »Ich dachte …«

»Sie dachten, dass meine Arbeit längst fertig ist«, unterbricht sie ihn. »Das dachte ich auch. Aber um ehrlich zu sein, ist der wahre Grund für meine kreative Pause, dass ich Antworten suche. Deshalb habe ich Sie gestern abgewimmelt. Und auch, weil es wieder einer dieser unproduktiven Tage war, die mir inzwischen ziemlich auf die Nerven gehen.«

»Ich weiß, was Sie meinen«, erwidert er. »Danke für Ihre Offenheit.«

»Keine Ursache.«

Er führt sein Weinglas an die Lippen, trinkt einen Schluck und überlegt. »Nur falls es Sie interessiert – ich glaube nicht, dass Ihr Plan funktionieren wird.«

Sie sieht ihn erstaunt an. »Warum nicht?«

»Ich habe es selbst ausprobiert. Das Warten, meine ich. Leider ohne Erfolg. Ich warte auch schon lange auf ein Zeichen des Himmels oder zumindest einen winzigen Fingerzeig, aber bislang … nichts.«

Paula zuckt mit den Schultern. »Was wäre die Alternative? Ich weiß nicht, was ich stattdessen machen soll.«

»Haben Sie schon mal darüber nachgedacht, mit der Arbeit ganz von vorn anzufangen? Manchmal hilft es, wenn man einen Weg nicht nur einmal geht.«

»Habe ich schon getan«, antwortet Paula. »Ich bin den Weg sogar mehrmals gegangen. Immer wieder habe ich das Manuskript bearbeitet und umgeschrieben. Trotzdem komme ich nicht weiter.«

Benedikt schüttelt den Kopf. »Ich rede nicht von der Schreibarbeit. Beginnen Sie richtig ganz von vorn. Am bestens mit dem ersten Gedanken.«

»Mit dem ersten Gedanken? Wie meinen Sie das?«

Er sieht sie eine Weile an und überlegt, dann räuspert er sich. »Ich will auch ehrlich zu Ihnen sein. Ich sitze hier, weil ich ebenfalls nach Antworten suche. Mein Leben als Priester hat vor dreiunddreißig Jahren begonnen, weil mir etwas passiert ist, das man als Wunder bezeichnen könnte. Aber war es wirklich ein Wunder? Ist es möglich, dass Gott nur ein einziges Mal zu einem Menschen spricht und danach nie wieder? Ich meine, vielleicht haben Gott und ich uns damals nur missverstanden. Vielleicht war es eine Halluzination. Oder pure Einbildung. Sie sehen also, ich beginne in meiner eigenen Geschichte auch ganz von vorn. Ich bin hier, weil ich zu verstehen versuche, ob ich vielleicht ein zwar kleines, aber entscheidendes Detail übersehen habe, als ich mein Leben in den Dienst Gottes stellte. Denn seitdem hüllt der himmlische Vater sich mir gegenüber in Schweigen.«

»Ganz von vorn«, wiederholt Paula nachdenklich.

Er nickt.

»Ich könnte mein Recherchematerial noch einmal auf die Goldwaage legen.« Sie sagt es mehr zu sich selbst.

»Gute Idee. Vielleicht haben Sie mehr Glück als ich und finden das Detail, das Ihnen entgangen ist.«

»Ihrer Meinung nach soll ich also die Nadel im Heuhaufen suchen.«

Er zieht die Schultern hoch. »Soll schon funktioniert haben.«

Sie überlegt. »Außerdem gibt es da noch ein Problem. Ich habe damals mit vielen Leuten gesprochen …«

»Meinen Sie Leute, denen Wunder widerfahren sind?«

»Auch«, antwortet Paula. »Aber von denen rede ich nicht. Mir sind einige interessante Zeitungsartikel und Aufsätze untergekommen. Und mit den Menschen, die sie verfasst haben oder um die es in den Berichten ging, habe ich telefoniert. Leider gibt es keine Abschriften von diesen Telefonaten, ich habe mir nur Stichpunkte gemacht.«

»Was waren das für Leute?«, fragt er neugierig.

»Ein bunter Haufen. Eine Gruppe Erfinder aus Avignon, eine Mathematikerin aus Zürich, eine Weltenbummlerin, die in den Schweizer Bergen lebt, und noch ein paar andere interessante Menschen. Es hat mich damals Wochen gekostet, mit all diesen Leuten zu sprechen. Das kriege ich ein weiteres Mal schon rein zeitlich nicht hin.«

»Wie wäre es, wenn Sie einfach noch einen oder zwei Monate länger hierbleiben?«, schlägt er vor.

»Würde ich gern«, antwortet sie. »Aber einerseits muss ich irgendwann wieder zurück nach München, und andererseits kann ich es mir nicht leisten, diesen Sommer endlos zu verlängern. Schade eigentlich, ist aber so.«

»Ja, wirklich schade«, erwidert er und nippt nachdenklich an seinem Glas.

**9**  Obwohl sie nach dem Essen und ein paar Gläsern Wein angenehm müde ist, kann Paula nicht schlafen. Benedikts Idee, noch einmal ganz von vorn anzufangen, am besten beim ersten Gedanken, geht ihr nicht aus dem Kopf. Also zieht sie ihre Recherchekartons unter dem Bett hervor – ein Wust von Fotos, Zeitungsschnipseln, Notizen und Papieren – und macht sich daran, alles noch einmal zu sichten. Aber dann fallen ihr doch die Augen zu, nach kurzem Kampf siegt die Müdigkeit, und Paula nickt ein.

Als sie im Morgengrauen auf dem dünnen Teppich vor ihrem Bett aufwacht, denkt sie im ersten Moment, dass sie nur ein paar Minuten geschlafen hat. Ihr verspannter Nacken und die schmerzenden Glieder sprechen jedoch eine andere Sprache. Der Wecker auf dem Nachttisch verrät ihr, dass es kurz vor fünf ist. Fast sechs Stunden hat sie auf dem harten Holzboden in einer unbequemen Haltung gelegen, das weiche Bett direkt vor der Nase. Sie streckt sich, um die Verspannung zu lösen, aber die bleibt erst mal da, wo sie ist.

Nachdem Paula ein paar Stunden auf dem Boden zugebracht hat, fühlt sie sich zwar nicht bestens ausgeruht, aber auch nicht mehr müde. Sie beschließt deshalb, genau dort weiterzumachen, wo sie gestern aufgehört hat. Zuvor allerdings braucht sie Kaffee. Und frische Luft. Am besten viel von beidem.

Um Viertel nach fünf sitzt sie mit ihrem Kaffee an ihrem Gartentisch, eine Decke um die Beine geschlungen, weil es frisch ist. Die Kisten stehen links und rechts neben ihr auf der Bank.

Um sechs brüht sie die zweite Kanne Kaffee auf. Sie trinkt ihn mit viel heißer Milch. So weckt er nicht nur die Lebensgeister, sondern wärmt auch angenehm.

Das zartblasse Rosa des Horizonts sagt ihr, dass die Sonne bald aufgehen wird. Paula freut sich auf dieses Spektakel. In den ersten Wochen in Molitoni hat sie keinen einzigen Sonnenaufgang verpasst. Dann aber erging es ihr wie vielen Menschen, die im Luxus baden. Sie gewöhnte sich daran. Jetzt wird ihr klar, dass sie bald wieder in München sein wird, wo die Sonnenaufgänge zwar auch sehr schön, aber nur selten so spektakulär sind wie in dieser Gegend. Sie nimmt sich vor, die verbleibenden Sonnenaufgänge ihres italienischen Sommers ausnahmslos zu verfolgen. Vielleicht gelingt es ihr sogar, sich daran sattzusehen. Bestimmt wird ihr dann der Abschied leichter fallen.

Zufrieden betrachtet Paula die vor ihr ausgebreiteten und inzwischen sortierten Unterlagen. Die Arbeit hat sich gelohnt, Paula fühlt sich nach dem Aufräumen irgendwie besser. In kleinen Stapeln liegen die Fotos und Papiere nun wohlgeordnet auf dem Gartentisch. Sieht nicht nur so aus, als hätte sie ihre Arbeit im Griff, es fühlt sich auch so an. Leider trügt dieses Gefühl. Paula ist immer noch so klug wie zuvor.

Sie zieht einen der Stapel Papiere zu sich heran. Es sind Zeitungsartikel, die von vermeintlichen Wundern berichten. Paula hat Tausende davon im Internet gefunden und die interessantesten ausgedruckt. Meist sind es Geschichten von unglaublichen Zufällen, durch die ein Unglück verhindert wurde.

Während Katastrophen oft das Ergebnis einer Verkettung unglücklicher Umstände sind, ist es bei Wundern genau umgekehrt. Sie entstehen durch eine manchmal magisch erscheinende Fügung glücklicher Umstände. Dass viele kleine Fehler zu einer Katastrophe und viele winzige Glücksfälle zu einem Wunder führen können, ist Paula bei ihrer Recherche aufgefallen. Für ein Wunder kann es am Ende reichen, dass ein einziger Mensch im richtigen Moment am richtigen Platz ist, um das Richtige zu tun.

Im Fall eines kleinen Mädchens aus Hanoi war es ein Lkw-Fahrer, der sich zufällig in der Straße befand, als die Zweijährige im zwölften Stock eines Hochhauses über die Balkonbrüstung kletterte und abstürzte. Obwohl es um wenige Sekunden ging, schaffte der Mann es, den Sturz des Kindes so abzufangen, dass die Kleine mit nur leichten Blessuren davonkam. Fast fünfzig Meter tief war sie gefallen, ohne sich ernsthaft zu verletzen.

Paula nimmt einen Schluck Kaffee. Sie fragt sich, ob eine Verkettung glücklicher Umstände unwahrscheinlicher ist als eine Verkettung unglücklicher Umstände.

Stimmt Murphys Gesetz überhaupt? Stimmt es, dass grundsätzlich alles schiefgeht, was schiefgehen kann? Oder anders gefragt: Funktionieren nicht viele Dinge so, wie sie funktionieren sollen? Ist das nicht sogar der Normalzustand? Anders als Edward Murphy es die Menschheit glauben machen will, sind Katastrophen nicht an der Tagesordnung. Man vergisst nur leicht, dass jeden Tag überall auf der Welt Milliarden Menschen mit Flugzeugen, Schiffen, Bahnen und Autos sicher an ihr Ziel gelangen. Aber komischerweise sind unsere Gedanken öfter bei den Katastrophen als bei den Wundern. Wir halten das Unglück, das uns im Leben widerfahren könnte, für wahrscheinlicher als unser Glück.

Paula muss an die Wiener Statistikerin denken, mit der sie vor ein paar Monaten telefoniert hat. Die Professorin hätte die Frage, ob große Katastrophen und große Wunder ähnlich wahrscheinlich sind, bestimmt beantworten können.

Paula sucht in einem der vielen Stapel nach den Kontaktdaten der Wissenschaftlerin, findet das Blatt und zieht es hervor. Frau Professorin Dr. Alba Lechner. Paula fragt sich, wo sie die beiden Aufsätze abgelegt hat, die der Grund waren, Alba Lechner zu kontaktieren.

»Was für eine Überraschung. Sie sind schon wach«, sagt eine Stimme hinter der Gartenmauer. Es ist der Priester. Er ist wie immer in Schwarz gekleidet. Nur das sichtbare Stück des weißen Einsteckkragens in seinem Kollarhemd leuchtet im Halbdunkel.

»Sie sind aber auch früh auf den Beinen«, antwortet Paula.

»Ich habe mich mit Frau Benedetto zur Morgenandacht verabredet«, erwidert er. »Aber ich bin in der Tat viel zu früh dran. Ich hatte eine unruhige Nacht und dachte, ein Spaziergang könnte mir guttun.«

»Möchten Sie eine Tasse Kaffee?«, fragt sie.

»Das ist nett, aber ich will nicht stören«, wiegelt er ab.

»Nun kommen Sie schon rein, ich hole schnell eine zweite Tasse«, entgegnet sie und steht auf. Das leise Quietschen der Gartentür verrät ihr, dass er die Einladung angenommen hat.

Wenig später sitzen sie sich am Gartentisch gegenüber.

»Sie haben sich meinen Vorschlag also zumindest durch den Kopf gehen lassen«, sagt er mit Blick auf die Papiere und nimmt einen Schluck Kaffee.

Das Gebräu schmeckt ihm nicht besonders, das sieht sie ihm an. Aber weil er höflich ist, sagt er nichts und trinkt tapfer weiter.

Sie nickt. »Ich hatte auch eine unruhige Nacht, und zwar Ihretwegen. Ich muss zugeben, Ihr Einwand ist berechtigt. Mit dem Wissen von heute schaue ich anders auf all das hier« – sie umfasst mit einer Geste die Papiere auf dem Tisch – »als ich es noch vor ein paar Monaten getan habe. Geholfen hat mir diese Erkenntnis bislang allerdings nicht. Ich weiß immer noch nicht, was ich von meinen gesammelten Wundern halten soll.«

Er leert seine Tasse und stellt sie auf den Tisch. »Könnte ich vielleicht noch so einen bekommen?«

»Schmeckt er Ihnen etwa?«, fragt sie erstaunt.

»Das nicht, aber er vertreibt die Müdigkeit«, gibt er zurück.

Sie muss lächeln.

»Ich habe übrigens auch wachgelegen, weil mir unser gestriges Gespräch nicht aus dem Kopf gegangen ist«, fährt er fort. »Ich würde Ihnen gern einen Vorschlag unterbreiten. Hätten Sie heute irgendwann kurz Zeit für mich?«

Sie gießt ihm ein, stellt die Kanne ab und lehnt sich zurück. »Ich habe jetzt Zeit. Oder spricht etwas dagegen, dass wir jetzt reden?«

»Das nicht«, antwortet er zögernd. »Ich war nur nicht darauf eingestellt, Ihnen vor Tagesanbruch zu begegnen. Ich wollte sie zum Mittagessen einladen. Dann können Sie meinen Vorschlag bei Licht betrachten.«

»Ich weiß, was Sie meinen. Ich finde auch, frühmorgens sollte man keine wichtigen Entscheidungen treffen, besonders dann nicht, wenn man müde ist.«

Er nickt. »So ist es.«

»Ich könnte Ihnen versprechen, dass ich mir Ihren Vorschlag in Ruhe durch den Kopf gehen lasse. Ich würde ihn also sozusagen später bei Licht betrachten.«

Wieder nickt er. »Okay.«

»Dann bitte. Bin gespannt.«

Er nimmt einen Schluck, zeigt dann auf die Papiere vor ihr. »Sie haben mir gestern erzählt, dass Sie Telefonate mit Leuten geführt haben, die Ihnen für Ihr Thema interessant schienen. Und Sie haben auch gesagt, dass Ihnen die Zeit und die finanziellen Möglichkeiten fehlen, um all diese Gespräche zu wiederholen.«

Jetzt ist es an ihr, zu nicken.

Er räuspert sich. »Mein Vorschlag wäre, dass wir uns zusammen auf den Weg machen, um diese Leute zu besuchen.«

Er sieht, das ihre großen Augen noch größer werden, und beeilt sich, weiterzureden. »Sie haben versprochen, dass Sie sich meinen Vorschlag in Ruhe durch den Kopf gehen lassen, bevor Sie etwas erwidern. Also sagen Sie jetzt bitte nichts und lassen mich das kurz erklären. Ich habe mir das heute Nacht nämlich sehr genau überlegt.«

Tatsächlich hat sie gerade etwas erwidern wollen. Doch jetzt schweigt sie und bedeutet ihm mit einem Nicken, fortzufahren.

»Ich habe etwas Geld gespart«, fährt er fort. »Inzwischen ist es genug, um eines Tages einen langen Urlaub zu machen. Eine große Reise, vielleicht sogar eine Weltreise. Heute Nacht ist mir jedoch klargeworden, dass es Wichtigeres in meinem Leben gibt, nämlich diese Reise zu Ihren Wunderexperten. Sie ist mir ein sehr wichtiges persönliches Anliegen. Ich könnte diese Reise zwar auch allein antreten, aber Sie kennen all diese Leute bereits. Wir haben also zufällig den gleichen Weg, und da dachte ich, wir könnten die Sache auch gleich zusammen angehen. Ums Geld müssen

Sie sich keine Sorgen machen. Ich würde für sämtliche Kosten aufkommen. Vielleicht werden die Hotels nicht immer luxuriös sein, aber Sie würden schon deshalb immer ein eigenes Zimmer bekommen, weil ich den Ruf der katholischen Kirche nicht noch weiter ruinieren möchte. Außerdem mag ich gutes Essen und kann es im Zweifelsfall auch selbst zubereiten. Und mein Auto ist zwar nicht neu, aber durchaus bequem und sicher – allein deshalb, weil es nicht besonders schnell fährt. Sie haben gesagt, dass Ihnen langsam die Zeit davonläuft und Sie sich dieses Haus nicht mehr lange leisten können. Sollten wir diese Reise machen, was ich hoffe, und sollte sie erfolgreich sein, was ich ebenfalls hoffe, dann könnten Sie Ihre Arbeit hier zu Ende bringen. Ich möchte Ihnen dabei helfen und würde Ihre Miete für weitere ein oder zwei Monate zahlen. Ich hatte selbst kurz überlegt, mir in der Gegend ein Haus zu mieten, und weiß ungefähr, was das kostet. Ich verspreche Ihnen also nicht zu viel.«

Er atmet durch und versucht in ihrem Gesicht zu lesen, was sie von seinem Vorschlag hält. Aber Paula hat es die Sprache verschlagen.

»Ich habe zwar eben gesagt, dass Sie sich den Vorschlag durch den Kopf gehen lassen sollen«, fügt er hinzu. »Aber Sie dürfen gern etwas zu meiner Idee sagen. Ich wollte nur vermeiden, dass Sie sie einfach so vom Tisch wischen.« Er nippt an seinem Kaffee und wartet.

»Sie wollen mir diese Reise schenken?«, fragt sie ungläubig.

Er nickt.

»Und die Miete obendrein?«

Wieder ein Nicken.

»Einfach so?«

»Ja, warum nicht?«

»Es ist ungewöhnlich, dass jemand so spendabel ist.«

»Ich bin Priester«, erwidert er. »Zum einen bedeutet mir Geld nichts. Zum anderen mache ich gern Geschenke. Bedenken Sie, dass ich Gott und den Menschen schon beinahe mein ganzes Leben geschenkt habe.« Er nimmt den letzten Schluck Kaffee. »Ihr Kaffee ist wirklich nicht besonders gut. Aber ich fühle mich jetzt so wach wie schon lange nicht mehr. Also, danke dafür.« Er steht auf.

»Wie auch immer ich mich entscheide«, sagt Paula. »Vielen Dank dafür, dass Sie mir helfen wollen.«

»Falls auch ich auf dieser Reise finde, was ich suche, werde ich Gott und den Menschen als Priester erhalten bleiben«, erwidert er. »Ich helfe also nicht nur Ihnen, Sie helfen auch mir.«

In seinen traurigen Augen kann sie lesen, wie sehr sie ihm helfen würde.

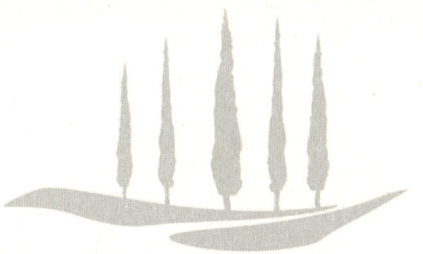

# 10

Während Benedikt mit der schwarzen Dame die Morgenandacht zelebriert, genießt Paula den Sonnenaufgang und überlegt, was sie von seinem Vorschlag halten soll.

Die Sonne gewinnt rasch an Strahlkraft. Die Wärme tut Paula gut. Sie zieht die Decke von ihren Beinen und spürt, wie mit jedem Zentimeter, den die Sonne in den Himmel klettert, auch die Temperatur steigt.

Allerdings kriecht ihr nun auch die Müdigkeit in die Knochen. Die Nacht auf dem Fußboden macht sich bemerkbar. Sie schließt die Augen und gibt sich dem angenehmen Gefühl hin, jeden Moment wegzudämmern.

Als sie Stimmen hört, weiß sie nicht, ob sie tatsächlich kurz eingenickt ist.

Benedikt und die schwarze Dame gehen vorbei, angeregt plaudernd und offenbar bester Laune. Er winkt, von Signora Benedetto ist ein freundliches »Buongiorno« zu hören. »Che bella giornata!«, fügt sie hinzu. Was für ein schöner Tag.

Paula lächelt, winkt zurück und schaut den beiden

nach, wie sie hinter der Mauer verschwinden, wo der Weg ins Dorf abschüssig wird.

Hat Signora Benedetto gerade tatsächlich von diesem Sommertag geschwärmt? Paula ist perplex. Die alte Frau, der sonst nichts und niemand ein Lächeln oder ein paar freundliche Worte zu entlocken vermag, scheint in Gesellschaft von Benedikt wahrlich aufzublühen. *Che bella giornata.* Wer hätte das gedacht? Vielleicht glaubt die fromme Dame, dass der Himmel ihr geistlichen Beistand in Gestalt dieses Paters geschickt hat.

Paula fragt sich, ob auch sie ihre Begegnung mit ihm als Wink des Himmels verstehen soll. Zwar ist sie nicht gläubig, aber wäre es nicht trotzdem logisch, dass Gott, falls es ihn gäbe und falls er ihr etwas mitzuteilen hätte, einen Priester schicken würde? Der Gedankengang lässt sie stutzen. Glaubt sie jetzt etwa doch an Wunder?

Gute Frage. Darüber muss sie nachdenken. Aber nicht am Gartentisch, sondern lieber in der Hängematte. Die baumelt zwischen zwei Olivenbäumen und ist von Paula so perfekt ausgerichtet worden, dass sie durch die Blätter zwar ein bisschen Sonne abbekommt, aber nie zu viel davon.

Paula muss an das Sprichwort denken, dass sich oft eine Tür öffnet, wenn sich eine andere schließt. Gestern hat sie den Brief ihrer Eltern geöffnet und erfahren, dass es ein Geheimnis in ihrer Vergangenheit gibt, das nun für immer ein Geheimnis bleiben wird. Heute hat sich eine neue Tür geöffnet, eine Tür in ihre

Zukunft, denn mit Unterstützung von Benedikt und etwas Glück könnte sie ihre Arbeit doch noch beenden.

Sie überlegt, ob sein Vorschlag überhaupt in einer akzeptablen Zeit umsetzbar ist. Um Paulas Wunderexpertinnen und -experten zu besuchen, wäre ein Reise durch mehrere Länder nötig. Zwar wären alle Ziele mit dem Auto erreichbar, aber zusammengenommen dürften sich die Etappen zu einer Route von vier- oder sogar fünftausend Kilometern summieren. Wie viel Zeit bräuchte man wohl für eine solche Reise? Sie überschlägt, dass allein die Fahrzeit mehr als eine Woche in Anspruch nähme. Klingt nach einer gewaltigen Anstrengung. Einerseits.

Andererseits geht es um vielleicht ein halbes Dutzend Stationen. Selbst wenn man für jedes dieser Etappenziele einen ganzen Tag einplanen würde, wäre das Projekt in zwei Wochen zu stemmen. Wenn man es so betrachtet, dann klingt es durchaus machbar.

Während Paula noch das Für und Wider von Benedikts Reiseplänen abwägt, hat sie sich, ohne es zu merken, gedanklich bereits auf den Weg gemacht. Sie überlegt, wie sie die Treffen arrangieren könnte, und feilt vor ihrem geistigen Auge bereits an der perfekten Route, bis ihr zum zweiten Mal die Augen zufallen.

Als sie erwacht, sieht sie in das lachende Gesicht von Franca. »Du hältst sonst nie Siesta. Was ist los?«

»Wie spät ist es?«, fragt Paula verdutzt.

»So spät, dass der erste Schultag nach den Ferien bereits vorbei ist«, antwortet Franca.

»Und das heißt?«

»Gleich ein Uhr.«

»Was?« Paula setzt sich erschrocken auf. »So spät?«

Grinsend nippt Franca an ihrem Eiskakao. »Hab mich selbst bedient«, erklärt sie. »Ich weiß ja, wo ich alles finde. Hast du etwa verschlafen?«

»Nicht direkt«, antwortet Paula und erzählt von dem Abend mit Benedikt und ihrer unbequemen Nacht vor dem Bett.

Franca lacht ihr lautes, breites Lachen. »Ich hab dir doch gleich gesagt, dass Betto dir helfen kann.«

»Ja, das kann er vielleicht wirklich. Dein Betto hat nämlich die Idee, eine Reise mit mir zu machen, damit ich all die Leute, mit denen ich bislang nur telefoniert habe, persönlich treffe.«

Franca macht große Augen, die, während Paula den Plan erläutert, immer größer werden. Dann sagt sie: »Das ist wirklich gemein. Genau an dem Tag, an dem meine Schule wieder anfängt, heckt ihr ein Abenteuer aus, und ich darf nicht mit.«

Paula muss lachen. »Du hättest auch in den Ferien nicht mitgedurft. Oder glaubst du etwa, deine Eltern wären damit einverstanden gewesen, dass du mit zwei wildfremden Leuten kreuz und quer durch Europa fährst?«

»Natürlich nicht«, erwidert Franca. »Aber in den Ferien hätte ich wenigstens versuchen können, sie so lange zu nerven, bis sie es doch noch erlauben. Jetzt, wo die Schule wieder angefangen hat, kann ich das doch komplett vergessen.«

Paula merkt, dass ihre kleine Freundin enttäuscht ist. Zugleich wird ihr klar, dass sie sich längst entschieden hat, Benedikts Vorschlag anzunehmen – allerdings gibt es da noch ein paar Punkte, die sie zuvor mit ihm besprechen muss. Jetzt wird sie erst einmal Franca versöhnlich stimmen. »Wie wäre folgender Vorschlag? Wir essen heute zusammen ein großes Abschiedseis, und wenn ich wieder da bin, feiern wir unsere Party bei Faustino.«

»Lieber wäre ich mit euch mitgefahren.«

»Weißt du, was? Ich habe eine Idee. Wir telefonieren einfach jeden Tag, und ich erzähle dir, was wir erlebt und wen wir getroffen haben. So wie wir es auch hier machen. Nur mit dem Unterschied, dass wir uns nicht sehen.«

Franca überlegt kurz, dann knipst sie ihr überbreites Lachen an. »Weißt du, was? Wir können uns trotzdem sehen. Wir zoomen einfach. Dann kannst du mir nämlich auch genau zeigen, wo ihr gerade seid und wie dein Zimmer aussieht. Und alles, was ich sonst noch wissen möchte. Das ist dann beinahe so, als wäre ich auch dabei.«

Paula zögert, weil Francas Wunsch mit mehr Aufwand verbunden sein könnte, als ihr lieb ist. Aber auch wenn sie wollte, sie könnte ihrer Sommerfreundin, die sie erwartungsvoll anblickt, diesen Wunsch nicht abschlagen.

»Also gut, wir zoomen, wann immer es geht«, sagt sie diplomatisch.

»Super«, freut sich Franca. »Und wann fahren wir

los? Also, ich meine, wann fahrt ihr in echt los und ich im Zoom?«

»Schon bald, vermute ich.«

»Dann sollten wir am besten sofort Eis essen gehen. Sonst klappt das wieder nicht«, sagt Franca.

»Einverstanden«, entscheidet Paula spontan. »Du bekommst dein Eis. Und ich werde bei Faustino mein Frühstück nachholen.«

Nachdem sie Franca einen riesigen Eisbecher und sich selbst einen großen Cappuccino spendiert hat, überlegt Paula, ob sie noch einmal nach Hause gehen oder den Rest des Nachmittags auf der Piazza verbringen soll. Sie hat sich mit Benedikt für den späten Nachmittag verabredet.

Als sie mit halb geschlossenen Augen den Reiseplan rekapituliert, steht plötzlich Benedikt vor ihr. »Warten Sie etwa auf mich? Ich dachte, wir wären für später verabredet.«

»Das sind wir auch«, sagt sie. »Ich war mit Franca hier und überlege jetzt …«

»… ob Sie meinen Vorschlag annehmen möchten?«

»Das auch«, antwortet sie.

»Gut, dann will ich Sie nicht weiter stören. Ich komme einfach später wieder.« Er wendet sich zum Gehen.

»Wenn Sie möchten, dann können wir auch jetzt reden«, sagt Paula. »Ich habe mich nämlich bereits entschieden.«

»Oh. Interessant«, sagt er und setzt sich schnell zu ihr an den Tisch, als befürchtete er, dass sie es sich noch einmal anders überlegen könnte. »Das trifft sich gut. Ich habe nämlich auch gerade Zeit.«

Paula wundert sich, denn er sieht aus, als wäre er auf dem Sprung. »Aber wir können genauso gut auch später reden«, schlägt sie vor.

»Nein, nein. Es passt mir wirklich gut«, versichert er, obwohl seine Körperhaltung eine andere Sprache spricht. »Ich bin ganz Ohr. Also, was halten Sie von meinem Vorschlag?«

»Im Grunde bin ich einverstanden«, sagt Paula und sieht, dass er sich sofort merklich entspannt. »Allerdings hätte ich ein paar Bedingungen«, fügt sie hinzu.

»Okay. Dann lassen Sie mal hören«, sagt er und bittet den vorbeigehenden Faustino, ihm einen Cappuccino zu bringen.

»Subito, padre«, antwortet der Barbesitzer. Auch er scheint Benedikt bereits bestens zu kennen.

»Ich weiß es sehr zu schätzen, dass Sie mir diese Reise schenken möchten, aber das kann ich nicht annehmen. Ich würde meine Hälfte der Reisekosten deshalb gern bei Ihnen abstottern«, sagt Paula. »Das Gleiche gilt für die Miete. Ich könnte zwar meine Eltern bitten, mir das Geld zu leihen, aber es wäre mir lieber, ihnen das nicht auch noch zuzumuten. Die beiden haben mir nämlich schon genug geholfen.«

»Es ist zwar nicht nötig, dass Sie mir das Geld zurückzahlen«, sagt Benedikt. »Aber wenn das eine Ihrer Bedingungen ist, dann bin ich natürlich einverstanden.«

»Ist es«, bestätigt Paula. »Deshalb möchte ich auch, dass wir versuchen, unsere Reisekosten kleinzuhalten.«

»Gern. Wie schon erwähnt, will ich den Ruf der katholischen Kirche nicht noch weiter ruinieren. Auch Priester, die prassen, sind keine gute Werbung für uns.«

Sie muss grinsen. »Dann ist ja gut.«

»Aber einfache Hotels und Pensionen dürfen es schon sein, oder? Mein Rücken ist nämlich nicht mehr der Jüngste.«

»Was glauben Sie denn? Dass ich mit Ihnen eine Campingtour mache?«

»Keine Ahnung. Würden Sie das wollen?«, fragt er besorgt.

Sie muss lachen. »Nein. Ich schlafe gern in einem richtigen Bett.«

»Dann ist ja gut.« Er wirkt erleichtert. »Was haben Sie sonst noch auf dem Herzen?«

»Ich habe Ihnen gesagt, dass ich nicht gläubig bin …«, beginnt Paula.

»Das ist kein Problem«, unterbricht Benedikt. »Ich habe nicht vor, Sie zu missionieren.«

»Es könnte trotzdem ein Problem geben«, erwidert sie.

»Inwiefern?«

»Sie sind als Priester eine Respektsperson. Sie leiten eine Kirchengemeinde, und Sie kennen den Bischof höchstpersönlich. Ich vermute, Sie sind es gewohnt, bei Ihren Leuten immer das letzte Wort zu haben …«

»Verstehe. Sie befürchten, ich könnte ein alter weißer Besserwisser sein.«

Wieder muss sie lachen. »Nein. Das befürchte ich wahrlich nicht …«

»Schon gut. Der Gedanke ist überhaupt nicht abwegig. In der katholischen Kirche gibt es eine Menge Besserwisser. Aber um auf Ihr Problem zurückzukommen. Wie wäre es denn, wenn grundsätzlich Sie das letzte Wort hätten? Für mich wäre das überhaupt kein Problem, schließlich möchte ich etwas von Ihnen lernen, und nicht umgekehrt.«

»Lernen?«

»Ja. Ich glaube, ich kann etwas von Ihnen lernen.«

»Das bezweifle ich nun wieder«, sagt sie.

»Warum?«

»Allein, weil ich deutlich weniger Lebenserfahrung habe. Vermutlich höchstens … die Hälfte?«

Er muss lächeln. »Schon möglich. Wie alt sind Sie denn?«

»Achtundzwanzig. Und Sie sind Anfang, Mitte fünfzig?«

»Gut geschätzt. Ich bin fünfundfünfzig.«

In Wahrheit hat sie ihn deutlich älter geschätzt und rasch ein paar Jahre abgezogen, um sicher zu sein, dass sie nicht zu sehr danebenliegt.

»Wussten Sie, dass Jesus etwa in Ihrem Alter war, als er der ganzen Welt ein paar sehr wichtige Dinge über Gott beigebracht hat?«, fragt Benedikt.

»Ich bin nicht Jesus«, antwortet Paula.

»Und Buddha soll Mitte dreißig gewesen sein, als er erleuchtet wurde.«

»Ich bin auch nicht Buddha.«

»Ich wollte ja nur sagen, dass es keinesfalls immer die alten weißen Männer sind, die den Durchblick haben.«

»Davon habe ich allerdings auch schon gehört.«

»Deshalb bin ich bereit, von Ihnen zu lernen.«

»Mir wäre es trotzdem lieber, wenn wir uns auf Augenhöhe begegnen könnten«, sagt Paula. »Und da wir gerade davon sprechen: Ich muss Sie nicht Pater nennen, oder?«

Jetzt muss er grinsen. »Soll ich denn Frau Magister zu Ihnen sagen?«

Sie lacht. »Schön, dann sind wir uns also einig.«

»Sind wir das?«, fragt er. »War es das, was Sie auf dem Herzen hatten?«

Sie nickt. »Denke schon.«

»Freut mich. Dann bliebe nur noch die Frage, wann wir uns auf den Weg machen wollen. Gleich morgen?«

Paula zuckt mit den Schultern. »Ja. Warum nicht?«

»Soll ich Sie abholen und Kaffee mitbringen?«

»Sie können auch einen von mir bekommen«, erwidert sie.

»Wenn ich die Wahl habe, dann nehme ich lieber den von Faustino«, gesteht er.

»Ich eigentlich auch«, gibt sie zu. »Dann morgen früh einen Cappuccino, bitte.«

»Gute Wahl.«

»Sollen wir sagen, so gegen neun?«, fragt sie.

»Neun ist bestens. Und nur mal so aus Neugierde: Wo geht es eigentlich hin?«

»Wir fahren zuerst in die Provence. Nach Avignon.«

»Wie schön. Und wen besuchen wir da?«

»Erkläre ich Ihnen alles unterwegs.«

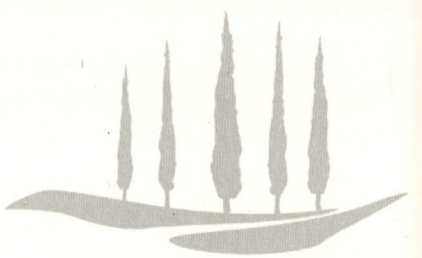

# 11

Kurz hinter der französischen Grenze beginnt der Motor zu qualmen. Benedikt lenkt seinen Volvo auf den Seitenstreifen.

»Ist nur das Kühlwasser, geht gleich weiter«, beruhigt er Paula und entriegelt die Motorhaube. Dann steigt er aus und holt eine Flasche Wasser und einen alten Lappen aus dem Kofferraum.

»Wir können auch eine Pause machen«, schlägt Paula vor, als er an ihrem Fenster vorbeigeht. Sie haben nicht nur das Schiebedach aufgekurbelt, sondern auch beide Seitenfenster geöffnet, damit die Mittagshitze etwas erträglicher ist. Dabei kühlt der Fahrtwind gar nicht besonders und macht obendrein ziemlich Lärm. Man kann sich also kaum unterhalten, schwitzt aber trotzdem.

»Brauchen Sie eine Pause?«, fragt Benedikt und macht sich am Motor zu schaffen. »Haben Sie Hunger? Wollen wir anhalten und was essen?«

»Nein, ich bin nicht hungrig, aber ich dachte, Ihr Wagen könnte eine Pause gebrauchen.«

Er schließt die Motorhaube. »Nicht nötig. Dem Wagen geht's gut. Ist völlig normal, dass er ab und zu schwächelt. Ich kenne das nicht anders. Alle paar hundert Kilometer gibt es irgendein Problem. Nicht weiter schlimm, wenn man weiß, was zu tun ist. Er hat eben schon ein paar Jahre auf dem Buckel.«

Benedikt verstaut die Flasche und den alten Lappen wieder im Kofferraum, der so riesig ist, dass Paulas Tasche und sein kleiner Koffer darin völlig verloren wirken. Dann setzt er sich zurück hinters Steuer. »Also? Wie haben Sie sich entschieden? Pause? Oder fahren wir weiter?«

»Wenn Sie sich keine Sorgen um Ihren Wagen machen, dann können wir von mir aus gern weiterfahren«, antwortet Paula.

»Ich mache mir grundsätzlich keine Sorgen um materielle Dinge«, entgegnet Benedikt. »Warum auch? Es ist nur ein Auto.«

»Ich dachte, Sie hängen vielleicht dran«, sagt Paula.

»Nein, nicht besonders«, erwidert Benedikt und fährt los.

»Warum haben Sie sich dann einen Oldtimer zugelegt?«, hakt sie nach.

»Weil er preiswert war. Und weil der Wagen praktisch ist. Außerdem kennt unser Küster sich mit dieser Marke so gut aus, dass er ihn jederzeit reparieren kann. Manchmal glaube ich, er hat schon so oft an diesem Auto herumgeschraubt, dass es kaum etwas gibt, das er noch nicht ausgetauscht hat.«

Die abgewetzten Teppiche und die noch viel mehr abgewetzten Sitze sind ganz sicher ebenso wenig ausgetauscht worden wie der karamellfarbene Autohimmel, denkt Paula, sagt aber nichts.

Er errät ihre Gedanken. »Okay, ich hab ein bisschen übertrieben. Hier im Inneren stammt eigentlich noch alles aus den Achtzigern.«

»Schon okay«, erwidert Paula. »Ich weiß, was Sie sagen wollen. Dass die Wunder dieser Welt sich direkt vor unseren Augen abspielen, wir sie aber oft nicht sehen.«

Er runzelt die Stirn. »Welches Wunder meinen Sie?«

»Dass dieses Auto überhaupt noch fährt.«

Er muss lachen. Es ist ein kurzes, befreites Lachen. Sie stellt erstaunt fest, dass er in ihrer Gegenwart das erste Mal laut lacht. Er hat ein angenehmes Lachen. Kurz, klar und sehr viel heller, als es seine tiefe Stimme vermuten ließe. Sie mag sein Lachen. Das will was heißen, denn es kommt selten vor, dass sie einen Mann gern lachen hört. Es gab sogar schon den Fall, dass sie ein Date frühzeitig beendet hat, weil ihr das Lachen ihres Gegenübers auf die Nerven ging. Ihre Freundin Caro findet, dass Paula viel zu anspruchsvoll ist, wenn sie nicht nur den perfekten Mann sucht, sondern zudem einen, der perfekt lachen kann.

Bei dem Gedanken an Caro muss Paula grinsen. Eigentlich wollte ihre Freundin sie mindestens jedes zweite Wochenende in Molitoni besuchen. Geschafft hat sie gerade mal ein paar Tage im Juli. Caro ist viel zu sehr damit beschäftigt, sich klar darüber zu werden, ob sie mit einem Mann zusammenleben möchte, der in Paulas Augen nicht nur das falsche Lachen hat, sondern überhaupt der völlig Falsche für sie ist. Davon möchte Caro aber nichts wissen.

Benedikt reißt sie aus ihren Gedanken. »Kennen Sie eigentlich die Geschichte vom Schiff des Theseus? Also, das Theseus-Paradoxon? Ich komme drauf, weil wir gerade von meinem Wagen sprachen.«

»Nie gehört. Was hat Ihr Auto mit einem Schiff zu tun?«

»Das Schiff des Theseus ist auch ständig repariert worden und geriet so in den Mittelpunkt einer philosophischen Diskussion, die noch heute anhält«, antwortet er.

»Interessant. Nie davon gehört«, sagt Paula. »Aber ich bin ganz Ohr.«

»Das Paradoxon stammt aus der Antike, und es geht in der Geschichte um jenes legendäre Schiff, mit dem Theseus nach Kreta gesegelt sein soll, um den Minotaurus zu besiegen«, erklärt Benedikt. »Im Lauf der Zeit wurde Theseus' Schiff so oft repariert, dass am Ende jedes Teil, also wirklich jede Planke und jeder Nagel, ersetzt worden war. Die Frage, die sich daraus ergab und die damals wie heute von Philosophen heiß diskutiert wird, lautete, ob es sich überhaupt noch um ein und dasselbe Schiff handelte.«

»Logisch ist es dasselbe Schiff«, entgegnet Paula spontan. »Es ist ja nur repariert worden.«

»Schon. Aber ist nicht das komplett erneuerte Schiff ein völlig anderes als jenes, das Theseus nach Kreta gebracht hat?«

Sie runzelt die Stirn. »Sie meinen, es könnte sich im Grunde um einen Nachbau handeln. Schließlich ist kein Teil des Schiffes mehr das Original.«

»Genau. Und jetzt stellen Sie sich obendrein vor, dass der Schiffbauer, der die ganzen alten Planken und Nägel nicht nur ausgetauscht, sondern auch gesammelt hat, auf die Idee gekommen wäre, das Schiff des Theseus aus dem vorhandenen Material zu rekonstruieren. Dieses Gefährt wäre dann zwar nicht seetüchtig, aber wäre es nicht trotzdem deutlich näher am Original des Schiffes als das immer wieder reparierte Exemplar? Wäre nicht eigentlich der Urzustand das Original?«

»Schon«, sagt Paula. »Aber auch das andere Schiff ist mehr als nur eine Kopie. Es ist immerhin aus dem Original entstanden.«

»Deshalb lautet die Frage: Welches ist nun das Schiff des Theseus? Eines der beiden existierenden Schiffe? Keines von beiden? Oder sind etwa beide gleichermaßen dieses Schiff? Hat es sich quasi über die Jahre auf wundersame Weise verdoppelt? Und falls ja, wie kann das sein?«

»Ganz schön vertrackt«, sagt Paula. »Darüber muss ich mal nachdenken.«

»Tun Sie das«, erwidert Benedikt. »Eine ähnlich vertrackte Geschichte gibt es nämlich auch zum Thema Wunder. Vielleicht finden Sie eine Lösung für beide Probleme.«

Sie stutzt. Paula ist bei ihrer Recherche über einige Anekdoten zum Thema Wunder gestolpert, aber keine erinnert sie an die Theseus-Geschichte. »Was ist das für eine Wundergeschichte?«, fragt sie.

»Ach, die kennen Sie bestimmt«, antwortet Benedikt. »Sie handelt von einem Mann, der sich in der Wüste verirrt und Gott um ein Wunder bittet. Als er in der Ferne eine Oase sieht, denkt er, Gott habe dafür gesorgt, dass sich das erbetene Wunder tatsächlich ereignet. Enttäuscht muss er jedoch feststellen, dass es sich bei der rettenden Oase nur um eine Fata Morgana handelt. Alles sieht für den Mann zwar täuschend echt aus, ist aber leider nur eine Luftspiegelung. Selbst die Karawane, die sich nun gemächlich der Oase nähert, ist so wenig real wie der Ort selbst. Der Mann wird nun langsam wütend, weil er denkt, dass Gott ihn zum Narren halten will.« Benedikt wirft Paula einen Seitenblick zu. »Und? Kommt Ihnen diese Geschichte immer noch nicht bekannt vor?«

Sie schüttelt den Kopf. »Aber ich bin gespannt, wie es weitergeht.«

»Es kommt für unseren armen Wüstengänger noch sehr viel schlimmer. Nach stundenlangem Fußmarsch unter der glühenden Sonne und schon halb verrückt vor Angst und Durst, bildet unser Mann sich ein, dass er die Oase sogar hören und riechen kann. Der Duft von Zitrusfrüchten steigt ihm in die Nase, das Plätschern von Wasser dringt in sein Ohr. Sein letzter Gedanke gilt dem schrecklichen Gott, der ihm zuerst trügerische Hoffnung gebracht hat und ihn nun doch jämmerlich sterben lässt.«

»Der Mann wird nicht gerettet?«, fragt Paula.

Benedikt schüttelt den Kopf. »Nein, er stirbt an Auszehrung und Hitze.«

Paulas große Augen werden noch größer. »Und was will uns die Geschichte sagen? Und was hat sie mit dem Schiff des Theseus zu tun?«

»Moment, sie ist noch nicht zu Ende«, erwidert Benedikt. »Am nächsten Tag finden zwei Beduinen die Leiche des Mannes. Sie wundern sich, denn der Tote liegt am Rand ihrer Oase. Er hätte nur den Arm ausstrecken und sich von den saftigen Früchten bedienen müssen, um dem Hitzetod zu entgehen.«

»Wow«, sagt Paula. »Also hat er zwar für ein Wunder gebetet, aber nicht daran geglaubt, als es wirklich geschieht.«

»Schöne Theorie«, erwidert Benedikt.

Paula will etwas erwidern, aber in diesem Moment klingelt ihr Handy. »Da muss ich mal kurz rangehen«, sagt sie nach einem flüchtigen Blick aufs Display. »Das sind meine Eltern. Ich wollte mich längst bei ihnen gemeldet haben.«

»Aber klar, nur zu«, sagt Benedikt und beginnt, die Fenster und das Schiebedach zu schließen, damit Paula in Ruhe telefonieren kann.

»Hallo, ich wollte euch auch schon anrufen«, sagt sie, während Benedikt auf die Straße blickt und so tut, als würde er nicht zuhören. Sie wissen beide, dass das unmöglich ist.

»Ja, ich weiß, ich hab den Brief schon am Freitag bekommen«, sagt sie. »Ist schade, aber da kann man leider nichts machen. Wir haben es versucht, aber es war immer klar, dass es auch schiefgehen kann. Jetzt ist es eben so.«

Sie hört eine Weile zu.

»Nein, mir geht es wirklich gut damit«, sagt sie dann. »Natürlich hätte ich mir gewünscht, dass euer Geld besser angelegt gewesen wäre. Aber dieser Detektiv hat ja gleich gesagt, dass unsere Chancen nicht sehr gut stehen. Die Sache ist eben kompliziert.«

Wieder hört sie zu.

Benedikt spürt, dass ihr das Gespräch unangenehm ist. Er ahnt, dass seine Anwesenheit der Grund dafür sein könnte. Leider ist gerade kein Rastplatz in Sicht, wo er anhalten und Paula ungestört telefonieren könnte.

Sie kommt seinem Plan zuvor, indem sie das Telefonat vertagt. »Sagt mal, kann ich euch vielleicht später zurückrufen? Ich bin gerade unterwegs, und der Empfang ist nicht so toll.«

Als sie das Gespräch beendet hat, ist ihre Stimmung im Keller.

»Ich glaube, ich könnte jetzt doch eine Pause und einen Kaffee gebrauchen«, sagt sie.

»Gern«, erwidert er und setzt den Blinker, um die nächstbeste Ausfahrt zu nehmen. »Suchen wir uns doch ein nettes Bistro und machen eine kleine Mittagspause.«

Als Paula schweigt, wertet er das als stille Zustimmung.

Wenig später sitzen sie unter der Markise des Bistrot de Marie. Der Sonnenschutz ist so winzig, dass nur zwei Tische unter ihm Platz haben. Obendrein sind beide frei. Benedikt ist trotzdem zuversichtlich, dass die Küche sie nicht enttäuschen wird. Die wenigen Gerichte auf der Tageskarte, die übergroß neben der Eingangstür hängt, sind sorgsam zusammengestellt.

»Es gibt heute Ratatouille«, sagt er. »Ist bestimmt nicht nur lecker, sondern streichelt auch die Seele.«

»Danke für den Tipp«, sagt Paula. »Aber wieso glauben Sie, dass meine Seele Streicheleinheiten braucht?«

Es liegt ihm fern, sich in ihre Angelegenheiten zu mischen, aber er ahnt, dass seine Bemerkung so geklungen haben muss, als wäre sie ein tröstlicher Kommentar zu dem Telefonat, das er gerade mitbekommen hat. Dabei will er sie nur ganz allgemein aufmuntern.

Viele Priester halten es für ihre berufliche Pflicht, sich ungefragt in fremde Angelegenheiten einzumischen. Benedikt ist anders. Er findet, es reicht, dass er als Priester zu erkennen ist. Wenn die Menschen ihm etwas erzählen möchten oder sich einen Ratschlag von ihm wünschen, dann wird er das schon erfahren. »Ich wollte Ihnen nicht zu nahetreten«, sagt er. »Außerdem glaube ich wirklich, dass das Ratatouille hier sehr gut ist.«

Sie wirft ihm einen kritischen Blick zu. »Möchten Sie, dass ich Ihnen nun mein Herz ausschütte?«

Er weiß nicht, was er darauf sagen soll.

Sie muss über sein verdutztes Gesicht lachen. »Danke für Ihre Anteilnahme, aber dieser Anruf klang vermutlich dramatischer, als er in Wirklichkeit war …«

»Sie müssen mir nichts erklären«, wirft er ein.

»Okay.« Augenblicklich verstummt sie.

»Das heißt aber auch nicht, dass ich Ihnen nicht zuhören will«, fügt er verunsichert hinzu. »Ich möchte nur nicht, dass Sie denken, ich würde das von Ihnen erwarten, weil ich Priester bin.«

»Warum sollte ich erwarten, dass Sie sich für meine Probleme interessieren?«, fragt sie erstaunt.

Er zieht die Schultern hoch. »Weil die meisten Menschen das von mir erwarten. Das ist so ähnlich wie bei Ärzten, die sich in ihrer Freizeit Krankengeschichten anhören müssen, weil alle in ihrem Bekanntenkreis wissen, dass sie Ärzte sind. Als Priester bin ich in den Augen der Leute dafür zuständig, seelsorgerlichen Beistand zu leisten, und das jederzeit.«

»Im Gegensatz zu Ihnen legen Ärzte ihre Berufskleidung in der Freizeit gewöhnlich ab«, wendet Paula ein. »Wenn Sie als Priester zu erkennen sind, dann sollten Sie sich nicht wundern, dass die Leute Sie auch so wahrnehmen.«

»Ich will mich ja nicht beklagen. Ich bin gern für die Menschen da«, sagt er. »Es ist nur so, dass ich denke, sie würden mir ganz anders begegnen, wenn ich nicht diese Kleidung tragen würde.«

»Und das wäre Ihnen lieber?«, fragt Paula.

»Ich weiß nicht. Ich bin aus freien Stücken Priester geworden, und ich bin es gern – oder zumindest bin ich es die längste Zeit gern gewesen. Inzwischen befürchte ich allerdings, dass ich nur noch selten als ein Mensch gesehen werde, der Priester geworden ist. Fast alle sehen nur den Priester.«

»Ist das so wie mit den beiden Schiffen?«, fragt Paula nachdenklich. »Haben Sie das Gefühl, Ihre heutige Version hat kaum noch etwas mit dem Original zu tun?«

Sie sieht, dass er merklich stutzt.

»Entschuldigung, ich wollte Ihnen auch nicht zu nahetreten«, fügt sie rasch hinzu.

»Nein, nein. Schon gut«, sagt er irritiert und sieht sie an. »Das ist ein sehr guter Hinweis. Ich glaube, darüber muss ich erst einmal nachdenken.«

Sie nickt. »Was Ihre Kleidung angeht, machen Sie es doch so wie die Ärzte und legen die Priestertracht in Ihrer Freizeit ab.«

»Darüber habe ich tatsächlich bereits nachgedacht«, gibt er zu.

»Aber?«

»Aber ich bin noch nicht so weit.«

Sie nickt bedächtig und hakt nicht weiter nach.

»Das ist so wie bei Ihrer Geschichte«, fügt er hinzu. »Meine ist ebenfalls ein bisschen kompliziert.«

»Verstehe«, sagt sie. »Für mich gilt übrigens das Gleiche wie für Sie. Wenn Sie mir Ihre komplizierte Geschichte erzählen möchten, höre ich gern zu. Wenn nicht, dann ist das auch okay.«

»Danke. Gut zu wissen«, sagt er, während eine zierliche Frau auf der Terrasse erscheint. »Bonjour. Je suis Marie. Comment allez-vous?«

Paula schaut zu Benedikt. »Ich glaube, wir können heute beide das Ratatouille gebrauchen, oder?«

Er nickt.

Die Bedienung hat verstanden. »Ratatouille? Bon choix, le ratatouille, c'est delicieux!«

# 12

Paula und Benedikt erreichen Avignon am frühen Abend. Der Geruch der Lavendelfelder, der sie auf ihrem Weg durch die Provence begleitet hat, folgt ihnen bis in die Stadt, wo er sich mit anderen Düften vermischt und allmählich verflüchtigt. Allerdings verschwindet er nicht ganz. Wohin man auch geht, es umweht einen ein Hauch von Lavendel. Dafür sorgt der Wind, der den Duft im Gepäck hat, ganz gleich, aus welcher Richtung er auch anreist. Lavendel ist sozusagen das Parfum dieser Gegend.

Paula hat unterwegs im Internet nach Hotels gesucht und ein hübsches und bezahlbares in der Altstadt gefunden. Zum Glück ist das berühmte Theaterfestival von Avignon vorbei, und auch die Sommersaison neigt sich langsam ihrem Ende zu.

Vom Hotel aus ist es zur Rue de Mons nur ein kurzer Spaziergang durch die mittelalterlichen Gassen. Wenn Molitoni im Reiseführer ein kleines Schmuckstück genannt wird, dann wäre Avignon im Vergleich dazu ein großer Klunker. Die Stadt präsentiert mit stolz geschwellter Brust die weltberühmten Monumente ihrer bewegten Vergangenheit. Den Papstpalast, die

Stadtmauer oder auch die Reste der Pont Saint-Bénézet, besungen im Volkslied *Sur le Pont d'Avignon*. Jede einzelne dieser Sehenswürdigkeiten würde schon ausreichen, um eine kleine Stadt wie Avignon berühmt zu machen. Aber dieser provenzalischen Grande Dame scheinen drei Attraktionen nicht prachtvoll genug zu sein. Avignon will nicht nur glänzen, sondern strahlen. Jede Gasse, jede Kirche, jeder kleinste Platz ist so perfekt und pittoresk herausgeputzt, dass man zeitweise glauben könnte, durch Kulissen zu spazieren. Kein Wunder, dass sich die Stadt jeden Sommer in eine Theaterbühne verwandelt.

»Und dieses Wundertheater, zu dem wir jetzt gehen, ist einer der Orte, an denen das Festival stattfindet, richtig?«, fragt Benedikt, während sie durch die malerischen Gassen schlendern, vorbei an Bars und Restaurants, vor denen adrett gekleidetes Personal auf Abendgäste wartet.

»Richtig«, antwortet Paula. »Aber es heißt nicht Wundertheater, sondern Haus der Wunder.«

»Aber es wird dort ein Wundertheaterstück gespielt«, setzt er beharrlich nach.

»Nein, sie spielen eine Wunderrevue, die das Theaterensemble selbst geschrieben hat.«

»Die Wunderknaben«, ergänzt Benedikt.

»Nein. Die Wunderkinder«, korrigiert Paula mit leisem Seufzen. »Das Ensemble heißt *Professor Louis und die Wunderkinder*. Wenigstens das sollten Sie sich merken. Künstler reagieren empfindlich, wenn man sie mit dem falschen Namen anspricht.«

»Und wen treffen wir dann gleich? Professor Louis höchstpersönlich?«

»Professor Louis ist tot«, erwidert Paula. »Ihm hat das Haus gehört, er war ein großer Theaterliebhaber. Deshalb hat er testamentarisch verfügt, dass das Ensemble in dem Gebäude umsonst leben und arbeiten darf, solange dort Theater gespielt wird. Zum Dank dafür hat die Kompanie sich nach ihm benannt. Das habe ich Ihnen eben im Auto übrigens alles vorgelesen.«

»Jetzt erinnere ich mich«, antwortet Benedikt. »Aber in Ihrer Erzählung wimmelte es nicht nur von Namen, sondern auch von Wunderdingen. Da kann man schon mal durcheinanderkommen. Haben Sie nicht auch noch ein Wundermuseum erwähnt?«

Paula nickt. »Es gibt eine Ausstellung zur Wunderrevue, und die heißt das Museum der Wunder. Immerhin das haben Sie sich gemerkt.«

»Ich glaube, diese Theaterleute übertreiben es ein wenig mit den Wundern. Wenn ich das in unserem Wallfahrtsort machen würde, dann wären die Leute auch verwirrt. Wunder brauchen eine gewisse Exklusivität, finden Sie nicht?«

»Vermutlich kommt ein bunter Strauß von Wundern beim Publikum einfach besser an als ein einzelnes«, erwidert Paula. »Das ist in Ihrer Branche doch nicht anders, oder?«

Er lacht. »Haben Sie da gerade einen Witz auf Kosten der katholischen Kirche gemacht?«

»Ist mir rausgerutscht. Ich wollte Ihnen nicht zu nahetreten …«, beginnt Paula.

»Sind Sie nicht«, antwortet er. »Es ist ja nicht von der Hand zu weisen, dass auch wir Priester im Showbiz arbeiten. Ich meine, wie kann ich wissen, ob das Wunder, für das unser Wallfahrtsort bekannt ist, vor fast zweihundert Jahren wirklich passiert ist. Alle Augenzeugen sind längst tot, und die vorhandenen Beweise könnten manipuliert worden sein. Vielleicht verkaufe ich den Gläubigen also nur eine Illusion – genau wie es diese Theaterleute tun, Tag für Tag.«

»Was war das damals für ein Wunder?«

»Die Marienstatue in der Kirche von Kolkenbeck hat über Nacht ihre Augen geschlossen und sie bis heute nicht wieder geöffnet«, erklärt Benedikt. »Das war im Jahre des Herrn 1834, ausgerechnet in der Osternacht.«

Paula stutzt. »Das ist alles? Ich meine, dafür gäbe es eine Menge Erklärungen.«

»Zum Beispiel?«, fragt Benedikt.

»Die Figur könnte ausgetauscht worden sein. Oder jemand hat sie über Nacht bearbeitet.«

Er schüttelt den Kopf. »Die Madonna ist mehrmals mit modernsten Methoden untersucht worden. Es gilt als ausgeschlossen, dass sie nachträglich bearbeitet wurde. Und es ist ebenso unwahrscheinlich, dass die Figur ausgetauscht wurde. Sie ist ein Unikat aus dem 17. Jahrhundert. Wieso sollte der Künstler eine zweite Version davon angefertigt haben? Und warum eine mit geschlossenen Augen? Und falls es aus irgendeinem Grund doch so war, wer hat dann diese zweite Figur mehr als hundertfünfzig Jahre lang irgendwo versteckt, um sie ausgerechnet an Ostern im Jahre 1834 mit dem Original zu vertauschen?«

Paula überlegt. »Vielleicht haben sich die damaligen Bewohner von Kolkenbeck die Geschichte nur ausgedacht, um für Publicity zu sorgen.«

»Inwiefern?«

»Es könnte doch auch sein, dass es von Anfang an nur eine Madonna mit geschlossenen Augen gab. Um für ein Wunder zu sorgen, haben die Leute in Kolkenbeck einfach behauptet, die Augen der Madonna wären zuerst geöffnet gewesen, hätten sich dann aber plötzlich über Nacht geschlossen.«

»Sehr, sehr clever«, sagt Benedikt. »Dann hätten die Verschwörer aber alle Gemälde fälschen müssen, die in den hundertfünfzig Jahren vor diesem wundersamen Osterfest von der Madonna gemalt worden sind. Auf all diesen Gemälden ist sie mit geöffneten Augen zu sehen.«

»Oh.« Paula überlegt erneut, hebt dann ratlos die Schultern. »Aber dann weiß ich nicht, warum Sie am Wunder von Kolkenbeck zweifeln. Sie sagen ja selbst, dass es praktisch unmöglich ist, einen solchen Betrug einzufädeln. Außerdem, wer hätte Interesse daran gehabt?«

»Wie wäre es mit der katholischen Kirche?«, erwidert Benedikt. »Sie hat nicht nur die Möglichkeiten, so etwas einzufädeln, sondern auch den langen Atem dazu. Im Vatikan wird die Zeit nicht in Jahren oder Jahrzehnten gemessen, sondern in Jahrhunderten.«

»Sie misstrauen Ihren eigenen Leuten?«

»Ich habe nur gesagt, es wäre möglich.«

»Dass die Kirche ihre eigenen Wunder inszeniert?«

»Überraschen würde es mich nicht«, gibt Benedikt zu.

Paula schweigt einen Moment, während sie in eine besonders schöne Gasse einbiegt. »Sie werden sich gut mit André verstehen«, sagt sie und klopft an die schwere Holztür eines Hauses, über dessen Eingang in mehreren Sprachen das Wort *Wunder* zu lesen ist. »Er ist ebenfalls ein Skeptiker. Und so wie es damals am Telefon klang, ist er sogar stolz darauf.«

Knarrend öffnet sich die Holztür, und ein junger Mann erscheint. Er ist schlank, fast schlaksig, hat dunkle Haare und auffällig helle Haut.

»André?«, fragt Paula.

Er nickt, öffnet die Tür und bittet sie mit einer ausladenden Handbewegung herein. »Hallo und herzlich willkommen im Haus der Wunder«, sagt er, wobei sein Englisch sehr französisch klingt. »Treten Sie ein und bestaunen Sie das mit Abstand größte Weltwunder.«

»Das ist übrigens Benedikt«, sagt Paula, weil André ihn offenbar noch nicht bemerkt hat.

»Willkommen …« André stutzt, als er das Kollarhemd seines Gastes bemerkt. »Oh, Sie sind Priester.«

»Ja, und ich bin gespannt auf die Wunder, die es hier zu bestaunen gibt«, erwidert Benedikt freundlich.

»Das ist schön«, sagt André. »Wobei …« Er denkt kurz nach, macht dann eine wegwischende Handbewegung. »Ach nichts, schon gut.«

»Wobei ... was?«, hakt Benedikt nach.

André wiegt den Kopf hin und her. »Ich sollte Sie darauf vorbereiten, dass die Wunder in diesem Theater nichts mit dem zu tun haben, was sich die Kirche darunter vorstellt.«

»Interessant. Sie machen mich neugierig«, sagt Benedikt.

»Das ist schön. Trotzdem wäre es denkbar, dass unsere Ausstellung Ihre religiösen Gefühle verletzt.«

»Das würde ich dann als mein Problem betrachten, nicht als Ihres«, erwidert Benedikt.

»Gut. Nur, damit Sie später nicht sagen, ich hätte Sie nicht gewarnt«, erwidert André.

»Werde ich nicht«, versichert Benedikt.

»Dann ... hereinspaziert.«

Das Museum der Wunder entpuppt sich als eine Sammlung beeindruckender Kuriositäten, die von André nach allen Regeln der Kunst präsentiert werden. Sämtliche Exponate sind exklusiv, die meisten unbezahlbar – zumindest, wenn man André glaubt, der seine Präsentation mit witzigen Anekdoten, kuriosen Fakten und kleinen Schauspieleinlagen anreichert. Es ist nicht klar, ob er gerade als Museumsführer oder als Akteur auftritt.

Ob die gezeigten Ausstellungsstücke wirklich so exklusiv und teuer sind, wie von ihm behauptet, bleibt sein Geheimnis. Jedenfalls ist keinem der Exponate wirklich anzusehen, dass es sich um ein besonders wertvolles Stück handelt. Erst André macht aus vermeintlich unbedeutenden Fundstücken bedeutende

Puzzlestücke der Menschheitsgeschichte. Ein Glühfaden, der unter einer Glashaube liegt und an die Erfindung des elektrischen Lichts erinnern soll, ist nicht einfach nur ein schnöder Glühfaden. Nein, im Museum der Wunder ist laut André jener historische Glühfaden zu bestaunen, der von Thomas Alva Edison höchstpersönlich in der ersten Glühbirne der Welt zum Leuchten gebracht wurde. Die Birne selbst soll damals zersprungen sein, aber der Glühfaden hat es auf verschlungenen Wegen nach Avignon geschafft.

Unter den Exponaten befindet sich auch ein prähistorischer Feuerstein, gefunden nur ein paar hundert Kilometer entfernt, nämlich in der berühmten Höhle von Lascaux. Der Stein sieht aus, als könnte man ihn für ein paar Euro im Internet bestellen, aber André besteht darauf, dass mit diesem Objekt schon vor fünfundzwanzigtausend Jahren Feuer gemacht wurde. Eine Expertise, deren Unterschrift unleserlich ist, könne das bestätigen.

Bei einem schmutzig weißen Stück Baumwollstoff soll es sich um Material von der Tragfläche des ersten Flugzeugs der Wright-Brüder handeln. Wie es das Stück Stoff nach Frankreich geschafft hat, weiß man nicht, aber es wäre möglich, dass es mit Charles Lindbergh über den Atlantik gekommen ist. Womöglich hatte er es als Talisman auf seinem Jungfernflug dabei.

Eine ähnlich illustre Geschichte soll ein uralter Computer haben, der eigentlich mehr wie ein Haufen Elektroschrott aussieht. Laut André gehörte er zu jenen Geräten, die bei der Geburtsstunde des Internets eine Rolle spielten.

Die Sammlung verfügt außerdem über eine Buchseite aus dem Jahre 1502, bedruckt von Johannes Gutenberg persönlich, ein Steinchen vom Mond, das ein NASA-Mitarbeiter dem Theater geschenkt hat, und eine Petrischale von Alexander Fleming. Ob es jene ist, in der das Penicillin entdeckt wurde, will André nicht garantieren, möglich wäre es aber schon.

Schließlich gelangen sie in einen Korridor, der auf der rechten Seite von riesigen, bodentiefen Spiegeln gesäumt wird, während die linke Wand kahl und schmucklos ist. Am Ende des Korridors sind der Zuschauerraum und weiter hinten die Bühne zu erkennen.

»Normalerweise würden Sie jetzt noch unsere Wunderrevue zu sehen bekommen«, erklärt André. »Aber weil wir gerade eine kurze Sommerpause machen, ist das diese Woche leider nicht möglich. Wäre heute Vorstellung, dann würde ich unseren Besuchern zum krönenden Abschluss der Ausstellung das größte Wunder der Weltgeschichte präsentieren. Also machen Sie sich bereit, meine sehr verehrten Damen und Herren, Ladys and Gentlemen, Mesdames et Messieurs …« Er umfasst den Ort mit einer ausladenden Armbewegung. »Und hier ist es! Das größte Wunder überhaupt!«

Nichts passiert, der Gang ist so leer wie zuvor.

Paula schaut sich erstaunt um, weiß aber nicht, was André meinen könnte. »Wo ist denn das Wunder?«

André wendet sich an Benedikt. »Was ist mit Ihnen? Vermögen Sie das Rätsel zu lösen? Unserem Publikum gelingt es ab und zu, aber nicht sehr oft.«

Auch Benedikt schaut sich um. Dann nickt er. »Ich denke schon. Dazu müssten wir uns aber alle vor diese großen Spiegel stellen.«

»Interessante Idee«, meint André. »Dann wollen wir Ihnen diesen Gefallen mal tun.«

Gemeinsam stellen sie sich nebeneinander vor die Spiegelwand, in der sie in voller Größe zu sehen sind.

»Und jetzt?«, fragt Paula. »Worauf wollen Sie hinaus?«

»Da haben Sie Ihr Wunder«, antwortet Benedikt.

»Wo? Ich sehe keins.«

»Bedenken Sie«, fährt Benedikt fort, »dass wir gerade die größten Erfindungen der Menschheit bewundert haben. Jede Erfindung und Entdeckung war für die Menschen ihrer Zeit zweifellos ein Wunder. Aber das ist uns gar nicht mehr bewusst, wenn wir all das benutzen, was Menschen vor Hunderten oder Tausenden von Jahren entdeckt und erfunden haben. Für uns sind diese Dinge selbstverständlich. Und doch handelt es sich immer noch um Wunder. Wir können fliegen wie die Vögel und Krankheiten heilen, die früher tödlich waren. Wir beherrschen nicht nur das Feuer, wir können auch die dunkelste Nacht taghell erleuchten. Wir besuchen fremde Planeten, zumindest tun das einige von uns, und wenn wir noch ein wenig Geduld und Zeit investieren, dann werden wir Computer bauen, die nicht nur klüger sind als wir selbst, sondern auch so aussehen und sich so bewegen wie Menschen. Im Grunde könnten wir dann Unseresgleichen erschaffen und wundersamerweise so werden wie Gott – oder die Götter – selbst. Na? Sehen Sie jetzt Ihr Wunder?«

»Ich bin beeindruckt«, sagt André. »Das hätte ich nicht besser erklären können.«

Paulas schaut mit großen Augen in den Spiegel. »Jetzt verstehe ich. Wir sind das größte Wunder der Welt. Wir Menschen.«

»Und wir sind zugleich das einzige Wunder der Welt«, ergänzt Benedikt. »Zumindest hat André uns das mit seinem Vortrag sagen wollen. Es gibt keinen Gott und keine höhere Macht, die uns Wunder schicken könnte.«

»Ich habe Sie gewarnt«, erwidert André.

»Ich weiß. Und ich muss zugeben, die Idee mit dem Spiegel ist wirklich gut.«

»Merci.«

»Wussten Sie eigentlich, dass im alten Ägypten ein und dasselbe Wort für die Begriffe *Spiegel* und *Leben* verwendet wurde?«, fragt Benedikt. »Ich habe mich schon oft gefragt, warum dem so war. Leben findet ja nicht im Spiegel statt, sondern in der Wirklichkeit.«

»Vielleicht haben die alten Ägypter gewusst, dass man in Spiegeln immer nur das sieht, was man sehen will«, schlägt Paula vor. »Und so verhält es sich auch mit dem Leben. Man glaubt und versteht immer nur das, was man glauben und verstehen will.«

»Schöner Gedanke«, erwidert André. »Aber leider nicht ganz richtig. Wie ein Spiegel funktioniert, bestimmen immer noch die Naturgesetze. Selbst bei einem Zerrspiegel kann man ganz genau sagen, wie er die Bilder verzerren wird, die er spiegelt. Das mag geheimnisvoll anmuten, aber im Grunde ist es simple Physik.«

»Aber nur, weil wir Menschen behaupten, dass es Naturgesetze gibt«, wendet Paula ein.

Benedikt, der das Gespräch interessiert verfolgt, muss grinsen.

»Nein, weil wir die Naturgesetze gefunden haben«, widerspricht André. »Das ist ein großer Unterschied. Es gibt Naturgesetze, und sie existieren unabhängig von unserer Vorstellung.«

»Und was ist mit Wundern?«, hakt Paula nach.

»Es gibt sie, weil wir Menschen sie erschaffen haben«, antwortet André.

»Ausnahmslos?«

»Ausnahmslos.«

»Aber gibt es nicht doch noch andere Wunder?«, fragt Paula.

André zieht die Schultern hoch. »Ich habe lange darüber nachgedacht, aber ich kann beim besten Willen keine erkennen.«

»Vielleicht haben die alten Ägypter genau das erkannt«, sagt Paula. »Wer ein Wunder nicht sehen will, der wird es auch nicht erkennen.«

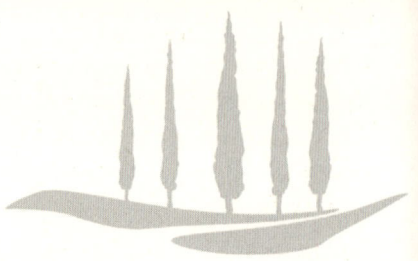

# 13

Paula wird von ihrem Notebook geweckt. Ein Videoanruf. Verschlafen zieht sie das Gerät vom Nachttisch und öffnet es: Franca ruft an.

Paula klickt auf das Telefonsymbol, und sofort erscheint das breite Lächeln ihrer Sommerfreundin, das selbst im Querformat den ganzen Bildschirm ausfüllt.

»Hab ich dich geweckt?« Franca gibt sich die Antwort gleich selbst. »Klar habe ich dich geweckt, sonst hättest du ja nicht deine Explosionsfrisur.«

Paula zupft verlegen an ihren wild umherstehenden Haaren. »Wie spät ist es?«

»Gleich elf.«

»Warum bist du nicht in der Schule?«

»Freistunde. Warum bist du noch im Bett?«

Paula reckt sich. »Ich vermute, weil es hier so gemütlich ist.«

»Zeigst du mir dein Zimmer?«

»Kann ich vielleicht erst mal einen Kaffee trinken?«

»Geht das schnell?«

»Wie viel Zeit hast du denn?«

»So … knapp zwanzig Minuten.«

»Dann warte kurz«, sagt Paula und springt aus dem

Bett, um die Fensterläden zu öffnen. Im selben Moment flutet die Vormittagssonne das Zimmer mit Licht.

»Wow!«, hört sie Franca sagen. »In Frankreich hat der Tag ja auch schon angefangen.«

Paula muss grinsen. »Viel gibt es nicht zu besichtigen«, sagt sie und hebt das Notebook hoch. »Mein Zimmer ist winzig.«

Sie beginnt, sich langsam einmal um die eigene Achse zu drehen, damit Franca einen Rundumblick bekommt.

»Aber hübsch«, hört sie ihre Sommerfreundin sagen. »Du hast sogar einen Balkon.«

»Nein, das sieht nur so aus. Es ist ein französischer Balkon.«

»Ein französischer Balkon ist kein Balkon?«

»Nein, nur ein Gitter, damit man nicht auf die Straße fällt, wenn man das große Fenster aufmacht.«

»Ein Gitter, aber kein Balkon?«

»Genau. Er heißt nur so, ist aber kein Balkon.«

»Die Franzosen haben komische Bezeichnungen. Zeigst du mir mal den Ausblick?«

Paula trägt das Notebook zum Fenster und schwenkt langsam über die Gasse vor dem Hotel.

»Sieht schön aus«, befindet Franca. »Fast so schön wie bei uns. Moment mal! Sitzt da unten nicht Betto?«

Paula schaut auf die Straße, wo Benedikt an einem kleinen Bistrotisch vor einem großen Kaffee sitzt und die Morgensonne genießt. »Tatsächlich.«

»Geh doch mal kurz runter, damit ich ihm hallo sagen kann.«

»Ich bin noch nicht angezogen«, sagt Paula. »Außerdem siehst du ja, wie meine Haare aussehen.«

»Gut. Dann warte ich eben«, erwidert Franca. »Aber beeil dich.«

»Musst du mich so hetzen?«

»Kann ich ja nichts dafür, wenn du so spät aufstehst.

Paula lächelt und legt das Notebook aufs Bett, um im Bad zu verschwinden. Zehn Minuten später setzt sie sich mit ihrem Notebook zu Benedikt an den Tisch.

»Guten Morgen, Betto«, sagt Franca.

Er freut sich sichtlich, ihr breites Grinsen zu sehen. »Guten Morgen zusammen.« Er schiebt seinen Milchkaffee zu Paula. »Möchten Sie? Ist gerade frisch gebracht worden, und ich hatte schon zwei.«

»Wirklich? Danke«, sagt Paula und nimmt einen großen Schluck Kaffee. Er schmeckt sehr viel besser als der, den sie sich gewöhnlich morgens in Molitoni aufbrüht.

»Ich muss gleich zur Schule«, verkündet Franca. »Wie war euer erster Tag als Wundersammler?«

»Gut«, antwortet Benedikt. »Wir waren in einem Wundertheater …«

»In einem Haus der Wunder«, korrigiert Paula.

»Jedenfalls hat uns ein junger Mann erklärt, dass alle Wunder dieser Welt von den Menschen erfunden und erschaffen worden sind«, erklärt Benedikt.

Franca runzelt die Stirn. »Wirklich? Alle?«

»Restlos alle«, bestätigt Benedikt. »Behauptet zumindest André. So hieß der junge Mann nämlich.«

Franca überlegt. »Ja, da ist schon was dran. Ich meine, ich hab den Weihnachtsmann, den Osterhasen, die Zahnfee und pinkfarbene Einhörner als Kind für Wunder gehalten. Aber dann hat sich herausgestellt, dass Mama, Papa, Onkel Ricardo und Netflix all diese Sachen erfunden haben.«

»Heißt das etwa, du glaubst auch, dass alle Wunder dieser Welt von den Menschen gemacht worden sind?«, fragt Benedikt.

Wieder überlegt Franca. »Weiß nicht. Vielleicht. Vielleicht auch nicht. Kann ich ja mal drüber nachdenken, wenn ich mich in der Schule langweile.«

»Musst du nicht langsam mal los?«, fragt Paula.

»Gleich«, wiegelt Franca ab. »Habt ihr das Eis in Frankreich probiert?«

»Noch nicht«, antwortet Paula. »Aber wir werden dir ganz bestimmt verraten, wie es schmeckt, okay?«

»Ach, wirklich?«, erwidert Franca empört. »Ihr geht in Frankreich Eis essen? Einfach so? Ohne mich?«

Benedikt wirft Paula einen fragenden Blick zu. Er ist mindestens ebenso gespannt auf ihre Antwort wie Franca.

»Na ja … natürlich nur, wenn wir eine Sorte finden, die es in Molitoni nicht gibt«, improvisiert Paula. »Und falls sie gut schmeckt, könnten wir Faustino das Rezept mitbringen.«

Während Franca überlegt, wirft Benedikt Paula einen anerkennenden Blick zu, der besagt: gut gerettet.

»Ja, ich glaube, das ist okay«, entscheidet Franca. »Aber nur, wenn es wirklich eine ganz neue Eissorte ist.«

»Logisch«, antwortet Paula.

Franca fokussiert einen Punkt in der Ecke ihres Displays. »Okay. Jetzt muss ich wirklich gleich los. Fahrt ihr heute weiter?«

Paula nickt.

»Wohin?«

»Nach Bern.«

»Wo ist das?«

»In der Schweiz.«

»Cool«, sagt Franca. »Und wen trefft ihr da?«

»Eine Professorin, die Bücher über Mathematik geschrieben hat«, antwortet Paula.

Franca verzieht das Gesicht. »Ich hab auch gleich Mathe. Wieso trefft ihr denn freiwillig eine Frau, die Mathebücher schreibt?«

»Weil sie auch eins über mathematische Wunder geschrieben hat«, antwortet Paula.

»Verstehe. Und wann trefft ihr sie?«

»Wenn alles glattgeht, heute Abend. Sonst spätestens morgen.«

»Okay, dann gehe ich jetzt mal in die Schule und melde mich danach wieder. Gute Fahrt! Und ich freu mich auf die Schweiz.«

Bevor Paula oder Benedikt etwas erwidern können, wird der Bildschirm schwarz.

Benedikt blickt Paula amüsiert an, und sie erklärt: »Franca war sehr traurig, weil sie nicht mitfahren kann. Ich hab ihr versprechen müssen, dass wir regelmäßig telefonieren, damit sie immer auf dem Laufenden ist.«

»Das ist sehr nett von Ihnen«, sagt Benedikt.

»Ich hoffe, Sie sind damit einverstanden. Als Franca und ich besprochen haben, dass wir ab und zu telefonieren, da hat sie zwar gesagt, dass sie uns per Bildschirm auf dieser Reise begleiten will. Aber ich wusste nicht, wie ernst es ihr damit ist.«

»Ich bin nicht nur einverstanden, ich freue mich sogar, wenn Franca uns begleitet«, sagt Benedikt. »Außerdem hat sie es verdient. Hätte sie nicht zwischen uns vermittelt, dann wären wir jetzt vermutlich nicht hier.«

»Stimmt«, sagt Paula. So hatte sie die Sache noch gar nicht betrachtet.

»Abgesehen davon verbreitet sie immer gute Laune«, ergänzt Benedikt. »Ich glaube, sie ist der fröhlichste Mensch, den ich kenne. Vielleicht sogar der fröhlichste, den ich je kennengelernt habe.«

»Sie haben es ja gerade gehört«, erwidert Paula. »Ab jetzt wird sie auf unserer Reise täglich gute Laune verbreiten.«

»Bestens!« Er nickt erfreut. »Wie lange brauchen wir eigentlich bis Bern?«

»Sechs, sieben Stunden?«, mutmaßt Paula und muss an Benedikts alten Pkw denken. »Eher sieben, würde ich sagen.«

»Dann wohl eher acht«, entgegnet Benedikt. »Wird jedenfalls knapp mit einem Termin heute Abend.«

»Von mir aus können wir gleich los«, sagt Paula.

»Kein Problem«, erwidert Benedikt. »Allerdings müssen Sie sich vorher noch um das hiesige Lavendeleis kümmern.«

Paula versteht nicht.

»Meines Wissens hat Faustino diese Sorte noch nicht im Angebot«, fügt Benedikt hinzu. »Und Lavendeleis ist lecker.«

Jetzt ist ihr klar, worauf er hinauswill. »Und woher wissen Sie das?«

»Hab's probiert«, antwortet Benedikt.

»Wann?«

»Eben.«

»Zum Frühstück?«

»Es ist gleich Mittag«, erwidert er. »Aber ja, ich hab es nach dem Frühstück gegessen.« Er grinst. »Warum auch nicht? Offiziell bin ich im Urlaub.«

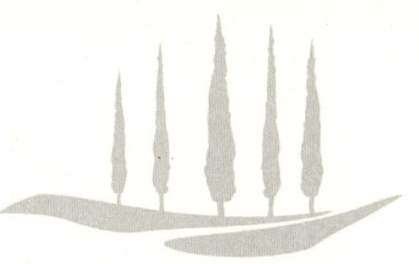

# 14

»Hallo, hier ist die Mailbox von Doktor Franziska Lüthi. Ich bin gerade nicht erreichbar, aber Sie können mir gerne eine Nachricht hinterlassen. Ich melde mich zurück, sobald ich Zeit habe, was in meinem Fall durchschnittlich vier Stunden und vierzehn Minuten dauert. Sagt zumindest die Statistik. Vorausgesetzt, Sie haben nicht das Pech, dass ich gerade im Urlaub bin, oder das Glück, dass ich eigentlich Zeit habe, aber nicht schnell genug am Handy war. Das eine würde ihre Wartezeit nämlich extrem verlängern, das andere extrem verkürzen. Sie sehen also, auf Statistiken kann man sich nur bedingt verlassen. Sprechen Sie bitte jetzt nach dem Signalton.«

Paula wartet, bis sie ein Piepsen hört. »Guten Tag, Frau Doktor Lüthi. Hier spricht Paula Walther. Wir haben gestern Abend kurz miteinander telefoniert, und Sie wussten noch nicht, ob Sie heute Abend oder morgen im Lauf des Tages Zeit haben würden, um mit uns über Ihr Buch der mathematischen Wunder zu sprechen. Ich wollte Ihnen nur kurz mitteilen, dass wir so gegen achtzehn Uhr in Bern eintreffen werden.

Bitte lassen Sie uns doch kurz wissen, wann Sie einen Termin für uns erübrigen können. Ich freue mich darauf, Sie schon bald persönlich kennenzulernen. Vielen Dank für Ihre Hilfe und vielleicht bis später – oder sonst bis morgen.«

Paula beendet das Gespräch, lehnt sich zurück und blickt in die Landschaft. Gemächlich rollt der Volvo dahin, ebenso gemächlich lässt sie den Blick schweifen. Die Hügel der Auvergne ziehen gerade an ihnen vorbei, Wälder und vor allem Wiesen, so saftig grün, dass die mahagonifarbenen Rinder, die dort weiden, gar nicht genug davon bekommen können. Paula genießt den Anblick dieser Idylle. Das rot schimmernde Fell der Tiere leuchtet im Sonnenlicht wie Herbstlaub. Die größten von ihnen haben armlange, leicht gebogene Hörner auf dem Kopf, die irgendwie bedrohlich, aber auch sehr elegant aussehen und die Kolosse leichtfüßiger wirken lassen, als sie es in Wahrheit sind. Während die älteren Tiere die Autobahn überhaupt nicht zu beachten scheinen, hebt hier und da manchmal ein Kalb neugierig den Kopf, um sich über die vorbeirauschende Blechlawine zu wundern.

»Mögen Sie Salers?«, fragt Benedikt.

»Falls Sie die Rinder meinen, ja. Ich finde sie wirklich sehr hübsch.«

»Ich auch. Aber ich meinte nicht die Tiere, sondern den Käse, der aus ihrer Milch hergestellt wird. Der heißt nämlich auch Salers, so wie diese Rasse, und ist eine Spezialität der Auvergne.«

»Nie gehört«, sagt Paula.

»Und Cantal?«

»Ist das auch ein Käse?«

Er nickt. »Eigentlich ist es ein und derselbe Käse.«

»Warum hat er dann zwei Namen?«

»Wenn er zwischen April und November produziert wird, dann darf er sich Salers nennen«, erklärt Benedikt. »Wird er in den Wintermonaten hergestellt, dann heißt er Cantal oder Cantalet.«

»Es gibt eine Sommer- und eine Wintervariante?«, wundert sich Paula.

»Genau. Im Frühjahr und Sommer fressen die Tiere sich auf den Wiesen satt, im Herbst und Winter wird nur mit Heu gefüttert. Das verändert den Geschmack der Milch und damit auch den Geschmack des Käses.«

»Wirklich? Und diesen Unterschied kann man so intensiv schmecken, dass derselbe Käse zwei verschiedene Namen bekommen hat?«, fragt Paula.

»Allerdings«, fährt Benedikt fort. »Wenn man im Winter einen Salers isst und dabei die Augen schließt, dann kann man manchmal den Sommer riechen und schmecken, in dem er auf die Welt gekommen ist.«

»Sie kennen sich gut mit Käse aus«, sagt Paula. »Das ist mir schon bei unserem Abendessen in Molitoni aufgefallen.«

»Da, wo ich herkomme, wird viel Fleisch gegessen. Käse mochte ich schon immer lieber. Und es hat mich einfach interessiert, wie er gemacht wird und woher er kommt. Wussten Sie, dass es über viertausend Sorten auf der Welt gibt? Manche davon werden nur an einem ganz bestimmten Ort und zu einer ganz bestimmten Zeit gemacht. So wie der Salers. Das ist wie beim Wein, der ja auch mit jedem Schluck davon erzählt, auf welchem Boden und unter welcher Sonne er gewachsen ist. Kein Wunder, dass Käse und Wein sich so gut verstehen …« Ein Summen unterbricht ihn. »Was ist das?«

»Mein Notebook«, antwortet Paula und fischt ihren Computer von der Rückbank. »Ich vermute, Franca möchte uns sehen.«

»Sie haben hier Empfang?«

»Das Notebook hat eine Datenkarte, mit der ich praktisch überall Empfang habe. Ich wollte nicht, dass meine Arbeit daran scheitert, dass ich in Molitoni nicht ins Internet komme.«

»Das ist ein Wunder«, sagt Benedikt.

»Was? Datenkarten?«

»Nein, dass dieses Auto zwar kein elektrisches Schiebedach hat, dafür aber jetzt Internetanschluss.«

Tatsächlich ist Franca in der Leitung. Paula nimmt das Gespräch an. »Hallo. Wie war die Schule?«

»Langweilig. Wo seid ihr gerade?«

»In Frankreich«, antwortet Benedikt. »In der Nähe von Lyon.«

»Und wann seid ihr in der Schweiz?«

»Wir erreichen die Grenze in knapp zwei Stunden, von da brauchen wir dann aber noch mal zwei Stunden bis Bern.«

»Also insgesamt noch vier Stunden? Das ist ja eine

halbe Ewigkeit«, findet Franca. »Und was macht ihr die ganze Zeit?«

»Wir hängen unseren Gedanken nach oder unterhalten uns«, antwortet Paula.

»Wenn Erwachsene sich unterhalten, ist das auch meistens langweilig. Sollen wir nicht lieber ein Spiel spielen?«

Benedikt und Paula tauschen Blicke. Paula macht ein fragendes Gesicht. »Warum nicht?«, sagt Benedikt.

»Hast du einen Vorschlag?«, fragt Paula, wieder an Franca gewandt. »Was ist dein Lieblingsspiel für unterwegs?«

»Ich sehe was, was du nicht siehst«, antwortet Franca prompt. »Aber das geht nicht, weil man das nicht online spielen kann.« Sie überlegt, dann schnipst sie mit Daumen und Zeigefinger, so laut sie kann. »Hab's! Wasserwörter.«

»Ist das ein Spiel?«

»Ja. Ein Wortspiel«, antwortet Franca. »Es geht um zusammengesetzte Wörter, in denen das Wort *Wasser* vorkommt. Die Spielregeln sind ganz einfach. Sagen wir, es würde tatsächlich um das Wort Wasser gehen, und ich würde beginnen, dann könnte ich beispielsweise als Erstes *Wasserschlauch* sagen.«

»Verstehe. Und ich würde dann weitermachen mit *Wasserschutzpolizei*«, mischt Benedikt sich ein.

»Genau!«, ruft Franca. »Und so geht es reihum, bis uns keine neuen Wörter mehr einfallen. Wer das letzte Wort wusste, der oder die hat dann gewonnen und bekommt einen Punkt. Danach gibt es ein neues Wort, und die nächste Runde kann beginnen.«

»Klingt gut«, sagt Paula. »Mit welchem Wort fangen wir an? Wie wäre es mit *Feuer*?«

»Das wäre nicht fair«, meint Franca kopfschüttelnd. »Wir haben das Spiel immer in der Grundschule gespielt, und bei *Wasser* und *Feuer* bin ich einfach unschlagbar.«

»Dann wäre es wohl am besten, wir würden ein Wort finden, das noch nie dran war«, sagt Paula.

Franca nickt. »Wird schwierig, aber versuchen können wir es ja trotzdem.« Sie überlegt.

»Wie wäre es mit *Wunder*«, schlägt Benedikt vor.

»Gute Idee!«, sagen Paula und Franca wie aus einem Mund.

»Soweit ich mich erinnere, hatten wir das tatsächlich noch nicht«, fügt Franca hinzu. »Also dann. Wunder ist unser Wasserwort. Los geht's. Ich fange an. *Wunderkind*.«

»Wollte ich auch sagen.« Paula überlegt kurz. »Dann nehme ich *Wunderwerk*.«

»*Wundertheater*«, sagt Benedikt.

»Gibt's nicht«, erwidert Paula.

»Klar gibt es das. Wir waren doch gestern dort.«

Paula seufzt. »Es heißt immer noch Haus der Wunder, und sie zeigen dort eine Wunderrevue. Von Wundertheater war nie die Rede.«

»Außerdem sind Eigennamen sowieso verboten«, fügt Franca hinzu. »Da kann man sich alles Mögliche ausdenken.«

»Okay, dann nehme ich *Wunderglaube*«, entscheidet Benedikt.

»Gute Wahl«, lobt Paula.

Franca ist wieder an der Reihe. »*Wundertier.*«

»Was für ein Wundertier meinst du denn?«, fragt Benedikt listig.

»Och, kein bestimmtes«, sagt Franca. »Ich vermute, es gibt nicht nur eins, sondern ganz viele.«

»Das bezweifle ich aber«, erwidert Benedikt. »Ich kenne jedenfalls keins.«

»Franca liegt trotzdem richtig«, mischt Paula sich ein. »Allein in der chinesischen Mythologie gibt es vier Wundertiere, nämlich das Einhorn, den Drachen, die Schildkröte und den Phönix.«

»Siehste, Betto«, freut sich Franca.

Der Angesprochene nickt anerkennend. »Überzeugt.«

»Ich bin dran«, sagt Paula. »*Wunderkammer.*«

»Wunderkammer?«, wiederholt Benedikt. »Was soll das nun wieder sein?«

»Bevor die ersten Museen gegründet wurden, hatten reiche Privatleute, früher meist Aristokraten, private Sammlungen, mit denen sie ihre Gäste beeindruckten. Diese Sammlungen waren in Wunderkammern oder Kunstkammern untergebracht«, erklärt Paula. »Hab ich bei der Recherche für meine Arbeit entdeckt.«

Wieder ist Benedikt beeindruckt. »Das Spiel gefällt mir. In jeder Runde lerne ich was dazu.«

»Du bist dran«, sagt Franca.

»*Wunderheilung*«, entgegnet Benedikt.

»*Wunderbaum*«, verkündet Franca.

»Was ist ein Wunderbaum?«, fragt er.

»Weiß nicht«, erwidert Franca mit ihrem breitesten Lächeln. »Aber ich bin sicher, auch den gibt es.«

»Da hat sie schon wieder recht«, sagt Paula. »Der Rizinusstrauch wird auch Wunderbaum genannt. Ich glaube, er wird sogar in der Bibel erwähnt.«

»Stimmt. Im Buch Jona«, erinnert sich Benedikt. »Da ist aber nirgendwo von einem Wunderbaum die Rede.«

»So heißt er ja auch nur, weil es an ein Wunder grenzt, wie schnell er wächst.«

»In der Geschichte von Jona lässt Gott den Strauch über Nacht so hoch wachsen, dass er Jona Schatten spendet.«

»So schnell wächst er in Wahrheit dann doch nicht«, sagt Paula. »Unter optimalen Bedingungen kann er im Jahr aber bis zu fünf Meter zulegen. Also schafft er über Nacht höchstens einen Zentimeter oder so.«

»Wenn ihr nicht so viel diskutieren würdet, dann könnten wir schneller spielen«, beschwert sich Franca.

»Schon gut«, wiegelt Paula ab. »*Wundermedizin.*«

»*Wunderquelle*«, sagt Benedikt.

»Gibt es da, wo du wohnst, auch eine Wunderquelle?«, will Franca wissen.

»Nein«, antwortet Benedikt. »Wir haben zwar gesegnetes Wasser, aber keine Quelle. Ich habe aber schon ein paar Orte besucht, wo es Wunderquellen gibt.«

»Und? Sind da Wunder passiert?«

»Viele Menschen sind überzeugt, dass sich dort Wunder zugetragen haben«, antwortet Benedikt. »Ich selbst habe aber leider keins erlebt.«

»Wolltest du denn eins erleben?«

»Schon«, antwortet er einsilbig.

»Was hast du dir denn für ein Wunder gewünscht?«, hakt Franca neugierig nach.

»Du weißt doch, wenn man sich was wünscht, dann darf man nicht verraten, was es ist, sonst geht es nicht in Erfüllung.«

»Leider wahr«, sagt Franca. »Gut, dann bin ich jetzt dran. *Wunderkerze.*«

»*Wundermittel*«, spielt Paula den Ball weiter.

»*Wunderlich*«, hält Benedikt dagegen.

»Moment, sind jetzt etwa auch Adjektive erlaubt?«, fragt Paula.

»Sowieso«, antwortet Franca lässig. »*Wunderschön.*«

»*Wunder…*« Weiter kommt Paula nicht, denn es klopft an Francas Tür, und dann sagt Letizia ihrer Tochter, dass Francas Freundin Alessia gerade gekommen ist.

»Dann muss ich jetzt los«, sagt Franca. »Wir wollen nämlich schwimmen gehen.«

»Was? Du gehst jetzt schwimmen? Da hast du aber Glück«, seufzt Paula. »Ich würde auch gern schwimmen gehen, aber ich fürchte, das wird heute nichts.«

»Immerhin wisst ihr jetzt, was ihr spielen könnt, damit euch nicht langweilig wird«, sagt Franca. »Bis später!«

Bevor Paula etwas erwidern kann, wird das Bild schwarz. Sie schließt das Notebook und schaut aus dem Fenster.

»Ich glaube, Sie sind dran«, sagt Benedikt.

Paula stutzt. Stimmt. »*Wunderlampe.*«

»Ich kenne nur Aladin und die Wunderlampe. Damit wäre es dann aber ein Eigenname.«

»Es gibt zehnarmige Tintenfische, die Wunderlampen heißen. Sie haben Leuchtorgane, daher ihr Name.«

»Oh. Wundervoll«, entgegnet Benedikt.

»Finde ich auch, aber deshalb heißen sie ja Wunderlampen.«

Er lacht. »Das sollte kein Kommentar zu den Wunderlampen sein, sondern mein nächstes Wort.«

Paula versteht und muss ebenfalls lachen. »*Wunderheiler.*«

»Wollte ich auch gerade sagen«, behauptet Benedikt.

Paulas Notebook meldet sich erneut.

»Bestimmt hat Franca was vergessen«, vermutet er.

Sie öffnet den Bildschirm. »Nein, das ist eine Nachricht von Doktor Lüthi. Sie fragt, ob wir sie morgen von ihrer Vorlesung abholen möchten, dann könnten wir zusammen Mittagessen gehen und dabei über ihr Buch sprechen.«

»Klingt doch gut«, sagt Benedikt.

»Fein. Dann sage ich ihr gleich zu«, erwidert Paula und tippt bereits.

Benedikt schweigt, während sie die Nachricht verschickt und ihr Notebook wieder auf den Rücksitz legt.

»Ich glaube, nun sind Sie dran«, sagt sie dann. Als er nicht antwortet, fügt sie hinzu: »Wenn Ihnen nichts mehr einfällt, dann ist das ein Punkt für mich.«

»Mit fällt ganz bestimmt noch was ein, ich bin nur gerade mit meinen Gedanken woanders«, erwidert er. »Ich glaube, ich habe eine gute Idee.«

»Das ist doch ein Ablenkungsmanöver.«

»Nein.«

»Sie wollen nur Zeit gewinnen.«

»Nein.«

»Gut, dann lassen Sie mal hören, ob Ihre Idee wirklich so gut ist, wie Sie sagen.«

»Ich habe mir überlegt, wenn wir erst morgen Mittag in Bern sein müssen, dann könnten wir doch am Genfer See übernachten. Ich war vor vielen Jahren mal in Évian-les-Bains. Es liegt gegenüber von Lausanne, am Südufer und ist ein malerisches Fleckchen Erde. Und Sie könnten es wie Franca machen und gleich noch eine Runde schwimmen gehen.«

»Klingt verlockend«, sagt Paula. »Sogar sehr verlockend, aber …«

»Aber?«

»Klingt auch sehr teuer.«

Er schüttelt den Kopf. »Ich kenne dort ein einfaches Hotel, obendrein ein französisches. Die teuren Unterkünfte liegen meist in der Schweiz, also auf der anderen Seeseite.«

»Ich kann ja mal einen Blick riskieren«, sagt Paula und fischt ihr Notebook vom Rücksitz. Man hört, dass die Aussicht auf ein Bad im Genfer See sie in Vorfreude versetzt.

Benedikt bemerkt es. Ein Lächeln huscht über sein Gesicht.

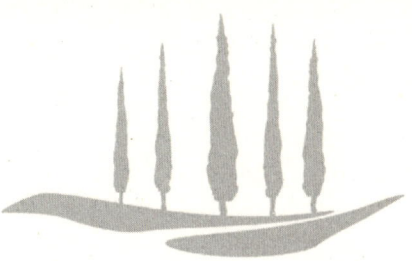

# 15

Paula hat es kaum erwarten können, in den See zu steigen.

Das Hotel besitzt zwei Stege, von denen man über schneeweiß gestrichene Metalltreppen ins Wasser gelangt.

Es leuchtet grün-blau und ist so klar, dass man bis auf den felsigen Seegrund blicken kann. Die Nachmittagssonne lässt das Wasser funkeln und das Gestein unter der Oberfläche verheißungsvoll golden schimmern.

Paula gleitet in die leuchtende Flut. Das Wasser fühlt sich an, als wäre es nur für sie gemacht. Es ist kühl, aber nicht kalt. Die perfekte Erfrischung nach der stundenlangen Fahrt in Benedikts aufgeheiztem Pkw.

Sie beginnt zu schwimmen. Lange, ruhige Armzüge, begleitet von langen, ruhigen Atemzügen. Das Hotel schiebt sich in Zeitlupe hinter einer sanften Wölbung des Ufers allmählich aus ihrem Blickfeld, bis es schließlich ganz verschwunden ist. Sie gönnt sich noch ein paar Züge, dann macht sie kehrt und schwimmt gemächlich zurück.

Wieder in der Nähe des Hotelstegs angekommen,

legt sie sich auf den Rücken, blinzelt in den Himmel und lässt sich treiben. So wie das Wasser sie umspült, so fließen nun auch ihre Gedanken.

Sie muss an Avignon und Andrés Theorie denken, dass das eigentliche Wunder der Mensch ist.

Es klingt überzeugend, dass ohne die Menschen keine Wunder existieren würden. Andererseits … Wenn es den Menschen nie gegeben hätte, würden im Universum nicht trotzdem Wunder geschehen? Und was ist mit den Naturwundern? Ohne die Menschen wären die Ufer dieses Sees zwar nicht bebaut, auf dem Wasser wären keine Boote zu sehen, und es gäbe auch keine Straße zu diesem Ort. Aber den See gäbe es dennoch, ebenso wie den makellosen Himmel und die Sonne.

Wäre das alles nicht trotzdem wundervoll, auch wenn niemand hier wäre, um es so zu empfinden und so zu bezeichnen?

Oder ist ein Wunder nur dann ein Wunder, wenn es bestaunt wird und jemand es als solches bezeichnet? Braucht es den Menschen und seinen Geist, um den Dingen Sinn zu geben? Und brauchen die Dinge einen Namen, um zu existieren? Wären also sämtliche Wunder dieser Welt ohne den Menschen nie passiert? Oder würden sie zwar passieren, wären aber gar keine Wunder?

Paula öffnet die Augen, um zu sehen, wohin die Strömung sie getragen hat. Der See ist groß, und es kann leicht passieren, dass man weit abtreibt, wenn man nicht aufpasst.

Aber sie kann das Hotel noch sehen, und wenn sie

den Kopf ein wenig hebt, auch den Steg. Ein Mann kommt gerade zur Badetreppe spaziert. Allerdings will er nicht ins Wasser. Vermutlich ist er der einzige Hotelgast, der diesen Steg mit einer langen Hose und einem bis oben hin zugeknöpften dunklen Hemd betritt.

»Das Wasser ist himmlisch!«, ruft sie, dreht sich bäuchlings und macht kleine Schwimmbewegungen, um die Strömung auszugleichen. »Brauchen Sie nicht auch eine kleine Erfrischung nach der langen Fahrt?«

»Keine Zeit«, ruft Benedikt zurück. »Ich hab noch was zu erledigen. Aber es freut mich, dass der See Ihnen zusagt.«

»Mehr als das«, erwidert sie. »Am liebsten würde ich hier drinbleiben, bis ich ganz verschrumpelt bin.«

»Das trifft sich gut«, ruft er zurück. »Ich wollte Ihnen vorschlagen, dass wir heute ein bisschen später zu Abend essen.«

»Einverstanden!«, antwortet sie. »Um acht im Bistro?«

»Sagen wir lieber halb neun«, erwidert Benedikt. »Und wir essen nicht im Bistro, sondern im Restaurant.« Und weil er wohl gesehen hat, dass sie stutzt, fügt er hinzu: »Die haben hier eine ausgezeichnete Küche, und nach dem Schwimmen werden Sie bestimmt sehr hungrig sein.«

»Das schon, aber da gibt es ein ganzes Menü«, gibt sie zu bedenken.

»Genau. Ein Fünf-Gänge-Menü mit korrespondierenden Weinen. Man kann wählen zwischen …«

»Ich weiß. Ich bin eben zufällig am Restaurant vor-
beigekommen und hab einen Blick auf die Karte ge-
worfen«, unterbricht sie ihn. »Und dieses Menü kostet
mehr als die Übernachtung.«

Er nickt zustimmend. »Gutes Konzept, oder? Die
Übernachtung ist so preiswert, dass die Gäste sich das
Restaurant leisten können.«

»Mir ist es trotzdem zu teuer«, sagt Paula.

»Sie sind eingeladen«, erwidert Benedikt.

»Ich möchte aber nicht, dass Sie mich einladen.«

»Tu ich auch nicht. Ich bin ebenfalls eingeladen.«

»Wie das?«

»Erzähle ich Ihnen beim Abendessen«, verspricht
er.


Wie sich später herausstellt, ist die Einladung das Ergebnis einer zufälligen Begegnung. Zuerst ist Benedikt mit der Empfangsdame ins Plaudern geraten.
Madame Perrin hat ihm nicht nur verraten, dass sie
eine eifrige Kirchgängerin ist, sondern auch ausgiebig
von der Hotelküche geschwärmt oder, besser gesagt,
vom Küchenchef. Der erst dreißigjährige Benoît Canet
habe das Restaurant ein Jahr zuvor übernommen und
koche sich seitdem nicht nur in die Herzen der Gäste, sondern begeistere auch professionelle Feinschme-
cker. Man munkle, dass Canet schon im nächsten Jahr
aus dem Stand zwei oder vielleicht sogar drei Miche-
lin-Sterne bekommen könnte. Das würde sich dann
nicht nur auf die Preise auswirken, es wäre in Zukunft
wohl auch ein Wunder, spontan einen Tisch bei ihm zu

bekommen. Wer also das Glück und die Möglichkeit habe, sich von Monsieur Canet bekochen zu lassen, solange er noch kein Star sei, der solle die Gelegenheit beim Schopf packen, meinte Madame Perrin. Schon bald könne dieses Vergnügen nämlich sehr exklusiv und ebenso teuer sein.

Das Loblied auf den blutjungen Küchenchef hat Benedikt neugierig gemacht. Um einen Blick in sein Reich und vielleicht noch einen zweiten über die Schulter des Meisters werfen zu können, hat Benedikt Madame Perrin gebeten, ihn mit dem künftigen Star bekannt zu machen.

»Jetzt bin ich aber wirklich gespannt, wie es Ihnen gelungen ist, einen angehenden Sternekoch zu becircen«, sagt Paula und führt einen Löffel Gemüsesuppe zum Mund, die ihnen gerade in kleinen Tassen serviert wurde. Sie kostet. Der Geschmack zaubert ihr ein Lächeln aufs Gesicht. »Oh, die ist aber sehr gut«, schwärmt sie.

Benedikt nickt wissend. »Soupe au *pistou*.«

»Nie gehört, trotzdem fantastisch«, kommentiert Paula.

Sie sitzen an einem der edel gedeckten Tische im Restaurant von Benoît Canet. Silberbesteck, Kristallgläser und weiße Teller mit Goldrand auf schneeweißem Leinen. Im Gegensatz zur Tischdekoration wirkt das übrige Ambiente beinahe kitschig. Es überwiegen Rottöne. Zartrosa getünchte Wände und himbeerfarbene Fenstervorhänge sollen heimelig wirken. Paula empfindet so viel dick aufgetragene Gemütlichkeit eher als störend, aber das plüschige Ambiente muss ja nicht ihr gefallen, sondern Feinschmeckern, die sich Abende wie diesen häufiger leisten können.

»Soupe au pistou ist eine Gemüsesuppe, deren Besonderheit darin besteht, dass kurz vorm Servieren pistou hinzugegeben wird, eine Paste aus Knoblauch, Olivenöl, Parmesan und Basilikum«, erklärt Benedikt. »Man darf auch Gruyère statt des Parmesans nehmen, und manchmal werden Tomaten, Chili oder andere Gewürze hinzugegeben.«

»Kann es sein, dass pistou nichts anderes ist als italienisches Pesto?«, fragt Paula. »Die Zutaten sind praktisch identisch, und auch der Name klingt ähnlich.«

Benedikt beugt sich vor, als müsste er ihr ein Geheimnis anvertrauen. »Sie haben natürlich völlig recht. Pistou ist Pesto. Aber kein Franzose würde je zugeben, dass er ein italienisches Gericht abgekupfert hat.«

Sie muss lächeln. »Apropos. Wie haben Sie es denn nun geschafft, eine Einladung für dieses Festmahl zu bekommen? Moment mal, haben Sie heute etwa Geburtstag?«

Er schüttelt den Kopf. »Nein. Ich habe im Januar Geburtstag.«

»Witzig. Ich auch. Am 3.«

»Am 3. Januar?«, fragt Benedikt entgeistert.

»Ja, sag ich doch.«

»Ich habe auch am 3. Januar Geburtstag.«

»Nein.«

»Doch.«

Paula sieht ihn ungläubig an. »Wir sind am selben Tag geboren?«

Er muss lächeln. »Nein, das wiederum nicht. Wir sind nicht am selben Tag geboren, aber am gleichen Tag.«

Jetzt muss auch Paula lächeln. »Interessant, wir sind beide Sternzeichen Steinbock.«

»Diszipliniert und zielstrebig. Außerdem praktisch und vernünftig«, sagt Benedikt.

»Und manchmal auch hart zu sich selbst«, vollendet Paula die Aufzählung.

»Das ist wahr«, stimmt er zu.

»Okay. Ihr Geburtstag war also nicht der Grund für dieses Abendessen. Aber was war er dann?«

»Ein Zufall«, erwidert Benedikt. »Als wir in die Küche kamen, war die Stimmung dort gerade auf dem Nullpunkt. Der Gardemanger hatte sich krank gemeldet ...«

»Was ist ein Gardemanger?«

»Das, was man früher Kaltmamsell nannte«, antwortet Benedikt.

Paula zieht die Schultern hoch. »Sagt mir auch nichts.«

»Der Gardemanger kümmert sich um die kalten Speisen, also Salate, Pasteten oder auch kalte Platten, beispielsweise Käseplatten.«

Paula merkt auf. »Aha. Und weil Käse Ihr Spezialgebiet ist ...«

Er nickt. »Deshalb habe ich ihm vorgeschlagen, den

Reblochon anzurichten und den Salat Savoyarde vorzubereiten. Purer Eigennutz, denn so hätte ich Benoît Canet über die Schulter schauen können.«

»Hätte?«, fragt Paula. »Wieso hätte. Haben Sie ihm denn nicht helfen dürfen?«

»Doch, am Ende schon«, antwortet Benedikt. »Aber zuerst hat Benoît mich ausgelacht. Er meinte, er kenne nur Priester, die gern essen, aber keinen einzigen, der so gut koche, dass es für seine Küche reichen würde.«

»Sie wollten ihm helfen, und er macht sich über Sie lustig. Das ist nicht nett von ihm«, urteilt Paula.

»In einer Küche wie der von Benoît Canet geht es nicht immer nett zu«, antwortet Benedikt.

»Was haben Sie erwidert?«

»Ich habe gesagt, er darf mich gern auf die Probe stellen, und das hat er dann auch getan. Mein Salat Savoyarde war offenbar überzeugend, denn danach hatte ich den Job.«

»Glück für mich«, kommentiert Paula.

»Glück für uns beide«, erwidert Benedikt und löffelt zufrieden sein Süppchen.

Nach einem traumhaften Zander in Zitronen-Butter-Sauce, einer ebenso fruchtigen wie knusprigen Tarte Tatin und einem cremigen Stück Reblochon, begleitet von Kaffee und einem kleinen Eau de Vie, wird Paula schlagartig müde. Die Reise, das Bad im Genfer See und das formidable Essen fordern ihren Tribut. »Ich glaube, ich muss heute früh schlafen gehen.«

»Gute Idee. Ruhen Sie sich aus. Wir haben morgen viel vor.«

»Sind Sie gar nicht müde?«

»Nicht sehr«, antwortet er. »Mal sehen, vielleicht mache ich noch einen kleinen Spaziergang.«

Als Paula wenig später in ihrem Zimmer die Vorhänge zuziehen will, sieht sie ihn auf dem Steg sitzen. Er ist allein und schaut in die Ferne. Sie kann sein Gesicht nicht sehen, weil er ihr den Rücken zuwendet.

Paula muss an das Gespräch mit Franca denken und an die Frage, die ihre Sommerfreundin ihm gestellt hat. Auch Paula würde interessieren, auf welches Wunder er eigentlich wartet. Aber so wie es momentan aussieht, bleibt das wohl sein Geheimnis.

Sie zupft die Vorhänge zu, und es wird dunkel.

# 16

Sie schlägt die Augen auf und fühlt sich hellwach. Draußen ist alles still, der Tag muss noch jung sein.

Sie dreht den Kopf zur Seite und wirft einen Blick auf die Uhr. Viertel nach fünf. Passiert selten, dass sie um diese Zeit wach wird, ohne den Wecker gestellt zu haben. Viertel nach fünf. Trotzdem fühlt sie sich frisch und ausgeruht. Wer mit den Hühnern zu Bett geht, kann offenbar auch problemlos mit dem ersten Hahnenschrei aufstehen.

Die Morgendämmerung kriecht durch die Vorhangritzen. Neugierig darauf, den erwachenden Tag zu sehen, rollt sie sich aus dem Bett, zieht die Vorhänge auf und blinzelt ins Licht. Die Morgensonne gibt ein Konzert von flirrenden Rottönen auf dem See. Der Anblick ist überwältigend.

Im Gegensatz zu diesem Spektakel wirkt die Inneneinrichtung des Restaurants geradezu blass, denkt sie und lässt ihren Blick über den menschenleeren See schweifen.

Sie hält abrupt inne, als sich der Steg in ihr Gesichtsfeld schiebt. Sitzt dort etwa Benedikt? Am selben

Platz und in derselben Haltung wie gestern Abend? Hat er die ganze Nacht dort zugebracht?

Sie öffnet das Fenster. Die kühle Morgenluft lässt sie frösteln. Rasch schließt sie es wieder.

Eigentlich ideale Bedingungen, um eine Runde zu joggen, denkt sie. Vielleicht einmal um den See? Ihr fällt ein, dass es sich um einen der größten Seen Europas handelt. Bestimmt wäre sie tagelang unterwegs.

Sie beschließt, am Seeufer entlangzulaufen, bis sie keine Lust mehr hat, und dann einfach umzukehren. Das war schon gestern beim Schwimmen die richtige Taktik. Und zuvor wird sie Benedikt begrüßen.

Paula schnappt sich ihre Sportklamotten.

Wenig später betritt sie den Hotelsteg. »Guten Morgen.«

Die Badeplattform ist zu beiden Seiten mit einer Brüstung gesichert und breit genug für ein paar kleine Bistrotische nebst Stühlen und einer weißen Bank, auf der die Gäste vor oder nach dem Schwimmen die Sonne und den Ausblick genießen können.

Benedikt sitzt am letzten Tisch, ganz am Ende des Stegs.

»Störe ich?«, fügt Paula hinzu.

»Überhaupt nicht«, antwortet er. »Möchten Sie sich setzen?«

Sie bemerkt, dass ein frischer Cappuccino neben ihm steht, und fragt sich, wie er es geschafft hat, um diese Zeit einen Kaffee zu organisieren. Er sieht verführerisch aus.

Er bemerkt ihren Blick. »Möchten Sie?«, fragt er. »Ist ganz frisch, und ich hatte schon einen.«

Sie zögert. »Wirklich?«

Er lacht. »Ja. Bitte. Er ist gut. Ich hab ihn selbst gemacht. Wenn man quasi zum Küchenpersonal gehört, darf man das.«

Sie setzt sich zu ihm. »Sitzen Sie schon länger hier?«

»Warum fragen Sie?«

»Ich habe Sie gestern Abend zufällig vom Fenster aus gesehen«, sagt sie und nimmt einen Schluck.

»Verstehe. Und jetzt fragen Sie sich, ob ich mir die Nacht hier um die Ohren geschlagen habe.«

Sie nickt. »Der Kaffee ist übrigens göttlich. Danke.«

Er lächelt zufrieden. »Ich habe ein paar Stunden geschlafen, bin aber früh wach geworden. Ihnen ist es offenbar auch so ergangen.«

Vor ihnen zieht ein Vogelschwarm über den See. Langsam wie ein großes Segelschiff, das den Kurs ändert, ziehen die Vögel eine sanfte Kurve und schweben in Richtung Sonne davon.

»Ich liebe diese Ruhe«, sagt sie. »Wenn ein Tag endet oder ein neuer beginnt, wenn der alltägliche Lärm langsam verebbt oder noch nicht begonnen hat, dann kommt es mir immer vor, als würde die Welt durchatmen.«

Er sieht sie an, halb erstaunt, halb irritiert.

Sie merkt, dass er etwas erwidern will, es sich dann aber anders überlegt.

»Was wollten Sie sagen?«, fragt sie.

»Nichts.«

»Doch. Sie wollten gerade etwas sagen. Ich habe es gesehen.«

»Ist aber nicht so wichtig.«

»Sah aber nicht so aus, als wäre es unwichtig«, erwidert sie mit einem aufmunternden Lächeln.

Er schweigt dennoch.

»Schon okay«, sagt sie. »Ist ja auch ganz allein Ihre Sache.«

Er legt die Stirn in Falten. Dann atmet er durch und gibt sich einen Ruck. »Ich bin damals auch wegen dieser Ruhe hergekommen.«

»Damals? Wann war das?«

»Vor mehr als dreißig Jahren. Ich wollte mir darüber klarwerden, ob ich Gott folgen oder lieber so tun sollte, als hätte ich seine Botschaft überhört. Also saß ich hier, tagelang, dachte nach und hoffte darauf, noch einmal seine Stimme zu hören. Aber es blieb still.«

»Sie haben sich dennoch für ihn entschieden.«

»Weil ich merkte, dass mir die Stille guttat«, antwortet er. »In der Schreinerei meines Vaters herrschte ununterbrochen infernalischer Lärm. Das Jaulen der Sägen, das Wummern der Schleifmaschinen, das Bohren, Hämmern und Klopfen dröhnte mir manchmal bis nachts in den Ohren. Und als wäre das noch nicht genug Lärm, besuchten mein Bruder und ich zur Erholung an den Wochenenden Volksfeste, die ebenso großen Krach machten, nur eben anderen. Ich glaube, ich bin damals auch deshalb so ein eifriger Kirchgänger geworden, weil mir die Ruhe im Haus Gottes gefiel. Und an diesem See ist mir dann klargeworden, dass ich mein Leben nicht im Lärm verbringen möchte, sondern in der Stille.«

Seine traurigen Augen blicken übers Wasser.

»Das klingt nach einer guten Entscheidung«, sagt sie.

»Ich habe sie trotzdem oft bereut. Wie man sehen kann, nicht so sehr, dass ich meinen Job an den Nagel gehängt hätte. Aber ich musste sehr viele Türen schließen, um die eine zu öffnen, die mich zu Gott führen sollte. Ich habe mich nicht nur für die Priesterlaufbahn, sondern auch gegen mein altes Leben entschieden. Entsprechend geschockt waren meine Eltern, mein Bruder und nicht zuletzt meine Verlobte. Aber wenn man sich für ein Leben mit Gott entscheidet, dann ist das zugleich eine Entscheidung gegen all die anderen Leben, die man auf dieser Welt führen könnte.«

Er atmet tief durch.

»Sie haben sich diese Entscheidung nicht leicht gemacht«, sagt Paula. »Und auch wenn Ihre Familie zuerst nicht begeistert war, am Ende hatte sie bestimmt Verständnis für Ihren Wunsch.«

Er schließt die Augen und presst die Lippen aufeinander. Paula fragt sich bestürzt, ob er gerade mit den Tränen kämpft. Doch schon im nächsten Moment hat er sich wieder im Griff. Er sieht sie an und schüttelt den Kopf. »Leider hat meine Familie nicht das geringste Verständnis für meinen Wunsch.«

Er hat gelernt, seine Gefühle zu verbergen, denkt sie. Was er dennoch nicht verbergen kann, ist der Schmerz in seinen Augen.

146

»Sie wollen mir aber nicht sagen, dass Ihre Familie diese Entscheidung bis auf den heutigen Tag missbilligt, oder?«, fragt sie ungläubig.

»Doch. Genau so ist es. Ich habe damals mein Elternhaus verlassen und meine Familie seit diesem Tag nie wiedergesehen.«

Paula ist schockiert. »Das ist nicht wahr.«

»Ich weiß, es klingt komisch und etwas altbacken, aber ich würde mal behaupten, ich bin verstoßen worden.«

Sie schüttelt verständnislos den Kopf. »Verstoßen?«

»Ja. Mein Vater hat gesagt, dass ich nicht mehr sein Sohn bin, wenn ich meinen Bruder mit der Schreinerei allein lasse. Sollte ich gehen, um Priester zu werden, dann bräuchte ich nie mehr wiederkommen.«

»Aber das ist dreißig Jahre her«, entgegnet Paula. »Auch die stursten Väter ändern nach so langer Zeit ihre Meinung.«

»Meiner nicht«, widerspricht Benedikt. »Er ist ein Patriarch, der nach dem Wahlspruch verfährt: Wer nicht für mich ist, ist gegen mich. Und wenn er sich etwas in seinen Zementschädel gesetzt hat, dann zieht er das auch durch. Wenn die Sturen dieser Welt einen Anführer wählen müssten, dann würden sie sich bestimmt für meinen Vater entscheiden.«

»Woher wissen Sie überhaupt, dass er seine Meinung nicht geändert hat, wenn Sie keinen Kontakt zu ihm haben?«

»Von meiner Mutter«, antwortet er. »Wir telefonieren ab und zu miteinander. Das haben wir all die Jahre so gemacht.«

»Ihre Mutter hat Sie also nicht fallen gelassen«, sagt Paula. »Immerhin.«

»Nein.« Unschlüssig wiegt er den Kopf hin und her. »Aber sie hat sich auch nicht auf meine Seite geschlagen. Und sie hat die Entscheidung ihres Mannes all die Jahre akzeptiert. Aber ich habe keinen Grund, mich zu beklagen. Im Gegenteil, ich bin ihr dankbar, weil ich mich durch sie trotz allem ein bisschen als Teil der Familie fühle.«

»Waren Sie tatsächlich nie wieder in Ihrem Elternhaus?«

»Nie wieder. Meine Mutter hat mich ab und zu besucht. Eigentlich eher selten, weil ja niemand wissen durfte, dass wir Kontakt haben. Aber inzwischen ist sie über achtzig und lebt zusammen mit Vater in einem Pflegeheim.«

»Und auch Ihr Bruder hat die Entscheidung Ihres Vaters nie infrage gestellt?«

Er schüttelt den Kopf. »Die beiden haben sich blind verstanden, waren praktisch immer einer Meinung.«

»Ihr Vater ist jetzt ein alter Mann, und die Sache liegt sehr lange zurück. Meinen Sie nicht, dass es einen Versuch wert wäre, Kontakt mit Ihrem Bruder aufzunehmen?«, schlägt Paula vor. »Vielleicht will auch er das Kriegsbeil begraben.«

Wieder kann sie den Schmerz in seinen Augen flackern sehen.

»Mein Bruder ist vor drei Jahren gestorben. Ein Arbeitsunfall. Ich weiß, dass Vater mir insgeheim eine Mitschuld daran gibt. Wäre ich geblieben, dann hätte Theo nicht so viel schuften müssen, um den Laden über Wasser zu halten. Und, wer weiß, vielleicht wäre dieser Unfall nie passiert, wenn ich …«

»Moment«, unterbricht Paula entschieden. »Ihr Bruder hat ganz allein beschlossen, zu bleiben und den Betrieb zu übernehmen. Für diese Entscheidung trägt auch er ganz allein die Verantwortung, nicht Sie.«

»In gewisser Hinsicht hatte er keine Wahl«, sagt Benedikt und lächelt gequält. »Unserem Vater hätte es bestimmt das Herz gebrochen, wenn die Schreinerei verkauft worden wäre. Außerdem war Theo unsterblich verliebt. Und zwar ausgerechnet in die Frau, die ich um ein Haar geheiratet hätte. Ich habe seine rasende Eifersucht nicht bemerkt, weil ich mit mir und meinen Glaubensfragen beschäftigt war. Aber später ist mir klargeworden, dass er mich hasste, weil ich ihm die Frau, die er so sehr liebte, weggenommen hätte.«

»Oh«, sagt Paula. »Und hat Ihr Bruder, als Sie gegangen waren, wenigstens sein Glück bei Ihrer Verlobten versucht?«

Er nickt. »Am Ende haben die beiden sogar geheiratet und eine Familie gegründet …«

»Aber da haben sich die Dinge doch ganz gut gefügt«, findet Paula.

»Der Gesichtsverlust für meinen Vater und unsere Familie war enorm«, erklärt Benedikt. »Ich komme aus einem kleinen Dorf, wo jeder jeden kennt. Können Sie sich vorstellen, wie dort getratscht und gespottet wurde? Eine verschmähte Braut heiratet den Bruder des Bräutigams. Ein gefundenes Fressen für die Gerüchteküche.«

Paula muss lachen. »So, wie Sie es erzählen, klingt es aber auch, als hätten Sie die Braut direkt vorm Altar stehen lassen.«

Er sieht sie an und schweigt beredt.

Paula entgleiten die Gesichtszüge. »Das haben Sie nicht wirklich gemacht, oder?«

»Nein, aber es war kurz davor. Die Hochzeitseinladungen waren verschickt, das Kleid und der Anzug bereits gekauft, das Lokal gebucht …«

»Oh«, sagt Paula noch einmal und spült ihre Verwunderung mit dem letzten Schluck Kaffee herunter.

»Für Jana war die Sache besonders schlimm. Sie hat mir damals gesagt, es wäre ihr lieber gewesen, wenn ich sie für eine andere Frau verlassen hätte und nicht für Gott und ein Leben im Zölibat.«

»Das verstehe ich«, sagt Paula. »Gegen eine andere Frau hätte sie vielleicht noch eine Chance gehabt.«

»Ich glaube, so ähnlich hat sie es damals auch formuliert.«

»Tja«, sagt Paula. »Somit wäre auch geklärt, warum selbst Ihre Schwägerin nicht gut auf Sie zu sprechen ist. Allerdings sollten Sie bedenken, dass Frauen gemeinhin nicht so nachtragend sind wie Männer. Vielleicht hat wenigstens Ihre damalige Verlobte Ihnen inzwischen verziehen.«

»Ja, vielleicht. Das wäre dann zwar ein Wunder, aber die soll es ja geben.«

Sie überlegt. Ist es dieses Wunder, für das er all die Jahre gebetet hat? Dass seine Familie ihm verzeiht und er zu den Seinen zurückkehren darf?

»Sie sollten jetzt los«, beendet er das Gespräch. »Bis Bern brauchen wir mindestens zwei Stunden.«

»Na und? Mehr als genug Zeit für eine kleine Joggingrunde«, erwidert sie.

»Das schon, aber nach dem Laufen werden Sie schwimmen wollen. Und danach werden Sie Appetit auf ein großes Frühstück haben.«

»Klingt einleuchtend«, sagt sie und steht auf.

»Ich wünsche Ihnen viel Spaß.«

»Danke.«

Sie wendet sich zum Gehen, hält dann noch einmal inne. »Haben Sie den Abstecher nach Évian-les-Bains eigentlich vorgeschlagen, weil Sie gehofft haben, hier etwas zu finden? Ein Zeichen oder eine Botschaft?«

»Nicht nur«, antwortet er. »Aber auch.«

»Und?«

Er schüttelt den Kopf.

»Das tut mir leid.«

»Muss es nicht. Danke, dass Sie zugehört haben.«

# 17

Benedikts Prophezeiung stimmt. Nach dem Joggen braucht Paula ein Bad im See und danach ein großes Frühstück. Als sie zuvor noch kurz duschen will, bemerkt sie, dass Franca versucht hat, sie zu erreichen. Es ist jetzt kurz nach acht, in Molitoni hat also die Schule begonnen.

Paula schnappt sich ihr Handy, filmt das Zimmer und fängt den Blick über den See ein. Das Ergebnis schickt sie Franca mit einer Sprachnachricht. »Hallo, liebe Sommerfreundin! Du wirst es nicht glauben, aber ausnahmsweise war ich heute mal sehr viel früher auf den Beinen als du. Deshalb bin ich joggen und schwimmen gewesen und habe deinen Anruf verpasst. Jetzt bist du in der Schule, und Betto und ich fahren gleich weiter nach Bern. Aber ich will dir trotzdem zeigen, wie es hier am Genfer See aussieht. Wenn du Schulschluss hast, werden wir vermutlich gerade mit der Professorin reden, die Mathebücher schreibt. Also können wir beide erst heute Nachmittag zoomen, falls du überhaupt Zeit und Lust hast. Würde mich natürlich sehr freuen. Hab einen schönen Tag und bis später, deine Paula.«

Als die Nachricht bereits unterwegs ist, fällt ihr auf, dass sie Benedikt gerade Betto genannt hat. Francas Spitzname passt ganz gut zu ihm, findet Paula. Im Grunde passt er besser als sein richtiger Name.

Sie trifft ihn im Frühstücksraum, wo er vor einem Cappuccino sitzt und lustlos in einem Obstsalat herumstochert.

»Sie hätten schwimmen gehen sollen«, sagt Paula. »Das weckt die Lebensgeister.«

»Stimmt, das hätte ich«, erwidert er. »Aber ich dachte, ich könnte meine Lebensgeister mit Kaffee und Obstsalat aus dem Bett kriegen.«

»Und? Klappt es?«, fragt Paula.

»Der Kaffee wirkt, aber nur einigermaßen, der Obstsalat noch weniger.«

»Wenn Sie möchten, kann ich das Fahren übernehmen«, sagt sie. »Dann können Sie sich ausruhen.«

Er hebt den Kopf. »Wirklich? Das wäre toll.«

»Klar, kein Problem.«

Erfreut schiebt er den Obstsalat beiseite. »Super. Dann kann ich mir den ja sparen.«

Als sie ein paar Stunden später Bern erreichen, sehnt Paula sich nach den kühlen Fluten des Genfers Sees zurück. Weder das geöffnete Schiebedach noch die tapfer pustende Lüftung haben gegen die ständig steigenden Temperaturen etwas ausrichten können.

Das bemerkt auch Dr. Lüthi, als sie ihre Gäste begrüßt. Die Professorin kommt gerade aus einem klimatisierten Hörsaal und sieht so erholt aus wie nach einem Wellnesswochenende. Ihr weich fließendes Sommerkleid wirkt lässig, während ihre raspelkurzen Haare und die markante Brille einen strengen Eindruck machen. Sie scheint solche Gegensätze zu mögen, denn es gibt noch einen, der auffällig ist. Zwar trägt sie kein Make-up, wohl aber einen knallroten Lippenstift. Sie sehen ganz schön abgekämpft aus«, stellt sie fest. »Sind Sie bei diesen Temperaturen etwa mit dem Fahrrad unterwegs?«

»Nein, mein Auto hat keine Klimaanlage«, antwortet Benedikt.

»Das kenne ich. Die Dinger gehen immer dann kaputt, wenn man sie am dringendsten braucht.«

»Sie ist nicht kaputt«, erwidert er. »Es ist erst gar keine eingebaut worden.«

Lüthi lächelt freundlich, während sie zu überlegen scheint, ob sie das für einen Witz halten soll. »Trifft sich gut, dass wir eine kleine Planänderung haben. Ich wollte Sie nämlich bitten, mich zum Flughafen zu bringen. Ich muss überraschend nach Hamburg. Aber wir können uns vorher noch unterhalten. Es gibt dort ein hübsches Bistro, und das Terminal ist angenehm klimatisiert.«

»Klingt verlockend«, sagt Paula, die spürt, dass ihr das Jeanshemd am Rücken klebt.

Als Dr. Lüthi Benedikts Pkw sieht, versteht sie, dass seine Bemerkung über die Klimaanlage kein Witz war. »Zum Glück sind es nur zehn Kilometer zum Flughafen«, sagt sie gelassen und stellt ihre edle Reisetasche aus glänzendem schwarzem Leder neben Benedikts alten Koffer. Bevor sie auf der schäbigen Rückbank des Volvos Platz nimmt, zögert sie einen kurzen Moment, zupft dann ihr Kleid zurecht und setzt sich.

Paula weiß, dass sie selbst noch ein paar tausend Kilometer in diesem Volvo vor sich hat. Der Gedanke allein bringt sie bereits ins Schwitzen, und sie schiebt ihn rasch beiseite.

Das Bistro im Flughafen ist angenehm temperiert, hat fantastisches Essen und ebensolche Preise.

Die Professorin begnügt sich mit einer geeisten Limonade und kommt gleich zur Sache. »Was möchten Sie denn von mir wissen?«

»Ich würde gern mit Ihnen über die Wunder der Mathematik reden«, beginnt Paula.

»Mein Buch heißt zwar so, handelt aber eigentlich von der Mathematik der Wunder«, erklärt Lüthi. »Den Titel fand man wohl eingängiger.«

»Genau darauf will ich hinaus«, sagt Paula. »Auf die Mathematik der Wunder. Denn Sie behaupten ja, dass die meisten Wunder keine Wunder sind, wenn man die Statistik betrachtet …«

»Richtig«, unterbricht Lüthi sie. »Weil der Begriff ›Wunder‹ ja gemeinhin Ereignisse bezeichnet, die so selten sind, dass ihr Auftreten statistisch gesehen äußerst unwahrscheinlich ist.«

Paula merkt, dass die Professorin beim Dozieren nicht nur in ihrem Element ist – sie hat auch Routine darin, das Wort zu ergreifen und den Ton anzugeben.

Und weil sie nun einmal damit angefangen hat, macht sie gleich weiter, ohne die Frage abzuwarten, die Paula ihr gerade stellen wollte.

»Der Punkt ist also, dass Ereignisse als Wunder bezeichnet werden, die statistisch gesehen gar nicht so unwahrscheinlich sind, wie man vielleicht denkt. Andere Ereignisse, die sehr viel unwahrscheinlicher sind, werden hingegen nicht als Wunder verstanden. In meinem Buch habe ich mich gefragt, warum das so ist. Ich gebe Ihnen mal ein Beispiel. In der Bibel werden diverse Fälle von Totenerweckungen beschrieben.« Sie schaut zu Benedikt. »Nichts für ungut, Pater, aber zur damaligen Zeit war es keineswegs ungewöhnlich, Menschen von den Toten zu erwecken. Das lag aber nicht daran, dass es mehr Menschen gab, die Wundertaten vollbringen konnten, sondern …«

»Ich weiß, worauf sie hinauswollen«, hakt Benedikt ein. »Das medizinische Wissen war jahrhundertelang sehr begrenzt, weshalb man Menschen für tot erklärte, die in Wahrheit noch lebten. Erwachten sie dann, sah es so aus, als wären sie von den Toten wiederauferstanden – oder eben erweckt worden.«

»Sehr gut zusammengefasst«, lobt die Professorin. »Auch heute kommt es übrigens noch gelegentlich vor, dass Menschen, die für tot gehalten werden, wieder erwachen – also quasi von den Toten zurückkehren, und das ohne äußere Einwirkung. Man schätzt die Wahrscheinlichkeit, dass jemand für tot erklärt wird, der nur scheintot ist, auf eins zu einhunderttausend. Wenn Sie das jetzt mal mit der Chance auf einen Lottogewinn vergleichen, die bei ungefähr eins zu einhundertvierzig Millionen liegt, dann könnte man etwas provokativ sagen, dass bei den wöchentlichen Lottoziehungen mehr Zeichen und Wunder geschehen als in der gesamten Bibel.«

»Für einen Menschen, der das Glück hat, entweder von den Toten zu erwachen oder den Lottojackpot zu knacken, ist bestimmt beides ein Wunder«, überlegt Paula laut. »Wer unwahrscheinliches Glück hat, den interessiert gewöhnlich nicht, wie wahrscheinlich oder unwahrscheinlich dieses Glück, mathematisch gesehen, ist.«

»Sehr richtig«, stimmt Lüthi zu. »Aber warum betrachten wir es dann nicht beispielsweise auch als ein Wunder, am Leben zu sein? Zum Zeitpunkt unserer Zeugung war für jeden von uns die Wahrscheinlichkeit, heute hier zu sitzen, deutlich geringer als ein Lottogewinn. Bedenken Sie, dass bei jeder Befruchtung mindestens fünfzig Millionen Samenzellen im Spiel sind, von denen nur eine oder selten zwei ihr Ziel erreichen. Dabei werden die meisten Frauen nicht beim ersten Versuch schwanger. Selbst vorsichtig geschätzt, dürfte die Chance, am Leben zu sein, bei unter eins zu einer Milliarde liegen. Man könnte auch sagen, es ist, als würde man ständig im Lotto gewinnen.«

Dr. Lüthi bemerkt erfreut, dass Benedikt und Paula beeindruckt sind, was sie als Aufforderung versteht, fortzufahren. »Wenn Sie sich einmal vor Augen führen, was wir generell über die Entstehung des Lebens wissen, dann wird die Sache noch interessanter. Zwar hat die Wissenschaft inzwischen eine ungefähre Vorstellung davon, wie sich die Grundbausteine des Lebens im Universum gebildet haben könnten, um aber aus Aminosäuren ein funktionierendes Molekül herzustellen, braucht man einen extrem unwahrscheinlichen Zufall.«

»Oder Gott«, ergänzt Benedikt und lächelt freundlich.

»Oder Gott«, wiederholt die Professorin und nickt. »Sie werden es vielleicht nicht glauben, aber manchmal denke ich, dass die Existenz Gottes nicht sehr viel unwahrscheinlicher ist als der Zufall, der das Leben auf diesem Planeten möglich gemacht haben soll.«

»Doch, das glaube ich Ihnen sofort«, sagt Benedikt und lächelt unverdrossen weiter.

Dr. Lüthi lächelt zurück.

»Also glauben Sie doch an Wunder«, sagt Paula. »In Ihrem Buch lassen Sie die Frage unbeantwortet.«

»Entweder, man hält dieses ganze Universum für ein Wunderwerk, oder man glaubt überhaupt nicht an Wunder«, erwidert die Professorin. »Ich bin Wissenschaftlerin, und als solche glaube ich an statistische Wahrscheinlichkeiten. Wer lieber von Wundern sprechen möchte, darf das natürlich gern tun. Aber ehrlich gesagt, bin ich der Ansicht, dass uns nur die Instrumente fehlen, um auch die komplexesten Wahrscheinlichkeiten zu berechnen. Es gibt ja bereits Supercomputer, mit denen Klimamodelle, Wettervorhersagen und andere wissenschaftliche Versuchsanordnungen berechnet oder simuliert werden. Allerdings sind leider noch sehr viel bessere Rechnerleistungen nötig, um Wahrscheinlichkeiten zu berechnen, die jenseits der Vorstellungskraft liegen. Ich persönlich warte deshalb schon sehnsüchtig auf die ersten funktionierenden Quantencomputer.«

»Dass Sie als Wissenschaftlerin nicht an Wunder glauben, leuchtet mir ein«, sagt Benedikt. »Aber wie ist Ihre private Meinung dazu?«

»Ich glaube, dass Statistiken Wunder vollbringen können«, antwortet sie.

»Das klingt zwar interessant, beantwortet aber nicht meine Frage«, erwidert Benedikt.

Sie überlegt. »Haben Sie schon einmal von einer Dame namens Violet Jessop gehört?«

Benedikt schüttelt den Kopf.

Lüthi blickt zu Paula. »Aber Sie kennen sie bestimmt.«

Paula grübelt. Der Name kommt ihr tatsächlich bekannt vor. »Ich glaube, sie war die Schiffsstewardess, die nicht nur den Untergang der *Titanic* überlebte, sondern auch zwei weitere Unglücksfahrten mit Schwesterschiffen.«

Lüthi nickt. »Die *Olympic* und die *Britannic*. Das erste Schiff kollidierte mit einem Kreuzer, das zweite sank im Ersten Weltkrieg im Mittelmeer. Und obwohl Violet Jessop nur knapp überlebte, ging sie nach dem Krieg wieder an Bord. Zu ihrem Glück blieb ihr ein weiteres Schiffsunglück erspart.« Sie sieht Benedikt an. »Ist das nun ein Wunder oder reine Statistik?«

»Ich weiß nicht. Wie hoch ist denn die Wahrscheinlichkeit, drei Schiffshavarien zu überleben?«

»Schwer zu sagen, weil immens viele Aspekte dabei eine Rolle spielen. Aber statistisch interessant ist, dass Frau Jessop drei schwere Schiffsunglücke in nur acht Jahren erlebte, darunter die Jahrhundertkatastrophe der *Titanic*, um danach noch weitere vierunddreißig Jahre ohne irgendwelche Zwischenfälle zur See zu fahren.«

»Aber ist das nun Zufall oder ein Wunder?«, fragt Benedikt.

»Ich persönlich würde es als statistische Anomalie bezeichnen«, antwortet Dr. Lüthi. »Salopp gesagt, ein Ausreißer.«

»Statistische Anomalie«, wiederholt Benedikt. Es klingt, als hätte er an den Wörtern zu kauen.

»Es klingt ungewöhnlicher, als es ist«, sagt sie. »Jeder Datensatz hat zwangsläufig ein Minimum und ein Maximum, also, wenn Sie so wollen, einen obersten und einen untersten Ausreißer. Aber es gibt eben auch einen Median, einen Zentralwert. Man kann sagen, es ist der wahrscheinlichste Fall überhaupt. Und es gibt ein unteres und ein oberes Quartil. Der Interquartilsabstand umfasst den Bereich, den wir gemeinhin für wahrscheinlich halten. Sagen wir mal, ich gehe zum Bäcker, dann ist es wahrscheinlich, dass ich mit Brötchen zurückkommen werde. Es ist auch möglich, wenn auch recht unwahrscheinlich, dass ich drei Bekannte auf dem Weg treffe. Und es ist noch unwahrscheinlicher, aber keinesfalls unmöglich, dass ich in einen

Banküberfall gerate und mit meiner Brötchentüte in der Hand als Geisel genommen werde.«

»Und Sie glauben jetzt, wenn man einen möglichst großen Computer hat, dann kann man berechnen, wie wahrscheinlich die Sache mit dem Banküberfall ist?«, fragt Benedikt.

Paula sieht ihm an, dass die Vorstellung einer durch und durch kalkulierbaren Welt ihm ganz und gar nicht behagt.

Dr. Lüthi nickt. »Ja, das glaube ich in der Tat. – Wie hoch schätzen Sie die Wahrscheinlichkeit ein, dass ein Mensch im Lauf seines Lebens sieben Mal vom Blitz getroffen wird und alle sieben Blitzschläge überlebt?«

»Keine Ahnung. Eins zu einer Billion?«, antwortet Benedikt.

»Aber auch das soll passiert sein, nicht wahr?«, mischt Paula sich ein. »Diesem Ranger aus Virginia, oder?«

Wieder nickt Lüthi. »Roy Sullivan. Korrekt. Und tatsächlich lag die Wahrscheinlichkeit, dass dieser Förster sieben Mal vom Blitz getroffen werden würde, bei eins zu mehreren Quadrillionen«, erklärt Lüthi. »Das ist eine Zahl mit vierundzwanzig Nullen.«

»Okay«, sagt Benedikt. »Da habe ich mich offenbar um ein paar Billionen verschätzt.«

»Kann man so sagen«, antwortet Lüthi und verzieht ihre akkurat geschminkten Lippen zu einem Lächeln.

»Ist es nicht wenigstens ein Wunder, dass dieser Mann die Blitzschläge überlebt hat?«, fragt Benedikt.

»Nein, das wiederum ist statistisch am wenigsten verwunderlich«, antwortet die Professorin. »Man denkt, dass Blitzschläge praktisch immer tödlich enden, aber die Statistik behauptet das Gegenteil. Neun von zehn Menschen überleben einen Blitzschlag. Meist tragen sie jedoch bleibende Schäden davon. Sullivan hatte auch in dieser Hinsicht Glück. Bei ihm schlug der Blitz zwar ungewöhnlich oft ein, dafür trug der Mann jeweils nur leichte Verletzungen davon.«

»Interessant, wie sehr man sich verschätzen kann«, sagt Paula.

»Passiert ständig«, versichert Lüthi. »Mir übrigens auch. Den meisten Menschen fällt es schwer, die Wahrscheinlichkeit seltener Ereignisse richtig einzuschätzen. Deshalb haben wir Flugangst, obwohl Fliegen, statistisch gesehen, die sicherste Art des Reisens ist. Oder wir fürchten uns vor seltenen Krankheiten, obwohl uns die Statistiken vor den uns bekannten Volkskrankheiten warnen. Wir lassen uns auf Glücksspiele ein, obwohl die Gewinnwahrscheinlichkeiten minimal sind, weil wir denken, dass wir unserem Glück auf die Sprünge helfen können, beispielsweise, indem wir auf bestimmte Zahlen setzen. Aber statistisch ist das ebenso unsinnig wie Rituale beim Würfeln. Die Wahrscheinlichkeit, dass eine Wunschzahl gewürfelt wird, bleibt immer eins zu sechs. Und ja, vermutlich glauben Menschen deshalb auch an Wunder … Weil sie daran glauben wollen.«

»Sie denken, Wunder sind nichts anderes als ein Glücksspiel?«, fragt Benedikt beklommen.

»Ich möchte ja niemandem die Illusion rauben«, erwidert die Professorin. »Aber wenn Sie mich als Wissenschaftlerin fragen, dann sieht es so aus. Es gibt übrigens auch den umgekehrten Fall, nämlich dass wir statistisch wahrscheinliche Szenarien für unwahrscheinlich halten. Treten diese Ereignisse dann doch ein, kommen sie uns wie kleine oder große Wunder vor. Kennen Sie beide zum Beispiel das Geburtstagsparadox?«

»Nie gehört«, sagt Benedikt, und auch Paula schüttelt diesmal den Kopf.

»Es besagt, wenn mehr als dreiundzwanzig Menschen in einem Raum sind, dann besteht eine Wahrscheinlichkeit von über fünfzig Prozent, dass zwei dieser Menschen am selben Tag Geburtstag haben.« Sie bemerkt, dass Benedikt und Paula sich verblüfft ansehen.

»Wir beide haben am selben Tag Geburtstag«, sagt Paula tonlos.

Lüthi muss lachen. »Und Sie dachten, dass dies ein extrem seltener Zufall wäre. Stimmt aber nicht. Wenn sich fünfzig Personen in einem Raum befinden, dann beträgt die Wahrscheinlichkeit sogar mehr als siebenundneunzig Prozent, dass zwei von ihnen am selben Tag Geburtstag haben.«

»Ich glaube, jetzt bin ich ein bisschen verwirrt«, sagt Benedikt.

»Auf die Gefahr hin, Sie noch mehr zu verwirren, würde ich Ihnen gern etwas mit auf den Weg geben«, sagt die Professorin. »Es gibt einen weiteren typischen Denkfehler, der als der ›Überlebenden-Irrtum‹ bekannt ist. Er besagt, dass wir dazu tendieren, Misserfolge auszublenden, weil wir uns auf erfolgreiche Beispiele konzentrieren. Man könnte also sagen, wir sehen nur die Überlebenden, jene also, die Erfolg, Geld oder Macht haben. Dabei vergessen wir jedoch alle, die dieses Glück nicht teilen. Wir denken an Gewinner, wenn wir spielen, vergessen aber alle, deren Einsatz jede Woche verpufft. Wir sehen Film- oder Musikstars, denken aber nicht an die vielen arbeitslosen Künstlerinnen und Künstler, die auf ihre Chance warten …«

Paula versteht. »Und Sie glauben, so verhält es sich auch mit Wundern. Wir vergessen die Millionen Menschen, die bereits ewig auf ein Wunder hoffen, weil wir nur die Wenigen sehen wollen, die das Glück hatten, eins zu erleben.«

Lüthi nickt.

Paula sieht zu Benedikt, der nun noch niedergeschlagener wirkt.

»Aber betrachten Sie es mal so«, sagt die Professorin und lächelt aufmunternd. »Noch können wir statistische Anomalien allenfalls im Nachhinein berechnen und damit also nicht vorhersehen. Sollte es beispielsweise durch einen Quantensprung in der Computertechnik eines Tages möglich sein, auch die seltsamsten und ungewöhnlichsten statistischen Ausreißer zu berechnen, dann bedeutet das nicht automatisch, dass Gott nicht existiert. Die Wahrscheinlichkeit dafür wird nur sehr klein. Wir Mathematiker sagen dann, sie läuft gegen unendlich. Aber das heißt auch, eine winzige Chance bliebe trotzdem.« Wieder formen sich ihre Lippen zu einem gepflegten Lächeln. »Am Ende könnte Gott also trotzdem sein eigenes Wunder sein.«

# 18

Juf liegt im Kanton Graubünden, ungefähr dreihundert Kilometer von Bern entfernt. Üblicherweise dauert die Fahrt dorthin vier Stunden, mit Benedikts Volvo also vermutlich fünf. Nach dem Gespräch mit Dr. Lüthi im Flughafenbistro haben sie sich noch rasch eine eiskalte Limonade gegönnt, um dann gleich loszufahren.

Jetzt ist es bereits Nachmittag, und der Volvo schnurrt brav die sich durch das Averstal schlängelnde Straße entlang. Sie fahren an wildblumenbewachsenen Almwiesen und schroffen Felsformationen vorbei, überqueren plätschernde Bäche und rauschende Flüsse und passieren einsam gelegene Gehöfte. Je weiter sie in die Berge kommen, desto weniger Menschen begegnen ihnen.

Seit Ferrara führt die Straße stetig bergauf. Paula, die schon auf dem Weg nach Bern gemerkt hat, dass sie sich am Steuer des Volvo pudelwohl fühlt, lenkt den Wagen entspannt über die immer schmaler werdende Straße.

Benedikt schaut aus dem Seitenfenster und hängt seinen Gedanken nach. Seit dem Treffen in Bern haben sie kaum miteinander gesprochen. Sie vermutet, dass er darüber nachgrübelt, was er von den Ansichten der Professorin halten soll. Auch Paula hadert damit, obwohl sie Dr. Lüthi vom wissenschaftlichen Standpunkt aus recht geben muss. Dennoch sträubt sich etwas in ihr gegen die Überzeugung, dass die Welt komplett berechenbar sein soll. Paula kann es nicht einmal begründen, aber trotzdem ist ihr der Gedanke völlig fremd. Sie spürt diesen Widerstand, der auftauchen kann, wenn man der Entzauberung lieb gewordener Überzeugungen zusehen muss.

Benedikt dürfte das noch schwerer fallen. Gut möglich, dass Lüthis kühle Analyse ihn in jene melancholische Stimmung zurückversetzt hat, in der er schon heute Morgen war.

Sie lässt ihm Zeit. Wenn er reden möchte, wird er das schon tun, denkt sie.

Sie fahren durch einen Weiler, eine Handvoll Häuser, an der Straße aufgereiht wie Zuschauer bei einem Radrennen. Danach geht es steil bergauf, und Paula spürt, wie der betagte Motor ackern muss, um den Berg zu bewältigen.

»Ist schon ein dickes Ding«, sagt Benedikt aus heiterem Himmel. »Da denkt man sein Leben lang, dass die Ordnung der Welt kein Zufall sein kann, und muss dann genau das Gegenteil erfahren, nämlich dass auch der Zufall das alles beherrschende Prinzip im Universum sein könnte. Selbst Gott wäre dann nur ein Gott des Zufalls.«

Interessante Idee, denkt Paula. Sie will gerade fragen, ob in einem zufälligen Universum nicht auch Gott nur zufällig existieren würde, als ihr der Volvo dazwischenkommt. Wie um die Sprengkraft von Benedikts Idee zu unterstreichen, ist ein lauter Knall zu hören, gefolgt von einem Zischen und Blubbern. Dann steigt Qualm unter der Motorhaube hervor.

Paula lenkt den Wagen auf den Seitenstreifen und bringt ihn am Rand einer sanft ansteigenden Wildblumenwiese zum Stehen.

»Ist bestimmt wieder der Kühler«, sagt Benedikt und steigt aus, um den Motor mit frischem Wasser zu versorgen.

Paula will die Gelegenheit nutzen, um sich die Beine zu vertreten, und steigt ebenfalls aus. Hier oben ist die Hitze erträglich, denn es geht ein leichter Wind.

Als Benedikt den Zustand des Motos mit den Worten »Oh, das sieht nicht gut aus« kommentiert, spaziert sie ein Stück die Blumenwiese hinauf, bis sie einen Platz in der Sonne gefunden hat, und setzt sich.

Wenig später gesellt er sich zu ihr. »Ich kenne mich mit der Mechanik nicht so gut aus«, sagt er. »Aber wenn wir Glück haben, dann ist nur der Kühlerdeckel abgeflogen, und wir können in einer halben Stunde wieder los.«

»Und wenn wir kein Glück haben?«

»Dann ist der Kühler geplatzt, und wir brauchen einen neuen. Das kann dauern.«

»Also hoffen wir auf ein Wunder?«, fragt sie lächelnd und blinzelt in die Sonne.

»Ich habe heute erfahren müssen, dass es keine Wunder gibt, sondern nur statistische Anomalien«, antwortet er zerknirscht.

»Das sagt aber auch nur Frau Doktor Lüthi«, fügt Paula hinzu.

Er setzt sich zu ihr ins Gras. »Ja, aber sie wirkt dabei sehr überzeugend.«

»Trotzdem ist es nur eine Theorie«, erwidert Paula.

»Ich weiß. Aber leider ist es eine ziemlich gute Theorie, denn sie beweist, dass wir Menschen die Welt überinterpretieren und immer dort Sinn zu stiften versuchen, wo es keinen Sinn gibt.«

Paula verzieht das Gesicht. »Das klingt deprimierend, finden Sie nicht? Besonders aus dem Mund eines Priesters.«

»Es ist deprimierend«, erwidert Benedikt. »Aber auch nur, wenn man das System durchschaut hat. Wer nicht weiß, dass sein Glück nur eine Illusion ist, dem geht es bestimmt blendend.«

»Halten Sie das Wunder, das Sie damals erlebt haben, inzwischen auch nur für eine Illusion?«, fragt Paula.

»Dann würde mein Leben auf einer Illusion gründen.« Er denkt einen Moment nach, schüttelt dann den Kopf. »Selbst, wenn es so wäre … Ich habe in all den Jahren vielen Menschen helfen können. Ich habe ihnen Trost gespendet und Zuversicht gegeben. Ich habe Liebende vermählt und Kinder getauft. All das waren keine Illusionen. Selbst wenn ich mir das Zeichen Gottes damals nur eingebildet habe, ist das, was ich tue und getan habe, real. Aber ich spüre, dass mir das himmlische Schweigen mehr und mehr zu schaffen macht. Es fühlt sich an, als würde man jeden Tag an eine Tür klopfen, aber es macht niemand auf. Das ist irgendwie …« Er sucht nach dem passenden Wort.

»Frustrierend?«, schlägt Paula vor.

»Auch«, gibt Benedikt zu. »Es ist zuerst frustrierend, aber inzwischen macht es mich immer öfter wütend.«

»Ich weiß, was Sie meinen«, erwidert sie. »Ich habe auch so eine Tür. Und ich gehöre ebenfalls nicht zu den Glücklichen, denen geöffnet wird.«

»Sie sind auch wütend?«

»Nicht immer. Und nicht auf Gott, weil ich keine enge Beziehung zu ihm habe. Aber manchmal bin ich wütend auf das Schicksal, weil es diese Tür in meinem Leben so fest verschlossen hält.«

Er will etwas erwidern, kommt aber nicht dazu, weil Paula plötzlich einen Zeigefinger hebt und horcht. »Hören Sie das?«

Das kaum vernehmbare Summen kommt aus dem Pkw, der sich mit geöffneten Türen am Straßenrand ausruht.

Benedikt lauscht angestrengt.

Paula springt auf. »Das ist bestimmt Franca.«

Sie läuft zum Wagen und fischt ihr Notebook vom Rücksitz. Während sie wieder zu ihrem Platz auf der Wiese zurückkehrt, öffnet sie das Display und nimmt das Gespräch an.

Francas Lächeln erscheint, es spannt sich von einem Bildschirmrand zum anderen. »Hallo!«

Paula setzt sich. Sie und Benedikt winken in die Kamera.

»Wo seid ihr gerade?«

»Auf einer Wiese in den Schweizer Bergen.«

»Das sehe ich. Macht ihr Pause?«

»Wir haben eine Autopanne«, erklärt Benedikt.

»Ups. Schlimm?«

»Mal sehen«, antwortet er. »Aber ich hoffe, nicht.«

»Und warum habt ihr dann so schlechte Laune?«

»Haben wir das?«, fragt Paula amüsiert.

»Ja, ihr seht total schlecht gelaunt aus.«

Benedikt und Paula wechseln überraschte Blicke. Sieht man ihnen das Gespräch mit Dr. Lüthi wirklich an?

»Wir waren heute Mittag bei der Matheprofessorin …«, beginnt Benedikt.

»Ach so! Na, dann kein Wunder!«, ruft Franca. »Bei Mathe krieg ich auch immer schlechte Laune.«

»Ich hab eigentlich nur schlechte Laune, weil die Frau gesagt hat, dass es keine Wunder gibt«, sagt Benedikt.

Francas Lächeln erstirbt. »Wie soll das denn gehen?«

»Diese Professorin meint, dass die ganze Welt auf Zufällen beruht, von denen man die meisten auch berechnen kann. Eigentlich könnte man alles berechnen, wenn es nicht so kompliziert wäre. Aber vermutlich wird es möglich, sobald es noch schnellere Computer gibt.«

Franca überlegt eine Weile, dann knipst sie ihr extrabreites Lächeln wieder an und sagt: »Das ist Quatsch.

171

Diese Professorin hat total unrecht. Und ich kann euch auch sagen, warum.«

»Bin gespannt«, freut sich Benedikt.

»Leyla ist ein Mädchen aus meiner Schule«, erklärt Franca. »Sie geht in die 8b, ist also eine Klasse über mir. Leyla hat braune Haut und schwarze Locken und ist bestimmt das hübscheste Mädchen aus der 8b, das ich kenne, vielleicht sogar die Hübscheste von allen Achtklässlern. Matteo ist ein Junge aus meiner Klasse. Er ist nett, hatte aber noch nie eine Freundin, weil er eine superdicke Brille, eine Zahnspange und einen wirklich krassen Seitenscheitel hat. Und dann trägt er auch noch Skinny Jeans.«

Franca macht eine Kunstpause, damit Paula und Benedikt sich das abenteuerliche Aussehen von Matteo vorstellen können.

»Heute fiel der Unterricht in der vierten Stunde aus, und die 8b hatte ebenfalls eine Freistunde. Die meisten von uns sind zum Sportplatz gegangen, um Ball zu spielen oder sich auf die Wiese zu legen. Leyla und Matteo waren auch dort. Wir sitzen also in kleinen Gruppen zusammen und quatschen, als Leyla rüberkommt, sich zu Matteo setzt und ›hi‹ sagt. Und wisst ihr, was er gesagt hat?«

»Er hat auch ›hi‹ gesagt?«, rät Paula.

»Ganz genau«, bestätigt Franca. »Und dann haben die beiden gequatscht, mindestens zwanzig Minuten lang. Und dabei soll Matteo sie gefragt haben, ob sie seine Freundin sein will. Und wisst ihr, was sie gesagt hat?«

»Etwa, dass sie das möchte?«, rät Benedikt.

»Genau!«, ruft Franca. »Sie hat ›gern‹ gesagt. Und genau das ist es! Das ist der Unterschied zwischen einem Zufall und einem Wunder. Dass wir zusammen mit der 8b eine Freistunde hatten, das war nur ein Zufall. Dass aber Leyla und Matteo jetzt ein Paar sind, ist das größte Wunder der Welt. Ich schwöre euch, keine Mathematikprofessorin hätte das ausrechnen können. Nicht mal mit dem schnellsten aller Supercomputer.«

Paula sieht Benedikt an. »Klingt überzeugend, finden Sie nicht?«

Er nickt anerkennend, während das langsam lauter werdende Rattern eines Dieselmotors einen Traktor ankündigt, der sich mühelos die Serpentinen hocharbeitet.

Jetzt hört auch Franca das Geräusch. »Was ist das? Ein Hubschrauber?«

Als der Traktor die Kurve nimmt, geht der Fahrer vom Gas. Langsam rollt die Landmaschine am Volvo vorbei, um dann an der Wiese zum Stehen zu kommen. Ein Mann, etwa in Benedikts Alter, klettert aus dem Gefährt und schlendert zum Volvo, während er zu Paula und Benedikt schaut und die Hand zum Gruß hebt.

»Ich frage ihn mal, was er will«, sagt Benedikt und steht auf.

»Das ist ein Traktor«, sagt Paula zu Franca. »Sieht so aus, als würde der Bauer uns helfen wollen.«

»Zeig mal«, bittet Franca.

Paula stellt das Notebook neben sich ins Gras und

richtet es so aus, dass die Kamera nicht nur den Volvo, sondern auch das dahinterliegende Bergpanorama im Blick hat.

»Wow«, sagt Franca. »Wie viele Berge haben die da?«

»Viele«, antwortet Paula.

Sie beobachten gemeinsam, wie Benedikt und der Bauer vor der geöffneten Motorhaube stehen und sich unterhalten, während sie den Kühler begutachten. Sie fummeln abwechselnd an etwas herum, um dann gemeinsam auf die Knie zu gehen und den Motor von unten in Augenschein zu nehmen. Am Ende schüttelt der Bauer den Kopf, und Benedikt lässt die Schultern hängen.

»Oh, das sieht nicht gut aus«, unkt Franca.

Paula hat gerade dasselbe gedacht. »Soll ich dich wieder anrufen, wenn es spannend wird? Oder willst du mit uns zusammen auf den Abschleppwagen warten?«

»Ach, nö«, sagt Franca. »Ist mir zu langweilig. Da geh ich lieber spielen.

Das kann Paula gut verstehen. »Viel Spaß.«

»Danke. Ciao.« Franca beendet die Verbindung.

Paula nimmt ihr Notebook und spaziert zum Volvo, wo Benedikt sich gerade von dem Bauern verabschiedet hat, der nun wieder zu seinem Traktor schlendert.

»Und?«, fragt sie.

»Es gibt eine gute und eine schlechte Nachricht.«

»Die schlechte zuerst.«

»Der Kühlwasserschlauch ist kaputt. Die Reparatur

wird etwas dauern. Vor morgen früh wird das wohl nichts.«

»Und was ist die gute?«

»Der Bruder von Alfons hat eine Kfz-Werkstatt. Er kann sich um die Reparatur kümmern.«

»Der Mann mit dem Traktor ist Alfons?«, rät Paula.

Benedikt nickt. »Er hat angeboten, uns damit nach Juf zu fahren. Den Wagen könnte sein Bruder uns morgen vorbeibringen.«

Paula muss grinsen. »Sie haben also wieder mal ein paar Bekanntschaften gemacht.«

»Kann man so sagen«, erwidert er.

»Aber diesmal hat man Ihnen keinen Nebenjob angeboten, oder?«, scherzt sie.

»Wie man's nimmt«, antwortet er. »Alfons' Mutter ist fast neunzig und bettlägerig. Deshalb kann sie seit Monaten nicht zur Messe. Und der hiesige Priester macht nur selten Hausbesuche, weil er sich um zwei Gemeinden gleichzeitig kümmern muss …«

»Verstehe«, sagt Paula. »Bevor wir nach Juf fahren, möchten Sie mit der alten Dame beten.«

»Das auch«, erwidert Benedikt. »Aber Alfons meint, wenn ich schon mal da bin, dann kann ich auch gleich eine ganze Messe lesen. Die Nachbarn kämen bestimmt auch.«

# 19

Juf ist mit 2126 Metern über dem Meeresspiegel nicht nur das höchstgelegene Dorf der Schweiz, sondern auch eine der höchstgelegenen Siedlungen in ganz Europa. Alfons klingt restlos begeistert, als er davon erzählt, was aber auch daran liegen kann, dass er besonders laut sprechen muss, um das Rattern des Traktormotors zu übertönen.

Sie fahren auf einer einspurigen Straße durch die Berge, und je höher sie kommen, desto karger wird die Landschaft. Längst haben sie die Baumgrenze hinter sich gelassen. Ein schier endloser Teppich von Wiesen und Weiden säumt ihren Weg, und mit zunehmender Höhe sieht man hier und da zwischen den Gräsern, Kräutern und Wildblumen bereits den nackten Fels durchscheinen. Noch weiter oben wird das zarte Grün der Wiesen fast ganz dem glänzenden Dunkelgrau der Steine gewichen sein.

Alfons erzählt, dass die Winter hier rau und unberechenbar seien. Selbst im Sommer steige die Temperatur selten auf über zwanzig Grad, und in den Nächten werde es oft bitterkalt – manchmal mit Temperaturen bis zum Gefrierpunkt.

Hab nichts dagegen, denkt Paula. Nach der Fahrt im Volvo kann sie kühle Bergluft gut gebrauchen.

Von Alfons erfahren sie weiterhin, dass Juf nicht mehr als drei Dutzend Einwohner hat. Trotzdem gibt es eine Schule, einen Laden, eine Poststelle und sogar einen Gasthof, der den Wanderern und Wintersportlern, die von hier in die Berge aufbrechen, Kost und Logis anbietet. Und inzwischen auch einige private Unterkünfte. Die meist einfachen Kammern in den traditionellen Holzhäusern geben den Urlaubern einen Eindruck davon, wie die Menschen hier vor Hunderten von Jahren gelebt haben.

Das Dorf ist zwar winzig, leistet sich aber dennoch zwei Gemeindeteile. Oberjuf und Unterjuf. Sie liegen östlich und westlich des Muttabachs, der sich je nach Jahreszeit entweder als kleines Rinnsal oder als rauschendes Flüsschen durchs Dorf schlängelt und früher eine Getreidemühle angetrieben haben soll.

Die einzige Straße, die nach Juf führt, endet auch dort. Das heißt, eigentlich führt sie im Kreis. Die asphaltierte einspurige Hauptstraße mündet in einen unbefestigten Weg, der wieder zum Ortseingang zurückführt. Man braucht keine zwei Minuten, um den Ort zu durchqueren.

»Seid ihr sicher, dass ihr noch heut zur Hasler wollt?«, ruft Alfons. »Ich kann euch auch beim Gasthof absetzen.«

»Frau Hasler hat gesagt, dass wir auf ihrem Hof übernachten können«, antwortet Paula. »Sie hat auch Fremdenzimmer.«

»Alles klar!«, ruft Alfons und biegt an der nächsten Kurve ab, um querfeldein über eine Wiese zu fahren und dann dem Muttabach stromaufwärts zu folgen.

Sie rollen eine Weile durchs Hochtal, das langsam von den langen Schatten der Berge verdunkelt wird. Die Sonne steht bereits tiefer, nur die höchsten Gipfel sind noch in Licht getaucht.

Nachdem sie das Dorf hinter sich gelassen haben, erscheint auf einer Anhöhe ein Holzhaus mit einer Scheune.

Es steht jenseits des Bachs, vielleicht zweihundert Meter davon entfernt, und ist über eine schmale Brücke erreichbar. Alfons bringt den Traktor davor zum Stehen, um Benedikt und Paula abzusetzen.

Martina Hasler hat bereits gehört, dass Gäste kommen. Sie erwartet die beiden vor ihrer Hütte, wo eine Bank und ein Tisch dazu einladen, sich niederzulassen. »Grüezi mitanand!«, ruft sie. »Ihr seid aber spät dran.«

Paula erzählt von ihrer Autopanne, der Begegnung mit Alfons und dem Hochamt, das Benedikt danach mit Alfons' Mutter und den Bewohnern des Weilers gefeiert hat.

Martina Hasler, die Tina genannt werden möchte und ihrerseits auch Paula und Benedikt ganz selbstverständlich duzt, ist angetan von der Großherzigkeit des Priesters. Sie scheint ihn auf Anhieb zu mögen, womöglich findet sie ihn sogar … attraktiv. Paula ist jedenfalls für einen kurzen Moment versucht zu glauben, dass die Einsiedlerin ein wenig flirtet. Aber da kann sie sich auch irren. Vielleicht ist in Tinas wachen Augen immer dieses freundliche Blitzen zu sehen, wenn sie einen netten Menschen kennenlernt.

»Ehrlich gesagt, habe ich heute gar nicht mehr mit euch gerechnet«, sagt sie. »Eure Betten sind zwar fertig, aber Abendbrot hatte ich schon vor drei Stunden. Eigentlich wollte ich jetzt schlafen gehen.«

Paula sieht auf die Uhr. Es ist gerade mal acht. Hier oben isst man also bereits um fünf zu Abend und liegt um acht in den Federn.

»Ich kann euch Käse und Brot anbieten«, fügt Tina hinzu.

»Was will man mehr?«, freut sich Benedikt.

»Schön«, sagt Tina. Ihre rosigen Wangen leuchten wie die Abendsonne. »Dann mache ich euch ein Nachtessen fertig, während ihr eure Zimmer besichtigt.« Sie zeigt nach oben. »Einer von euch schläft auf dem Dachboden. Die Leiter hinterm Haus führt zur Einstiegsluke. Im Sommer kann man sie übrigens nachts offen lassen, es wird aber manchmal ein bisschen frisch.« Sie zeigt zur Scheune. »Das zweite Zimmer ist im Stall. Man muss es sich zwar mit meiner Kuh teilen, dafür liegt's Parterre.« Sie zeigt zur anderen Seite des Hauses. »Das Klo ist ein kleines Stück den Hügel hoch. Ich hab euch Taschenlampen hingestellt, damit ihr im Dunkeln den Weg findet. Benutzt sie bitte auch, es wird hier zappenduster, und es sind schon Leute nachts im Fluss gelandet, weil sie dachten, es geht auch ohne Licht.« Während sie das sagt, deutet sie mit einer Kopfbewegung zu der Brücke, die Benedikt und Paula eben überquert haben. »Da drüben gibt es auch fließend Wasser, übrigens das einzige fließende Wasser, das ich hier habe. Neben der Brücke hat sich ein Becken ausgewaschen, da kann man gut baden. Mache ich auch immer so. Und weil ich kein Mikroplastik, kein Phosphor und keine Schwermetalle in meinem Fluss haben will, kriegt ihr Seife und Zahnpasta von mir. Stelle ich selbst her und ist garantiert biologisch abbaubar. Bitte nichts anderes benutzen, kostet auch nicht extra. Falls es Probleme gibt, ich bin im Haus. Einfach klopfen. Noch Fragen?«

»Gibt's Kaffee …?«, beginnt Benedikt.

»Zum Käsebrot?«, fragt Tina. »Klar. Mach ich dir gern.«

»Danke, nein, ich meinte morgen früh. Da hätte ich gern einen. Aber nur, wenn es keine Umstände macht.«

Tina schüttelt den Kopf, dabei lösen sich ein paar graublonde Strähnen aus ihrer Haarspange. »Macht überhaupt keine Umstände«, sagt sie und scheint sich mit ihm auf den Morgenkaffee zu freuen. »Ich wollte sowieso um halb vier einen aufsetzen. Dann haben wir noch ein halbes Stündchen Zeit, um ihn in Ruhe zu trinken. Um vier geht's dann los.«

Paula glaubt, sich verhört zu haben. »Um … wie war das?«

»Um vier brechen wir auf«, sagt Tina.

»Wohin?«, fragt Paula entgeistert.

»Auf den Stallerberg. Ihr wolltet doch mit mir über Wunder sprechen. Das machen wir da oben. Und dabei gibt's Frühstück. Also …« Sie klatscht in die Hände. »Auf geht's. Die Nacht ist kurz.« Sie dreht sich um und geht in ihre Hütte, um die Brotzeit vorzubereiten.

Benedikt sieht Paula an. »Und? Dachboden oder Stall?«

»Wenn ich wählen darf, dann lieber Dachboden«, sagt sie.

Er nickt.


Seine Unterkunft erinnert Benedikt ein wenig an die Krippe, die sie alljährlich zu Weihnachten aufbauen. Das Feldbett steht zwischen dem Heulager und einem Holzgatter, hinter dem die von Tina erwähnte Kuh steht. Mit großen braunen Augen mustert sie ihn interessiert, während er den Koffer neben das Bett stellt und sich daraufsetzt, um zu testen, wie hart es ist. Erfreut stellt er fest, dass es bequemer ist, als es aussieht.

Tina bringt Brot, Butter, Käse und einen großen Krug Wasser.

»Hat die Kuh eigentlich einen Namen?«, fragt er, während Tina das Nachtessen auf die Futterkiste stellt.

»Ja, sie heißt Parvati«, antwortet sie.

»Weil sie genauso sanft, treu und fürsorglich ist wie die Gattin des Shiva?«

Tinas Augen blitzen freundlich. »Du kennst dich im Hinduismus aus?«, fragt sie erstaunt.

Er lächelt. »Ich dachte, man sieht mir an, dass ich mich für Religion interessiere.«

Auch sie muss nun lächeln. »Dass du Priester bist, habe ich wohl für einen Moment vergessen.«

Er bemerkt, dass sie zaghaft flirtet, geht aber nicht darauf ein. »Vielen Dank für das Essen.«

»Gern. Guten Appetit. Und schlaf gut«, sagt sie im Gehen.

»Danke. Du auch«, antwortet er.

Wenig später klopft Benedikt an Paulas Leiter.

»Kommen Sie ruhig rein«, ruft sie.

Er steigt die Stiegen hoch und schaut durch die Luke. Sie ist gerade damit fertig geworden, sich häuslich einzurichten. Ihr Feldbett hat sie mit den bereitgelegten Decken dick gepolstert. Sieht gemütlich aus. Gerade richtet sie das Bett so aus, dass sie durch die offene Luke in den Nachthimmel sehen kann. »Was gibt's?«, fragt sie.

»Tina hat gerade in meiner Suite Zimmerservice gemacht«, antwortet er. »Und wenn wir ein Stück die Kuhweide hochgehen, dann erwischen wir beim Picknick noch die letzte Abendsonne.«

»Das sind ja mal gute Nachrichten«, freut sich Paula.

»Das Beste kommt noch«, fügt er hinzu. »Benoît hat mir zum Abschied einen Blauburgunder geschenkt, der sich bestimmt bestens mit Tinas Käse versteht.«

»Dann wollen wir das Essen und die Abendsonne nicht warten lassen«, sagt Paula.

Wenig später sitzen sie auf Parvatis Weide und genießen schweigend den Käse, den Wein und die letzten Sonnenstrahlen.

»Witzig«, sagt Benedikt. »Vor ein paar Stunden saßen wir auch auf einer Wiese, weil das Auto gestreikt hat. Hätten Sie da gedacht, dass der Tag noch so viele Überraschungen für uns bereithalten würde?«

Sie schüttelt versonnen den Kopf.

Er stutzt und überlegt. »Wollten Sie mir nicht gerade etwas erzählen, als wir auf der Wiese saßen und Alfons vorbeikam?«

»Wollte ich das?«

»Ich glaube, schon. Sie wollten erklären, warum Sie manchmal wütend auf das Schicksal sind. Wir sprachen über Türen im Leben, die verschlossen bleiben, egal, wie sehr man sich auch bemüht, sie zu öffnen.«

»Stimmt.« Sie nickt. »Ich erinnere mich.«

Sie beißt von ihrem Brot ab. Es ist ein dunkles, kräftiges, leicht säuerlich schmeckendes Roggenbrot. Benedikt findet, dass es hervorragend zu Tinas Alpkäse passt. Vermutlich stammt die Milch dafür sogar von seiner Mitbewohnerin Parvati.

»Möchten Sie mir immer noch davon erzählen?«, fragt er.

»Schon«, antwortet sie, »aber ich glaube, es wäre einfacher, wenn wir uns duzen würden.«

Obwohl er auch schon mit dem Gedanken gespielt hat, dass sie sich inzwischen eigentlich duzen könnten, kommt ihr Vorschlag etwas überraschend. Erstaunt blickt er sie an. »Finde ich eine gute Idee. Von mir aus gern.«

»Da ist aber noch etwas«, fährt sie fort. »Du hast nicht zufällig einen Spitznamen, oder?«

Sein Erstaunen wächst. »Wie meinst du das?«

»Es ist komisch, aber ich finde, dein Name passt

so gar nicht zu dir. Benedikt, das klingt so ehrwürdig und respekteinflößend und irgendwie unnahbar. Dabei bist du ganz anders. Du kommst sofort mit allen Menschen ins Gespräch, du hilfst, wo du kannst, du bist dir für keine Arbeit zu schade, du …«

Er muss lachen. »Und das alles sagt dir mein Name?«

»Vielleicht liegt es auch daran, dass der Papst so hieß«, sagt Paula.

»Welchen Papst meinst du? Den letzten?«

»Klar. Welchen denn sonst?«

»Keine Ahnung. Es gab achtzehn Päpste, die Benedikt hießen. Außerdem tragen mehrere Heilige diesen Namen. Benedikt von Nursia beispielsweise, der Gründer des Benediktinerordens.«

»An wen haben deine Eltern denn gedacht, als sie dir den Namen gegeben haben?«

»Keine Ahnung. Benedict Cumberbatch kann es nicht gewesen sein. Der ist jünger als ich. Und der letzte Papst, der Benedikt hieß, war noch nicht Papst, als ich auf die Welt gekommen bin. Aber wenn dir Benedikt zu unnahbar oder zu steif klingt, wie wäre es dann mit Betto? So nennt Franca mich immer. Und diesen Namen mag ich irgendwie sehr.«

Paula muss grinsen. »Gute Idee. Der passt auch sehr viel besser zu dir.«

»Schön, dann sind wir jetzt per du.« Erfreut hebt er sein Glas. »Also, ich bin Betto.« Fast im selben Moment lässt er es wieder sinken. »Ich soll dich aber schon noch weiterhin Paula nennen, oder?«

Sie zuckt unmerklich zusammen. »Wieso fragst du?«

»Keine Ahnung. Kam mir nur so in den Sinn.«

Sie sieht ihn mit großen Augen an. »Nur so? Man kommt doch nicht nur so auf die Idee, dass jemand mit seinem Namen Probleme haben könnte.«

»Ich offenbar schon«, erwidert er. »Aber ich irre mich bestimmt.« Er sieht sie unverwandt an. »Oder?«

»Du irrst dich nicht«, gibt sie zu. »Ich habe tatsächlich ein spezielles Verhältnis zu meinem Namen. Und vielleicht bin ich auch deshalb in Namensfragen etwas eigen. Der Grund dafür ist wohl, dass ich meinen richtigen Namen nicht kenne.«

Er legt die Stirn in Falten, sagt aber nichts.

»Wir beide haben nämlich noch etwas gemeinsam. Ich bin auch von meinen Eltern verstoßen worden. Allerdings kann ich mich im Gegensatz zu dir nicht daran erinnern.«

Die Falten in seiner Stirn werden tiefer. »Komisch. Als du kürzlich mit ihnen telefoniert hast, klang es, als wäre alles in bester Ordnung.«

»Das waren meine Adoptiveltern«, antwortet sie. »Ich habe meine richtigen Eltern nie kennengelernt. Meine Mutter hat mich anonym zur Welt gebracht und sofort zur Adoption freigegeben. Ich weiß also weder, wie meine richtige Mutter heißt, noch kenne ich den Namen, den sie für mich ausgesucht hat. Vielleicht hat sie mir ja während der Schwangerschaft einen Namen gegeben und sich dabei gefragt, ob sie mich nicht doch behalten soll.«

Benedikt stellt das Glas zur Seite. »Glaubst du, es war so?«

»Nein. Aber so stelle ich es mir manchmal vor.«

Sie schweigen einen Moment.

»Das ist also die Tür in deinem Leben, die verschlossen ist«, sagt er leise.

»Und die auch für immer verschlossen bleiben wird«, ergänzt sie. »Wir haben jahrelang Briefe geschrieben, Anfragen gestellt und uns durch Akten gewühlt. Ohne Ergebnis. Unsere letzte Hoffnung war, dass ein auf solche Fälle spezialisierter und nebenbei sehr teurer Detektiv eine Spur finden könnte. Deshalb konnte ich meine Eltern nicht noch einmal bitten, mir finanziell unter die Arme zu greifen. Sie haben schon so viel für mich getan.«

»Aber auch dieser Detektiv hat nichts gefunden.«

»Nein. Meine leiblichen Eltern sind und bleiben spurlos verschwunden. Das stand übrigens in diesem Brief, von dem ich in dem Telefonat mit meinen Eltern gesprochen habe.«

»Verstehe. Das tut mir sehr leid«, sagt er.

»Es war uns klar, dass wir auf ein Wunder hoffen«, erklärt Paula. »Inzwischen glaube ich, dass meine Mutter damals sehr konsequent alle Brücken hinter sich abgebrochen hat, aus welchen Gründen auch immer. Ich habe sogar das Gefühl, dass sie die Stadt oder das Land verlassen hat, um möglichst weit weg von mir zu sein.«

»Wenn es wirklich so war, dann wird sie ihre Gründe gehabt haben«, erwidert er. »Aber sicher ist, du hättest nichts daran ändern können, denn du warst nur ein unschuldiges Kind.«

»Ich weiß. Trotzdem habe ich mir natürlich jahrelang den Kopf darüber zerbrochen, was damals wohl passiert ist. Ich glaube, es wäre leichter, wenn ich es wüsste. Wenn man nicht den geringsten Anhaltspunkt hat, dann dreht man sich irgendwann mit seinen Hoffnungen und Ängsten im Kreis. Aber inzwischen habe ich das begriffen und meinen Frieden damit gemacht.«

»Dennoch bist du wütend auf das Schicksal«, sagt er.

»Manchmal«, erwidert sie.

»Manchmal ist ziemlich oft für jemanden, der eigentlich in Frieden lebt.«

Sie muss lächeln. »Also gut, sagen wir, ich arbeite daran, meinen Frieden damit zu machen.«

»Das wiederum kann ich sehr gut nachvollziehen«, sagt er und lächelt ebenfalls. »Ich arbeite auch ständig an meinem Seelenfrieden.«

»Vielleicht besteht die Kunst ja darin, vom Universum, von Gott oder vom Schicksal – je nachdem, woran man glaubt – nicht zu viel zu erwarten«, überlegt sie. »Dann ist man nachher auch nicht enttäuscht.«

»Du meinst, man sollte sicherheitshalber nicht an Wunder glauben, damit man nicht enttäuscht wird, wenn sie nicht geschehen?«

Sie muss lachen. »Klingt komisch, wenn du es so ausdrückst, aber ich glaube, da ist was dran.«

»Aber ist es nicht der Sinn von Wundern, dass sie unerwartet geschehen und einfach unglaublich sind? Dass sie uns nicht nur überraschen, sondern erst dann passieren, wenn man überhaupt nicht mehr mit ihnen rechnet?«

Paula überlegt. »Soll das heißen, je intensiver man ein Wunder herbeisehnt, desto geringer ist die Chance, dass es tatsächlich geschieht? Weil es überhaupt erst dann passieren kann, wenn man die Hoffnung aufgegeben hat?«

»Tja, ich glaube, das hätten wir Doktor Lüthi fragen sollen«, antwortet Benedikt. »Vielleicht gibt es dazu ja auch eine Statistik.«

»Schon seltsam«, sagt sie. »Aber was du sagst, stimmt. Es kommt mir manchmal vor, als wären Wunder wie scheue Tiere. Sobald man nach ihnen ruft, verschwinden sie.«

»Vielleicht muss man in beiden Fällen ganz still sein, wenn man eins sehen will«, erwidert Benedikt und blickt in die Ferne, wo langsam die Nacht von den Bergen rollt.

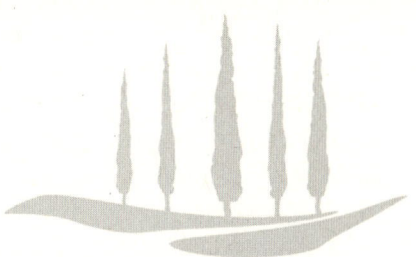

# 20

Der Mond überzieht die Gipfel mit mattsilbernem Glanz.

Es ist kurz nach vier, als Paula fröstelnd vor Tinas Hütte erscheint. Über Nacht ist es doch deutlich kühler geworden, als sie erwartet hat. Ihre als Unterlage gedachten Decken hat sie eine nach der anderen gebraucht, um nicht zu frieren.

Benedikt sitzt bereits auf der Veranda und trinkt Kaffee. Als er sie sieht, schiebt er eine leere Tasse über den Tisch, greift nach der Kanne und schenkt ein. »Guten Morgen.«

»Guten Morgen.« Sie setzt sich. »Wo ist denn Tina?«

»Im Haus. Sie holt uns ein paar Jacken, weil es auf dem Felsen noch kälter sein wird als hier.«

»Auf welchem Felsen?«

»Der Gipfel vom Stallerberg heißt wohl so«, antwortet er. »In der Schweiz sagt man ›Ofterflöte‹ oder so ähnlich, aber übersetzt heißt das: auf dem Felsen.«

Tina erscheint. »Es heißt ›Uf da Flüe‹.« Sie hält ihnen die Jacken hin. »Hier, probiert mal, die müssten passen. Und Uf da Flüe ist nicht der Gipfel vom Stallerberg, sondern einer der Gipfel in dieser Gegend. Der Stallerberg ist ein Saumweg.«

»Was ist ein Saumweg?«, fragt Paula, während sie in die Jacke schlüpft und augenblicklich feststellt, dass sie nicht nur wie angegossen passt, sondern auch angenehm warm ist. Statt damit auf eine mehrstündige Wanderung zu gehen, könnte Paula es sich auch gut mit ihrem Kaffee auf der Terrasse bequem machen und beispielsweise ausgiebig frühstücken.

»Ein Saumweg ist ein Alpenübergang, den man nur zu Fuß oder mit einem Lasttier passieren kann«, antwortet Tina. »Es gibt ein richtiges Netz von Saumwegen in den Alpen. Früher haben Säumer auf diesen Wegen Waren über die Alpenpässe transportiert. Der über den Stallerberg verbindet übrigens Juf und Bivio.«

»Erstaunlich, die passt wie angegossen«, sagt Benedikt und zieht den Reißverschluss der knallroten Daunenjacke zu, die Tina ihm gerade gegeben hat. Kaum ist sein Kollarhemd nicht mehr zu sehen, wirkt er wie ein ganz anderer Mensch.

»Hat ein Gast hier vergessen, der deine Statur hatte«, sagt Tina. »Wenn du magst, behalte sie.«

»Gern. Danke«, freut sich Benedikt.

»Gut. Dann wollen wir mal. Wäre doch schade, wenn wir den Sonnenaufgang verpassen.« Tina schultert einen großen Rucksack, der ziemlich schwer aussieht.

»Den kann ich auch gern nehmen«, sagt Benedikt.

Sie grinst. »Ich hab so ein Ding durch halb Tibet

190

getragen, also werde ich es damit wohl auch über den Stallerberg schaffen.«

»Trotzdem. Wenn du eine Pause brauchst, sag bitte Bescheid.«

»Mach ich gern«, erwidert sie und freut sich sichtlich über seine Hilfsbereitschaft. Dann zieht sie die Tür zu und marschiert los.

Knapp drei Stunden dauert die Wanderung über idyllische Almwiesen und schmale Gebirgsgrate und vorbei an im Dämmerlicht schimmernden Bergseen. Sie begegnen Murmeltieren und Steinböcken, die hektisch das Weite suchen, als sie die Bergwanderer bemerken.

Dann haben sie ihr Ziel erreicht. Ein einfaches, aus zwei alten Holzstücken zusammengebundenes Gipfelkreuz, das unverrückbar in einem hohen Steinhaufen steckt.

Tina stellt den Rucksack ab. Sie hat ihn tatsächlich die ganze Zeit über und offenbar mühelos getragen. Im Gegensatz zu Paula und Benedikt, der so geschafft wirkt, wie Paula sich fühlt, macht Tina einen frischen, ja beinahe erfrischten Eindruck.

Sie breitet die Decke auf dem Boden vor dem Gipfelkreuz aus und stellt Teller, Tassen und zwei Thermoskannen darauf. »Tee und Kaffee«, erklärt sie, während sie weiter auftischt. »Außerdem gibt es Brot, Käse, Radieschen, Karotten, eingelegte Gurken und hart gekochte Eier. Greift zu, es ist genug da. Guten Appetit.«

Paula und Benedikt lassen sich erschöpft auf der Decke nieder, während Tina an den Rand des Felsplateaus spaziert, die Hände in die Hüften stemmt und in die Ferne blickt. Gerade erklimmen die ersten Sonnenstrahlen die Gipfel. Im Licht der Morgensonne sehen die Berge wie die Riesenwellen eines erstarrten Urzeitmeeres aus.

»Man schätzt, dass die Alpen ungefähr fünfzig Millionen Jahre alt sind«, sagt sie. »Geologisch betrachtet, sind sie damit ein eher junges Gebirge. Menschen gibt es hier seit der letzten Eiszeit, also seit ungefähr fünfzehntausend Jahren. Wenn fünfzig Millionen Jahre ein Monat wären, dann gäbe es seit knapp dreizehn Minuten Menschen in dieser Gegend. Und vor etwa acht Sekunden hätten sie damit begonnen, diese Welt zu zerstören.«

Tina dreht sich zu Paula und Benedikt um, die vor ihren Tassen sitzen und gespannt zuhören. »Ihr wollt also etwas über Wunder erfahren«, fährt sie fort.

»Ja, ich dachte, weil du ein Dutzend Bücher darüber geschrieben hast, bist du quasi eine Expertin«, antwortet Paula.

»Ehrlich gesagt, ist das mit dem Titel eine Idee des Verlags gewesen. Meine Lektorin hat vorgeschlagen, eine Reihe daraus zu machen und sie *Die Wunder meiner Reisen* zu nennen. Aber ich muss zugeben, der Satz trifft es ganz gut. Ich habe in meinem Leben beinahe jeden Winkel der Erde und wirklich sehr viele Wunder gesehen. Wochen-, manchmal monatelang war ich unterwegs, um so zu reisen wie die Menschen früher. Ich wollte mich möglichst langsam fortbewegen, um Details zu erkennen und jeden Moment der

Reise bewusst mitzuerleben, statt in einem klimatisierten Bus von einem Hotspot zum nächsten chauffiert zu werden. Also bin ich gewandert und geritten, hab mit Segelschiffen und Fischerbooten Meere und Seen überquert, bin mit Hundeschlitten durch Eiswüsten gefahren und habe bestimmt so viele Berge erklommen, wie ihr hier sehen könnt. Am Ende war ich richtig betrunken von der Schönheit dieser Welt.« Mit einem Kopfnicken deutet sie zum Horizont. »Ist das nicht erstaunlich? Ich habe die Sonne beinahe überall auf der Welt auf- und untergehen sehen. Trotzdem wird dieses Spektakel nie langweilig für mich.«

Auch Paula und Benedikt schauen zum Horizont, wo die Sonne von Sekunde zu Sekunde an Kraft gewinnt und nun nicht mehr nur die Berge, sondern auch die Gesichter ihrer frühen Zaungäste zum Leuchten bringt.

»Es ist wirklich ein Jammer«, sagt Tina. »Dass all das hier schon bald Geschichte sein wird. Vierzehn Milliarden Jahre soll das Universums alt sein. Ein paar Jahrzehnte davon haben der Menschheit gereicht, um mit ihrer Gier den Planeten zu ruinieren. Die Frage ist jetzt nicht mehr, ob er den Geist aufgibt, sondern nur noch, wann er das tun wird. Selbst diese Berge, die aussehen, als könnte nichts und niemand auf der Welt sie erschüttern, haben bereits kapituliert.«

Sie hebt die Hand und zeigt nach Nordosten. »Ungefähr dort, an der Grenze zu Österreich, keine siebzig Kilometer Luftlinie von hier, liegt der Piz Fenga, auch bekannt unter dem Namen Fluchthorn. Sein Südgipfel ist jüngst abgebrochen. Eine Million Kubikmeter Fels einfach weg. Neunzehn Meter hat der Gipfel einge-büßt. Die Geologen sind sich einig, dass der Klima-wandel schuld ist. Permafrost ist der Kitt, der die Berge zusammenhält. Schmilzt das Eis, korrodiert das Ge-stein. Noch vor hundertfünfzig Jahren haben mehrere Gletscher diesen Gipfel fest umschlossen. Heute sind die meisten geschmolzen, und statt Eis und Schnee gibt es dort oben Seen. Könnt ihr euch auf Instagram ansehen, ist ein beliebtes Motiv. Nach dem Bergsturz schrieb eine Zeitung, dass dabei wie durch ein Wun-der keine Menschen zu Schaden gekommen seien. Das freut mich, allerdings habe ich mich über etwas ganz anderes sehr viel mehr gewundert. Es wunderte mich nämlich, dass das Schicksal des Piz Fenga niemanden sonderlich zu beunruhigen schien. Weil der Berg kei-ne Häuser und Menschen unter sich begraben hat, ging die Sache offenbar niemanden etwas an. So wie auch die Abholzung der Regenwälder, das Schmelzen der Polkappen, die Überfischung der Meere oder das Artensterben niemanden etwas angehen. Menschen können sich nicht vorstellen, dass pro Minute auf die-sem Planeten drei Fußballfelder Regenwald abgeholzt werden oder dass jeden Tag über einhundert Tierarten aussterben oder dass jeden Monat eine Million Ton-nen Plastikmüll in den Meeren landen. Und sie kön-nen sich erst recht nicht vorstellen, dass ihr Lebensstil der Grund dafür sein könnte, dass ein riesiger Berg nach Millionen von Jahren einfach so zusammen-bricht.«

Sie wendet sich wieder Benedikt und Paula zu. Die sitzen mit betroffenen Mienen auf der Picknickdecke.

»Entschuldigung«, sagt Tina. »Ich weiß, dass ich mit den Jahren immer pessimistischer geworden bin, aber wenn ihr mich nach den Wundern dieser Welt fragt, dann muss ich zuerst an all die Wunder denken, die der Mensch auf dem Gewissen hat. Ein paar davon habe ich sogar gesehen, bevor sie für immer von der Bildfläche verschwunden sind. Die meisten aber kann man sowieso nur noch in Museen bewundern, weil der Mensch die Welt schon immer rücksichtslos ausgeplündert hat. Elefanten mussten des Elfenbeins wegen dran glauben, Wale wegen ihres Fischöls, Biber und Nerze wegen ihrer Felle, ebenso wie Füchse, Zobel oder Seehunde. Bisons tötete man aus Vergnügen und um nebenbei die Lebensgrundlage der indigenen Völker zu zerstören. Und die Regenwälder holzte man ursprünglich ab, um Teak- und Mahagonimöbel daraus zu machen. Heute müssen sie Palmölplantagen, Staudämmen, Straßen oder Siedlungen weichen. Oder sie stehen lediglich dem Abbau von Bodenschätzen im Weg. Ich könnte diese Aufzählung noch eine ganze Weile fortsetzen. Aber je länger die Liste würde, desto weniger schmeichelhaft wäre sie für die menschliche Spezies. In grauer Vorzeit haben wir entdeckt, dass unsere außerordentliche Intelligenz uns beim Überleben helfen kann. Inzwischen sind wir die unangefochtenen Herrscher dieses Planeten, aber das Ende vom Lied könnte sein, dass wir uns verschätzt haben. Dass wir alles überleben, nur nicht uns selbst, denn die Natur wird die Menschheit ausmustern. Sie ist stärker als wir. Im Kampf um die Macht wird die Natur das letzte Wort haben.«

»Vor ein paar Tagen hat uns in Frankreich ein junger Mann erzählt, dass Menschen die wundervollsten Geschöpfe auf diesem Planeten sind«, erwidert Benedikt. »Weil sie nämlich mit ihrer Intelligenz und dem Vermögen und dem Willen, Grenzen zu verschieben oder zu überschreiten, Wunder vollbringen können. Selbst den Himmel und sogar ein kleines Stück vom Weltraum hätten sie auf diese Weise erobert, meinte dieser Mann.« Er nimmt eine leere Tasse und sieht Tina an. »Ach, übrigens. Kaffee oder Tee?«

Sie lächelt. »Tee, bitte.«

»Tja. Und nun kommst du und behauptest das genaue Gegenteil«, fährt Benedikt fort und gießt ihr ein. »Was soll man da noch glauben? Ich persönlich habe ja eher das Gefühl, die Wahrheit liegt in der Mitte.«

»Ich will ja nicht leugnen, dass es Menschen gibt, die Gutes tun«, erwidert Tina. »Aber es sind viel zu wenige. Bei Weitem nicht genug, um die Erde zu retten.«

»Es könnten mehr werden«, gibt Paula zu bedenken.

»Ja, das habe ich früher auch gehofft.« Tina nippt an ihrem Tee. »Aber inzwischen mache ich mir da keine Illusionen mehr. Früher dachte ich, dass es einen Punkt gibt, an dem die Menschen begreifen, dass sie nicht einfach so weitermachen können wie bisher. Aber das Gegenteil ist der Fall. Die globale Katastrophe nimmt immer mehr Fahrt auf. Weil es niemanden gibt, der sich verantwortlich fühlt. Ob nun ein Berg zusammenbricht oder der Weltuntergang bevorsteht, die Leute tun einfach so, als würde sie das alles nichts angehen.«

»Ich bin überzeugt, nicht alle sind so unkritisch, wie du denkst«, wendet Paula ein.

»Ich weiß. Aber das Bewusstsein der Menschen für die Probleme der Welt wächst nur in dem Maße, in dem ihre persönlichen Probleme wachsen. Erst wenn ein Berg zusammenbricht und dabei ein Dorf unter sich begräbt, werden Menschen sich fragen, ob man diese Katastrophe hätte verhindern können. Aber auch das gilt nur für jene Menschen, denen ähnliche Gefahren drohen. Schon in Zürich oder Genf wäre die Betroffenheit über ein Unglück in den Bergen deutlich kleiner. Und außerhalb der Schweiz würden die Menschen behaupten, dass zusammenbrechende Berge offenbar ein typisches Problem dieses Landes sind. Ich sage euch, das Bewusstsein ändert sich erst, wenn überall die Berge zusammenbrechen. Aber dann sind wir schon mittendrin im Weltuntergang.«

»Das siehst du zu schwarz«, sagt Benedikt. »Paula hat recht. Viele Menschen haben begriffen, dass die Probleme der Welt uns alle betreffen.«

»Ein Schweizer Aktivist namens Bruno Manser, der sich viele Jahre für den Schutz der Regenwälder auf Borneo eingesetzt hat, soll einmal gesagt haben: Wer begriffen hat und nicht handelt, der hat nicht begriffen.«

»Klingt gut«, erwidert Benedikt. »Aber nicht alle

Menschen sind gleich. Manche handeln sofort, andere brauchen Zeit, einige brauchen sogar sehr viel Zeit – was nicht immer ein Fehler sein muss.«

»Wie viel Zeit brauchen die Menschen denn noch, um zu begreifen, dass die Welt aus dem letzten Loch pfeift?«, ereifert sich Tina. »Der Aralsee, der mal eines der größten Binnengewässer der Welt war, ist heute nur noch eine Pfütze in einer Salzwüste. Dass er austrocknet, wissen wir aber nicht erst seit gestern, sondern seit den Sechzigerjahren. Die erste Weltklimakonferenz fand Ende der Siebziger statt. Der Weltklimarat wurde Ende der Achtziger gegründet, und spätestens seit den frühen Neunzigern ist es offiziell, dass die Industrienationen etwas gegen den Klimawandel unternehmen müssen. Wir wissen also seit mehr als einem Vierteljahrhundert, dass wir etwas tun müssen, tun aber so gut wie nichts.«

»Angesicht der vielen Katastrophen und ständig wachsender Gefahren fühlen sich die Menschen ohnmächtig«, gibt Benedikt zu bedenken. »All das lähmt sie und macht sie handlungsunfähig. Gleichzeitig ist der Weltuntergang so unvorstellbar und so wenig greifbar, dass die Menschen den Gedanken einfach beiseiteschieben, um überhaupt weiterleben zu können. Es würde sie überfordern, dauernd ans Weltende zu denken. Und was tun wir, wenn uns etwas überfordert? Wir ducken uns weg und hoffen, dass der Kelch an uns vorübergeht.«

»Aber genau das ist ja das Problem«, ereifert sich Tina. »Das Wegducken und Wegschauen hat noch nie geholfen. Im Gegenteil. Es hat alles nur noch schlimmer gemacht.«

»Viele Menschen tun etwas, davon bin ich überzeugt, aber natürlich nur im Rahmen ihrer Möglichkeiten«, sagt Paula.

»Der Rahmen ihrer Möglichkeiten«, wiederholt Tina mit leisem Spott. »Für die meisten Menschen ist dieser Rahmen gleichbedeutend mit ihrer Komfortzone. Niemand möchte auf ein angenehmes Leben verzichten, erst recht nicht, wenn andere das auch nicht tun. Am Ende beanspruchen alle für sich das Recht auf maximalen Komfort, was bedeutet: Bevor jemand an die Welt denkt, denkt er zuerst einmal an sich selbst.«

»Also warten wir auf ein Wunder?«, fragt Benedikt.

Wehmütig blickt Tina über die Berge und in die aufgehende Sonne, dann nickt sie nachdenklich. »Ja, vielleicht ist das die traurige Wahrheit. Dass wir ein Wunder brauchen, wenn wir diesen wundervollen Planeten retten wollen.«

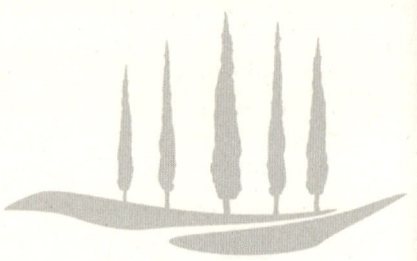

# 21

Gegen Mittag sind sie wieder im Tal.

Paula hat sich hingelegt. Benedikt sitzt am Muttabach und gönnt seinen müden Füßen ein erfrischendes Bad im kalten Gebirgswasser.

Tina gesellt sich zu ihm. »Stört es dich, wenn ich mich auch kurz abkühle?«

Er lächelt. »Überhaupt nicht.«

Sie setzt sich neben ihn, zieht die Schuhe aus und stellt ihre Füße neben die seinen.

»Ich bin übrigens nicht immer so schlecht gelaunt«, sagt sie nach einer Weile. »Meistens habe ich sogar ganz gute Laune. Man mag es nicht glauben, aber im Grunde bin ich ein sehr lebenslustiger Mensch.«

»Ich weiß.«

»Ach ja? Woher?«

»Ich finde, das sieht man dir an«, erwidert er.

Sie legt erfreut ihre Hand auf seinen Arm. »Danke.«

Er spürt, dass es mehr als nur eine freundschaftliche Geste ist, sagt aber nichts.

Sie bemerkt seine leise Irritation und zieht die Hand wieder zurück. »Müsst ihr eigentlich wirklich heute schon wieder los? Ihr könnt doch wenigstens bis morgen bleiben.«

»Hab ich auch schon überlegt«, sagt er. »Aber das Auto ist fertig, wir können also weiter. Und bis nach Wien schaffen wir es sowieso nicht in einem Rutsch. Wenn wir heute noch einen Teil der Strecke fahren und irgendwo im Salzkammergut übernachten, sind wir bequem morgen Mittag am Ziel.«

»Verstehe«, sagt Tina mit leisem Bedauern.

Er überlegt, ob er ihr sagen soll, dass er ja gelegentlich wieder vorbeikommen könnte, vielleicht um ein paar Tage Urlaub bei ihr zu machen. Die Gegend, die Ruhe und das einfache Leben gefallen ihm. Sie gefällt ihm übrigens auch. Eigentlich sollte er es sich deshalb gleich wieder aus dem Kopf schlagen, hier Urlaub zu machen. Andererseits gibt es bei ihm zu Hause Frau Hackenberg vom Pfarrgemeinderat, die ihn nicht nur ständig mit Kuchen und selbst gebackenem Brot versorgt, sondern auch immer wieder betont, dass sie nach dem Tod ihres Mannes alleinstehend ist. Als wüsste Benedikt das nicht selbst, schließlich hat er ihn beerdigt. Auch Frau Hackenberg legt ihm hin und wieder eine Hand auf den Arm, so wie Tina es gerade getan hat. Dennoch war er nie in Versuchung gewesen, sein Gelübde zu brechen. Er überlegt, ob das bei Tina anders sein könnte. Vielleicht. Solange er es nicht weiß, sollte er jedenfalls lieber schweigen und nichts versprechen. Sicherheitshalber.

»Vielleicht kommst du nach eurer Wunderreise ja noch mal vorbei«, unterbricht sie seinen Gedankengang. »Man kann hier nämlich auch ganz gut Urlaub machen.« Sie lächelt gewinnend und schiebt sich eine graublonde Strähne hinters Ohr. »Und wir haben in dieser Gegend ein paar hübsche Kirchen, die ich dir gern zeige, falls dich das interessiert. Wie ich weiß, interessiert du dich ja für Religion.«

»Klingt gut«, sagt er vage.

»Ist das ein Ja oder … ein höfliches Nein?«

»Es gefällt mir wirklich gut bei dir«, sagt er und sieht ein Blitzen in ihren Augen. »Aber ich muss es mir überlegen.«

»Das verstehe ich«, sagt sie. »Jedenfalls weißt du jetzt, dass meine Tür immer für dich offen steht.« Sie zieht die Füße aus dem Wasser. »Ich mache uns mal was zu Mittag. Damit ihr nicht mit leerem Magen auf die Straße müsst.«

Als er wenig später auf dem Weg zur Scheune am Haus vorbeigeht, hört er durch die geöffnete Luke Stimmen aus Paulas Kammer. Sie schläft nicht, sondern telefoniert mit Franca. Er klopft gegen die Leiter.

Paula erscheint, das Notebook in der Hand. »Schau mal, wer da ist«, sagt sie und hält es so, dass die eingebaute Kamera Benedikt erfasst und er gleichzeitig Francas Gesicht sehen kann.

»Hallo, Betto!«, ruft das Mädchen.

Er winkt die Leiter hinauf. »Hallo, Franca. Wie geht es dir?«

»Gut. Und dir?«

»Auch gut«, sagt er. »Ein bisschen müde von der

langen Wanderung, die wir heute Morgen gemacht haben.«

»Hat Paula mir schon erzählt«, sagt sie. »Ihr seid fast vier Stunden früher aufgestanden als ich. Wahnsinn!«

»Ja, Wahnsinn. Hat aber trotzdem Spaß gemacht«, erwidert er.

»Wohnst du eigentlich auch wie Heidi?«, fragt sie.

»Welche Heidi?«

»Das Waisenkind aus dem Film, das von seiner Tante zum Großvater auf die Alm gebracht wird. Ich finde, Paulas Kammer sieht genauso aus wie die von Heidi.«

Er muss lachen. »Ach, diese Heidi meinst du. Nein, so eine schicke Dachkammer wie Heidi und Paula habe ich nicht. Ich schlafe im Stall und teile mir den Platz mit einer Kuh. Sie ist aber ganz nett.«

»Eine Kuh?! Die will ich sehen!«, fordert Franca, und weil Paula weiß, dass ihre Sommerfreundin sich diesen Plan bestimmt nicht ausreden lässt, ist sie bereits dabei, mit dem Notebook in der Hand die Leiter herunterzuklettern.

»Ist die süß!«, ruft Franca, als Parvati mit ihrer Kuhnase neugierig die Kamera beschnuppert. Doch dann lässt das Geräusch einer Klingel die Kuh erschrocken zurückzucken.

»Du hast eine Nachricht bekommen«, kommentiert Franca.

Paula blickt auf den Bildschirm. »Von der Psychologin, die wir in Wien treffen wollen. Ich hatte ihr geschrieben, dass wir über Salzburg fahren und morgen

Mittag da sein werden. Lass mich kurz nachschauen, ob der Termin klappt, okay?«

»Ich warte«, sagt Franca.

Paula überfliegt die Zeilen. »Oh.« Sie schaut zu Benedikt. »Sie meint, statt nach Salzburg zu fahren, könnten wir auch nach München kommen, wo sie heute Abend einen Vortrag hält. Danach hätte sie Zeit, sich mit uns im Hotel zu treffen.«

»Ist doch eine super Idee!«, hört man Franca sagen. »Ich war noch nie in München. Außerdem kannst du dann deine Eltern besuchen.«

»Stimmt«, sagt Paula. »Schöne Idee.«

Der Gedanke an seine eigenen Eltern stimmt Benedikt traurig, aber er überspielt den Moment. »Bestens, dann also auf nach München.«

»Alles klar«, sagt Franca. »Ich muss jetzt zum Mittagessen. Dann sehen wir uns später, okay?« Wie üblich beendet sie die Verbindung, ohne eine Reaktion abzuwarten.

»Tina wollte eben auch was kochen«, sagt Benedikt. »Ich schau mal, ob ich ihr helfen kann. Dann lass uns doch in Ruhe essen, und danach brechen wir auf.«

Paula nickt und klappt den Bildschirm zu.


Käsenudeln sind nicht gerade ein leichter Sommersnack, aber Paulas Befürchtung, dass sie schwer im Magen liegen, entpuppt sich als Irrtum. Im Gegenteil. Sie merkt, dass sie nach der anstrengenden Wanderung eine Extraportion Kohlenhydrate sehr gut gebrauchen kann. Außerdem müssen sie nach dem Essen ihr Gepäck ins Dorf schleppen, wo Alfons' Bruder mit dem Volvo wartet. Tinas Hof ist nur zu Fuß oder mit geländegängigen Fahrzeugen zu erreichen. Der betagte Abschleppwagen gehört nicht dazu.

Zum Abschied umarmt Tina ihre Gäste herzlich. Paula bemerkt, dass sie Benedikt besonders herzlich an sich drückt.

Wenig später rollen sie mit dem nicht nur reparierten, sondern auch frisch gewaschenen Volvo die Berge hinab. Alfons' Bruder hat sogar den Innenraum gereinigt, sich aber trotzdem geweigert, von Betto ein Trinkgeld anzunehmen. Die Messe und der Segen des Priesters seien ihm Bezahlung genug gewesen.

Betto grübelt seit ihrer Abfahrt schweigend vor sich hin. Paula fragt sich, ob sie ihm vorschlagen soll, von München aus erst übermorgen weiterzufahren, damit er seine Mutter besuchen kann. Andererseits will sie ihn nicht bevormunden. Wenn er sein Heimatdorf und vor allem seine Mutter sehen möchte, dann wird er das schon sagen.

Als sie die Autobahn erreichen und immer noch kein Wort gewechselt haben, überlegt sie es sich anders. »Wie weit ist es von München aus eigentlich bis nach …« Sie muss kurz überlegen, ob er den Namen seines Geburtsortes überhaupt mal erwähnt hat.

»Knapp zwei Stunden«, antwortet er. »Und das Dorf heißt Oberalthofen.«

Sie muss grinsen.

»Das wolltest du doch wissen, oder? Ob ich darüber nachdenke, meine alte Heimat zu besuchen.«

»Oberalthofen«, wiederholt sie. »Klingt doch nett.«

»Ist es auch«, antwortet er. »Für einen Kurzurlaub absolut zu empfehlen. Zum Aufwachsen eher nicht.«

Ihr Grinsen wird breiter. »Es wäre ja auch nur ein Kurzurlaub.«

»Einerseits habe ich kein gutes Gefühl dabei«, gesteht er. »Andererseits gibt es da eine leise Stimme, die mir zuflüstert, dass ich hinfahren sollte.«

»Eine leise Stimme«, wiederholt Paula. »Soso.«

»Nein, es ist nicht die von Gott«, sagt Benedikt. »Diesmal ist es nur die Stimme meiner Intuition.«

»Kann man die beiden Stimmen überhaupt so eindeutig unterscheiden?«, fragt Paula.

Er überlegt. »Guter Punkt. Wie dem auch sei, ich glaube, wenn wir eine Pause machen, dann muss ich mal kurz telefonieren.«

»Wir können jederzeit eine Pause einlegen«, sagt sie und wirft ihm einen Seitenblick zu. »Vor allem, damit du es dir nicht doch noch anders überlegst.«

Sie wertet sein Schweigen als Zustimmung. Als wenig später ein Rasthof erscheint, setzt sie den Blinker.

Während Benedikt telefoniert, ruft auch Paula bei ihren Eltern an, die überglücklich sind, dass ihre Tochter ihnen einen spontanen Besuch abstatten möchte. Selbstredend sei auch Benedikt willkommen. Isabell werde gleich mal das Gästezimmer fertig machen, während Markus unbedingt eine gute Flache Wein und alle weiteren Zutaten für ein Festessen organisieren müsse.

Als das Gespräch beendet ist, denkt Paula, dass sie

wirklich sehr viel Glück mit ihren Eltern und ihrem Zuhause hat. Sie muss ihnen das unbedingt sagen, wenn sie in München ist. Zwar haben Isabell und Markus nie Grund gehabt, an Paulas Liebe zu zweifeln, aber die lange Suche nach ihren leiblichen Eltern könnte einen anderen Eindruck erweckt haben. Die Wahrheit ist jedoch, dass ihre Herkunft und ihr Zuhause zwei völlig verschiedene Dinge sind. Selbst wenn der Detektiv ihre biologischen Eltern gefunden hätte – Paulas Zuhause wäre immer noch und für alle Zeiten in München bei ihren richtigen Eltern. Bei jenen beiden Menschen nämlich, die all die Jahre immer für sie da waren.

Benedikts Gespräch dauert länger, als Paula erwartet hat. Sie sieht, dass er mit Sorgenfalten auf der Stirn kreuz und quer über den Parkplatz wandert, während er telefoniert. Sie bestellt einen Cappuccino und setzt sich an einen Tisch mit Blick auf den Parkplatz.

Noch einen Cappuccino später steht er blass wie eine Wand vor ihr.

»Was ist passiert?«

Er setzt sich. »Sie ist vorletzte Woche gestürzt.«

»Oh, mein Gott!«

»Sie hatte eine schwere Gehirnerschütterung und leidet seitdem an Konzentrationsstörungen.«

»Wir sagen ab und fahren sofort hin«, entscheidet Paula.

Er schüttelt den Kopf. »Ich habe mit der Schwester vereinbart, dass ich morgen Vormittag vorbeikomme. Mutter ist stabil und in guten Händen. Außerdem möchte ich weder meinen Vater noch meine Schwägerin erschrecken. Ich habe der Heimleiterin unsere komplizierten Familienverhältnisse geschildert, und sie wird es arrangieren, dass mein Besuch vertraulich bleibt.«

»Warum haben sie dich eigentlich nicht informiert?«

»Ich gehe davon aus, weil ich in den Augen meines Vaters offiziell nicht mehr zur Familie gehöre. Und falls ihm etwas passiert, dann wird nach dem Tod von Theo bestimmt Jana die alleinige Verantwortung tragen.« Er sieht, dass sie überlegt, und fügt »meine Schwägerin« hinzu.

»Schön und gut, wenn dein Vater immer noch sauer auf dich ist, aber das kann er nicht machen«, empört sich Paula.

»Was soll ich tun? Ihn verklagen?«, erwidert Benedikt.

»Mit ihm reden?«, schlägt sie vor.

Er sieht sie eine Weile schweigend an und überlegt. »Ja. Vielleicht hast du recht«, sagt er dann mit traurigen Augen. Es klingt nicht sehr zuversichtlich.

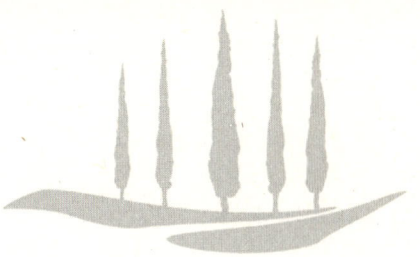

# 22

Melanie Spencer begrüßt Paula und Benedikt auf der Dachterrasse eines Luxushotels im Münchener Stadtzentrum. Nicht nur der Blick auf die Kuppeln der Frauenkirche ist perfekt, die angenehme Temperatur und der leichte Wind, der hier oben geht, sind es ebenfalls. Ein Spätsommerabend wie bestellt für besonders anspruchsvolle Hotelgäste.

Die Psychologin ist eine elegante Erscheinung. Sie trägt einen stahlblauen, fließenden Hosenanzug aus Seide und hat ihre ohnehin stattliche Größe nach unten durch hohe Absätze und nach oben durch eine Hochsteckfrisur verlängert.

»Ich trinke einen Blueberry Mojito«, verkündet sie und zeigt auf ihr Getränk, das sie farblich passend zum Hosenanzug ausgewählt zu haben scheint. »Was darf ich Ihnen anbieten? Greifen Sie zu, heute Abend gehen die Drinks auf das DAX-Unternehmen, dessen Führungsriege ich eben darin gecoacht habe, Wunder zu wirken.« Sie hebt den Zeigefinger, und prompt steht ein Kellner am Tisch.

Benedikt bestellt ein Glas Rotwein, Paula einen frisch gepressten Saft.

»Sie wollen also im Rahmen Ihrer Dissertation mein jüngstes Buch vorstellen«, sagt Spencer zu Paula und legt eine cremefarbene Visitenkarte auf den Tisch. »Es freut mich außerordentlich, dass ich durch Sie zu akademischen Ehren gelange. Es wäre mir allerdings ebenso wichtig, dass mein Business dabei nicht zu kurz kommt. Ich hoffe, es ist möglich, dass Sie meine Homepage in Ihrem Buch erwähnen – wenigstens im Index.« Sie tippt auf die Visitenkarte. »Wie Sie sehen, bin ich in erster Linie nicht Buchautorin, sondern Psychologin und Coach für Führungspersönlichkeiten. Ich halte Vorträge und gebe Seminare, um Menschen zu animieren, ihr verborgenes Potenzial zu entdecken und ihre beste Version von sich selbst zu leben. So wie ich es heute Abend getan habe, unter dem Motto: Dein Wunder ist bereits da, du musst es nur empfangen.« Sie wendet sich an Benedikt. »Übrigens zähle ich auch einige hochrangige Kleriker zu meinen Kunden. Falls Sie mal Bedarf haben …« Sie legt eine zweite Visitenkarte auf den Tisch. »Anruf genügt.«

Benedikt wirft einen Blick auf die Karte. »Wunderschöpfen«, liest er halblaut.

»Der Name meines Programms und der Name meines Buches«, erklärt Spencer. »Ich wollte darüber schreiben, wie man Wunder schöpft, und dabei fiel mir auf, dass es im Deutschen gar kein Verb dafür gibt. Man könnte es ›wundern‹ nennen, wenn jemand Wunder empfängt, aber dieses Wort ist ja schon besetzt. Wer sich über etwas wundert, der ist allenfalls erstaunt darüber, dass es Wunder gibt. Mein Vorschlag für dieses fehlende Verb lautet deshalb: wunderschöpfen!«

»Entschuldigung«, sagt Benedikt. »Habe ich das gerade richtig verstanden? Sie versprechen den Menschen, dass Sie ihnen beibringen können, echte Wunder zu erschaffen? Und das aus eigener Kraft?«

»Das haben Sie sehr hübsch formuliert«, lobt Melanie Spencer und saugt völlig geräuschlos einen Schluck Blueberry Mojito durch den Strohhalm.

»Das heißt, die Leute, die Ihre Seminare erfolgreich absolvieren, sind allesamt … Wunderschöpfer?«

»Und Wunderschöpferinnen«, fügt Spencer lächelnd hinzu.

»Aber wo sind all diese Leute?«, fragt Benedikt. »Ich meine, Menschen, die Wunder vollbringen können, werden auf diesem Planeten doch händeringend gesucht. Und die Welt hat einen so gigantischen Bedarf an Wundern, dass Ihre Leute in allen Medien präsent sein müssten, weil sie helfen, die Welt zu retten.«

»Die meisten Besucherinnen und Besucher meiner Seminare müssen zuerst einmal lernen, in ihrem persönlichen Bereich die Kraft der Wunder zu entfalten«, erklärt sie. »So gewinnen sie Vertrauen darin, dass sie mehr erreichen und größere Wunder bewirken können. Womöglich würden einige von ihnen also durchaus die Welt retten, aber zunächst einmal retten sie sich selbst.«

»Interessant. Fast dasselbe hat gestern eine Einsiedlerin zu uns gesagt«, erwidert Benedikt. »Dass die Menschen leider immer zuerst an sich selbst denken.«

»Warum leider?«, fragt Spencer. »Wenn die Menschen in ihrem Mikrokosmos zufrieden oder sogar glücklich sind, kann das viel bewirken und weit in die Welt ausstrahlen. Fülle zieht Fülle an, aber Mangel erschafft Mangel. Sind Menschen unglücklich, dann tun sie rein gar nichts. Sie verharren in ihrer Angst und in ihrer Opferhaltung, schauen nur und immer mehr auf ihren Vorteil, unabhängig davon, wie viel sie besitzen. Schauen Sie nur, was in der Welt los ist. Die Gesellschaften ganzer Nationen sind gespalten. Die einen orientieren sich im Außen und stehen tagtäglich an ihrer persönlichen Klagemauer. Nichts gibt ihnen Befriedigung. Sie erkennen nicht, welchen Einfluss sie auf ihr Leben haben könnten, und sehen den Grund für ihr Unglück immer bei den anderen – oder am besten gleich im System. Andere sind schuld. Der Chef, die Politik, der Nachbar. Wer so denkt, wird sich nie verantwortlich gegenüber der Welt, der Gesellschaft oder dem Klima zeigen, weil er sich ja auch nicht für sein eigenes Leben verantwortlich fühlt. Solche Menschen befinden sich im Widerstand gegen sich selbst und alle anderen. Die andere Hälfte richtet den Blick nach innen. Diese Menschen versuchen zu verstehen, ihren Einfluss zu entdecken und sich und ihr Umfeld zu verändern. Sie wählen die Bewegung und die Liebe statt der Angst. Sie suchen nach dem inneren Frieden und dem kleinen Glück. Und sie bestätigen damit eine Erfahrung, die jeder von uns machen kann. Wenn ich ein erfülltes Leben führe und erfahre, wie selbstwirksam ich sein kann, wie viel Einfluss ich auf mein eigenes Leben ausüben kann, dann bin ich auch in der Lage, auf das große Ganze einzuwirken. Wenn tatsächlich jeder bei sich selbst im Kleinen anfangen würde, wären wir als Menschheit jetzt schon weiter. Denn wir sind ja alle miteinander verbunden. Das wissen Sie besser als ich, Pater. Aber es ist harte Arbeit, sein eigenes Leben zu gestalten, Künstlerin oder Künstler in eigener Sache zu werden, und vielen ist das zu anstrengend.«

»Es könnte aber auch eine Milchmädchenrechnung sein«, mischt Paula sich ein. »Das war zumindest die Meinung dieser Einsiedlerin. Denn wenn man sich selbst gerettet hat, kann es für die Welt ja schon zu spät sein. Und dann hat man sich quasi umsonst gerettet, denn ohne eine Welt, auf der man leben kann, macht es keinen Sinn, persönliche Probleme zu lösen.«

Melanie Spencer schaut ihre Gäste abwechselnd an. Sie scheint zu überlegen, ob sie da womöglich Klimaaktivisten, Querdenkern oder irgendwelchen anderen Spinnern auf den Leim gegangen ist. »Nun, ich gebe gern zu, dass ich in meinen Seminaren keine Empfehlungen für den Umgang mit Wundern ausspreche. Ich ermögliche den Menschen die aufregende Erfahrung von Wundern. Sie dürfen erleben, wie großartig es sich anfühlt, Wunder zu schöpfen, sich für sie zu öffnen, anstatt auf sie zu hoffen oder zu warten, dass irgendwann vielleicht eins vorbeikommt. Aber jeder muss letztlich selbst wissen, wie und wo er seine Fähigkeiten einsetzt. Ich bin keine Missionarin. Ich biete Möglichkeiten an. In einer Fahrschule bekommt man ja auch nur den Führerschein und nicht noch Ratschläge dazu, welches Auto man sich kaufen und wie man es fahren soll. Was meine Kunden daraus machen, ist ganz allein ihre Sache.«

»Wir waren vor ein paar Tagen in Frankreich«, sagt Benedikt. »Da war ein junger Mann auch ganz begeistert von den Wundertaten der Menschen. Er behauptete sogar, dass alle wichtigen Entdeckungen und Erfindungen, also somit alle Wunder dieser Welt, allein von Menschen entdeckt und erfunden worden sind.«

»Ich glaube, dieser Mann hatte absolut recht«, erwidert Spencer. »Allerdings ist mein persönlicher Ansatz noch sehr viel weiter gefasst. Ich möchte zeigen, dass alle Menschen dazu in der Lage sind, Wunder zu tun. Das können nicht nur ein paar Auserwählte, es kann wirklich jeder.«

Sie bemerkt Benedikts skeptischen Blick und wiederholt nachdrücklich: »Ja. Jeder kann Wunder tun.«

»In der Theorie oder in der Praxis?«, fragt Benedikt.

»Würde ich in diesem Hotel wohnen, fürstliche Honorare kassieren und obendrein schicke Drinks spendiert bekommen, wenn ich meine Theorie nicht in der Praxis beweisen könnte? Niemand zahlt Geld dafür, theoretisch glücklich, zufrieden, erfolgreich oder wohlhabend zu sein.«

»Sie haben Ihre Methode in dem Buch zwar beschrieben, aber keine Details verraten …« beginnt Paula.

»Logisch«, unterbricht Spencer. »Einerseits will ich ja weiterhin Seminare und Workshops verkaufen. Andererseits ist das Prinzip leicht zu verstehen. Wenn man es allerdings praktisch umsetzen will, ist es doch etwas kompliziert.«

»Verstehe. Und diese Umsetzung vermitteln Sie in Ihren Workshops«, sagt Paula.

»So ist es. Und dort garantiere ich auch, dass es funktioniert«, fügt Spencer hinzu. »Allerdings sind die Erfolgsaussichten von Mensch zu Mensch verschieden. Ich bin sicher, wir alle haben die Fähigkeit, Wunder wahr werden lassen. Aber dazu ist auch eine gewisse Bereitschaft nötig, sich spirituell zu öffnen.«

Benedikt beugt sich interessiert vor. »Wollen Sie sagen, dass man an Wunder glauben muss, bevor man welche schöpfen kann?«

»Wenn Sie es so ausdrücken möchten, einverstanden. Aber ich meine das nicht im Sinne einer Religion«, fährt Spencer fort. »Obwohl ja Religion und Spiritualität zwangsläufig gewisse Überschneidungen haben. Dass mehr zwischen Himmel und Erde existiert, als wir mit unseren Sinnen erfassen können, ist so ein Satz, den nicht nur religiöse Menschen unterschreiben würden, auch ich bin davon überzeugt. Allerdings behaupte ich, dass die Geheimnisse der Welt nicht in einer anderen Dimension verborgen sind. Ich bin überzeugt, sie liegen offen zutage, sozusagen direkt vor unseren Augen. Wir können sie mit unseren beschränkten Sinnen nur nicht wahrnehmen. Dabei müssen wir sie einfach zulassen. Dann können wir nach ihnen greifen.«

»Damit gäbe es dann aber doch eine andere Dimension«, überlegt Benedikt laut. »Nämlich ein Parallel-universum, das neben unserer sichtbaren Welt exis-tiert.«

»Ja und nein«, antwortet die Psychologin. »Die Er-kenntnisse der modernen Physik legen nahe, dass Raum und Zeit nicht nur miteinander verschränkt sind, sondern eine feste Einheit bilden. Vereinfacht könnte man sagen, selbst unser Empfinden von Raum und Zeit entspricht nicht den tatsächlichen Verhält-nissen. Vermutlich ist unser Gehirn damit überfor-dert, das uns umgebende Chaos zu verarbeiten. Also vereinfacht und strukturiert es die Welt, um sie nach-vollziehbar zu machen. Dabei sind die grauen Zellen auf wenige spärliche Informationen angewiesen, denn leider verfügen wir Menschen nicht über besonders gut ausgeprägte Sinne. Bedenken Sie, dass nicht weni-ge Tiere sehr viel besser sehen, hören, fühlen, schme-cken und riechen können als der Mensch. Außerdem sind unsere Sinnesorgane anfällig für Täuschungen. Wir fallen auf Fake News und gefakete Bilder herein, unsere Geschmacks- und Geruchssinne können durch chemische Stoffe getäuscht werden, und unsere Ge-fühle fahren nicht nur dann Achterbahn, wenn wir eine Situation real erleben. Auch Bücher, Filme oder Musik versetzen uns leicht in emotionale Ausnahme-zustände. Ebenso anfällig für Täuschungen und Halb-wahrheiten ist natürlich unser Gehirn. Es setzt die völlig bruchstückhaften Informationen der Sinnes-organe zusammen und bastelt aus diesen vagen An-haltspunkten irgendwie ein Bild der Realität. Ordnung und Struktur sind unserem Gehirn dabei viel wichtiger als Inhalte. Wenn wir also versuchen, die Welt zu begreifen, dann gehen dabei immer wichtige Inhalte verloren.« Melanie Spencer versucht in den Gesichtern von Benedikt und Paula zu lesen, ob ihre Gäste folgen können. »Habe ich mich da einigermaßen verständlich ausgedrückt?«

»Also, ich hab nicht alles verstanden«, gesteht Paula.

»Ich auch nicht«, sagt Benedikt. »Es klingt, als ob sämtliche Bilder, Töne und Gefühle, die wir für echt halten, in Wirklichkeit nur Klopfzeichen von irgendwoher sind, die wir irgendwie interpretieren.«

»Das ist ein gutes Bild. So könnte man es beschreiben«, sagt Spencer. »Jeder Mensch sitzt in einem dunklen, fensterlosen Keller und hört von draußen unbekannte Klopfzeichen. Anhand dieser Zeichen muss er nun erraten, wo er ist, was ihn draußen erwartet, ob es noch andere gibt außer ihm selbst und wie wohl das Wetter sein wird. Bedenken Sie, dass sich auch unser Gehirn in einem fensterlosen Raum befindet, nämlich in unserem Schädel.«

»Aber sind nicht die Augen so eine Art Fenster zur Welt?«, fragt Paula.

Die Psychologin nickt. »Stimmt. Aber, um im Bilde zu bleiben, meistens sind die Fenster beschlagen. Wir sehen keine UV-Strahlung, keine Röntgenstrahlung, keine Gammastrahlung, keine Radiowellen und so weiter. Wir können schätzungsweise weniger als ein Prozent des Lichtspektrums wahrnehmen, aber achtzig Prozent unserer Wahrnehmung sind visuell. Noch verrückter ist es bei den Farben. Wir sehen zwanzig Millionen Farben, obwohl das Universum und die uns umgebende Welt farblos und weder hell noch dunkel sind. Unsere bunte Welt ist nur eine Simulation des Gehirns.«

»Platon hatte mit seinem Höhlengleichnis also recht«, sagt Paula. »Wir alle sehen nur die Schatten der Dinge. Die wahre Gestalt der Gegenstände bleibt unseren Sinnen und damit uns selbst verborgen.«

Die Psychologin nickt. »Allerdings hatte Platon die Vorstellung, dass man anhand der Schatten immerhin erahnen kann, wie die Wahrheit da draußen aussieht. Vermutlich hat aber das, was wir für Realität halten, und das, was Realität in Wahrheit ist, praktisch nichts miteinander zu tun.«

»Aber wenn wir alle allein in unseren Kellern sitzen, warum haben wir dann offensichtlich ganz ähnliche Vorstellungen davon, wo wir sind und wie das Wetter ist?«, fragt Benedikt. »Oder würde mir jemand ernsthaft widersprechen, wenn ich behaupte, dass wir an einem schönen Sommerabend in München auf einer lauschigen Dachterrasse sitzen?«

Melanie Spencer muss lachen. »Absolut richtig, was Sie da sagen. Allerdings ist das alles hier nur die Version der Realität, auf die wir Menschen uns geeinigt haben.«

»Aber wenn sie praktisch für uns alle gilt, ist das doch ein starkes Indiz dafür, dass wir der Wahrheit ziemlich nahekommen, oder?«

»Wenn es so wäre, würde ich Ihnen recht geben«,

erwidert Melanie Spencer. »Aber Realität ist nicht für uns alle dasselbe. Kinder sehen beispielsweise Dinge, die Erwachsene nicht sehen können. Vielleicht können wir im Kindesalter die Welt, wie sie wirklich ist, besser erkennen, weil wir intuitiver sind, bekommen dieses Wissen aber leider in der Schule abtrainiert.«

»Das klingt ein wenig frustrierend, aber ich glaube, ich habe es verstanden«, sagt Benedikt. »Was würden wir denn wissen, wenn man es uns nicht abtrainiert hätte?«

»Sehr gute Frage«, lobt Spencer. »Wir würden wissen, dass die Welt nicht aus Materie, sondern nur aus Energie besteht. Ich will Sie beide jetzt nicht mit Quantenmechanik langweilen, aber ein Atom besteht nur zu einem winzigen Teil aus Protonen, Neutronen und Elektronen. Sein größter Teil, nämlich mehr als 99,9 Prozent, ist der Raum zwischen dem Kern und der Hülle. Der Kern wiederum macht zwar weniger als 0,1 Prozent der Gesamtgröße des Atoms aus, dennoch enthält er mehr als 99,9 Prozent der Masse. Erstaunlicherweise hat auch unser Sonnensystem ganz ähnliche Kraft- und Größenverhältnisse. Die Sonne enthält 99,9 Prozent der Masse des Sonnensystems, ist aber kleiner als 0,1 Prozent davon. Das heißt im Umkehrschluss, 99,9 Prozent unseres Sonnensystems sind leerer Raum – oder eben Energie.«

Benedikt atmet geräuschvoll aus. »Ich weiß nicht, ob ich da jetzt noch mitkomme.«

»Es ist gar nicht so kompliziert, wie es sich vielleicht anhört«, erwiderte die Psychologin. »Alles hier besteht aus Atomen. Der Tisch, an dem wir sitzen, das Hotel, in dem wir uns befinden, und ebenso Sie und ich. Allerdings besteht alles, was wir sehen, zu 99,9 Prozent aus Energie, denn nur 0,1 Prozent machen den Atomkern und die Hülle aus. Im Grunde aber sind wir nicht umgeben von Materie, sondern von Schwingungen. Und wir selbst bestehen ebenfalls aus lauter Energie, weil wir aus denselben Atomen bestehen wie das gesamte Universum.«

»Okay«, sagt Benedikt. »Ich will nicht behaupten, dass ich Ihrem Crashkurs in Quantenmechanik im Detail folgen konnte, aber so ganz grob habe ich verstanden, dass wir aus derselben Energie wie das Universum bestehen.«

»Und das ist des Pudels Kern«, sagt Spencer. »Wir bestehen nicht nur aus derselben Energie, wir sind auch ein fester Bestandteil davon. So wie Raum und Zeit eine Einheit sind, so sind auch wir, energetisch gesehen, zeitlose Wesen.«

»Ich glaube, jetzt muss ich doch passen«, sagt Benedikt. »Das ist mir zu hoch.«

»Nicht aufgeben, wir sind gleich am Ziel«, ermuntert ihn die Psychologin. »Auch unsere energetische Zeitlosigkeit ist weniger kompliziert, als es sich anhört.«

»Bin gespannt«, entgegnet er.

»Vielleicht wird der etwas sperrige Satz von der Zeitlosigkeit klarer, wenn Sie bedenken, dass unser Gehirn keine Zeit empfinden kann«, fährt Spencer fort. »Wenn wir Vorfreude fühlen bei dem Gedanken an bevorstehende Annehmlichkeiten, dann empfinden wir diese Freude jetzt. Ob wir sie auch empfinden werden, wenn es zu diesem Ereignis kommt, entscheidet sich erst dann, wenn dieses Ereignis eingetroffen sein wird. Unser Gehirn lebt also immer in der Gegenwart. Wir glauben zwar, vergangene Freuden empfinden zu können, aber in Wirklichkeit findet alles, was wir fühlen, nur im Moment statt. Für das Gehirn existiert also auf der Empfindungsebene kein Gestern und kein Morgen. Nur das Heute zählt. Stellen Sie sich jetzt folgendes Gedankenmodell vor: Wenn wir unglücklich sind, können wir unser Gehirn in einen glücklichen Zustand umprogrammieren, indem wir uns beispielsweise an einen glücklichen Moment in unserem Leben erinnern oder uns eine Situation vorstellen, die uns glücklich macht. Da das Gehirn nicht zwischen Vergangenheit und Gegenwart und auch nicht zwischen Realität und Fiktion unterscheidet, wird es wahrhaftes Glück melden, obwohl wir gerade noch unglücklich waren. Sie kennen das vielleicht aus eigener Erfahrung.«

»Leuchtet ein«, sagt Paula, und auch Benedikt nickt zustimmend.

»Wie wäre es nun, wenn Ihnen das auch mit allen anderen Wünschen in Ihrem Leben gelingen würde? Wenn Sie sich erfolgreich, frei, leicht, wohlhabend, gesund, schön oder glücklich denken könnten.«

»Wenn ich krank bin, soll ich mich gesund denken können?«, fragt Benedikt ungläubig.

»Wieso können Sie sich glücklich denken, wenn sie unglücklich sind, nicht aber gesund, wenn Sie krank sind?«, hält Spencer dagegen.

Sie blickt in die Gesichter von Benedikt und Paula, die sich nun ihrerseits fragen, ob sie an eine verschrobene Esoterikerin geraten sind.

»Ich weiß schon, was Sie sagen wollen«, fährt ihr Gegenüber fort. »Ich höre die Gegenargumente ständig in meinen Seminaren. Aber Fakt ist auch, dass die Medizin Fälle von Spontanheilungen zuhauf kennt. Manchmal heißt es dann, es habe sich um psychosomatische Erkrankungen gehandelt, in anderen Fällen sollen es seltene medizinische Glücksfälle sein, die noch nicht genug erforscht sind. Homöopathie scheint zu wirken, aber niemand weiß, warum. Placebos können Menschen heilen, Nocebos können sie krank machen. Warum ist das so? Wäre es nicht denkbar, dass der Grund dafür eine Visualisierung und Programmierung oder, besser gesagt, Umprogrammierung unseres Gehirns sein könnte? Wussten Sie, dass Placebos besser wirken, wenn sie jemand verabreicht, von dem man glaubt, dass er kompetent ist? Ein Schauspieler mit Kittel und Stethoskop kann mit einem Placebo mehr erreichen als ein echter Arzt, der gerade Freizeitkleidung trägt. Ist das nicht witzig? Unser Gehirn visualisiert sich sozusagen seine Gewissheiten völlig selbstständig.«

Sie saugt an ihrem Strohhalm, diesmal geräuschvoll, weil das Glas nun leer ist. »Ich glaube, ich hätte gern noch so einen«, verkündet sie und winkt nach dem Kellner. »Für Sie beide auch noch was?«

»Für mich nur ein Wasser«, sagt Benedikt. »Ich darf nicht mehr.«

Sie hat bemerkt, dass ihm der Nachsatz rausgerutscht ist. Ein fragender Blick.

»Halb trocken«, sagt er erklärend.

Sie nickt anerkennend. »Schon länger?«

»Seit einem Jahr.«

»Sie wissen, dass auch dies sehr viel mit Visualisierung zu tun hat, oder?«

Sie sieht sich nach dem Kellner um und erkennt dabei ein bekanntes Gesicht. »Oh, wie blöd, das tut mir jetzt wirklich sehr leid«, sagt sie. »Aber ich muss mich unhöflicherweise wider Erwarten von Ihnen verabschieden. Da ist gerade ein potenzieller Klient gekommen, den ich schon sehr, sehr lange persönlich kennenlernen möchte. Aber wissen Sie was? Rufen Sie mich an, falls es noch Fragen gibt. Sie sagten, dass Sie morgen noch in München sind. Mein Flieger geht auch erst gegen Abend.« Sie steht auf und zupft ihren Hosenanzug zurecht. »Hat mich gefreut.«

Melanie Spencer rauscht ihrem Neukunden entgegen.

Paula und Benedikt schauen ihr entgeistert hinterher.

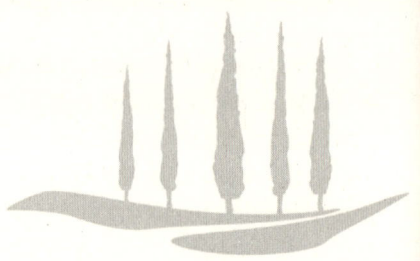

# 23

»Was meintest du eigentlich eben mit halb trocken?«, fragt Paula, als sie im Fahrstuhl zu dahinplätschernder Musik ins Erdgeschoss hinunterschweben.

»Dass ich Alkoholiker bin«, antwortet er.

»Wie das? Du trinkst Wein«, sagt sie, während sie versucht, diese Tatsache gedanklich mit seinem Geständnis in Einklang zu bringen.

»Seit gut einem Jahr bin ich halb trocken. Das heißt, ich trinke maximal ein Glas Wein am Tag. Noch vor zwei Jahren habe ich morgens mit Cognac im Kaffee angefangen. Ich konnte das ein Jahr lang verheimlichen, aber am Schluss wurde es von Tag zu Tag schwieriger. Also habe ich mir ein Herz gefasst und einen Psychologen angesprochen, dessen Beichtvater ich bin. Bei ihm mache ich jetzt eine Therapie, und dadurch bin ich seit einem Jahr halb trocken. Die Geister streiten sich darüber, ob das ein guter Weg ist. Viele glauben, dass man als Alkoholiker knochentrocken leben muss, aber kontrolliertes Trinken wird seit ein paar Jahren als gangbarer Weg angesehen. Und für mich scheint es zu funktionieren.«

Paula muss daran denken, dass ihr Vater unbedingt noch Wein für den heutigen Arbeit besorgen wollte. Beinahe ist sie froh, als Betto hinzufügt: »Übrigens, ich hoffe, es ist für dich in Ordnung, wenn ich nicht mit zu deinen Eltern komme. Ich glaube, bevor ich morgen nach Oberalthofen fahre, muss ich noch mal ein paar Worte mit Gott wechseln. Das heißt, vermutlich werde wieder nur ich reden, aber es ist mir wichtig, ihm einige Dinge zu sagen, die er wissen sollte.«

»Natürlich habe ich dafür Verständnis«, sagt sie. »Außerdem«, fügt sie grinsend hinzu, »hast du heute die einmalige Chance, in diesem Luxushotel zu übernachten, weil es keine nervige Mitfahrerin gibt, die dir damit in den Ohren liegt, dass es hier viel zu teuer ist. Du allein darfst dir das natürlich gern gönnen. Ich meine, immerhin hast du ja Urlaub.«

Er muss lächeln. »Stimmt. Ist wirklich eine einmalige Chance. Aber du hast ja eben selbst gehört, dass Frau Spencer auch hochrangige Kleriker betreut. Einerseits möchte ich keinem Vorgesetzen begegnen, der auf dem Weg zu seinem Coach ist, und andererseits gibt es ein paar Straßen weiter eine kleine Pension, in der ich immer wohne, wenn ich in München bin. Ich kenne das Inhaberehepaar schon länger.«

»Gut.« Sie freut sich, ihn in guter Gesellschaft zu wissen. »Dann wünsche ich dir viel Glück für morgen.«

»Danke, kann ich gebrauchen«, sagt er.

Der wahre Grund, warum er in dieser Pension übernachtet, ist nicht, dass er Moni und Max wiedersehen will. Er kennt die beiden wirklich schon seit vielen Jahren, und eigentlich kocht, plaudert und isst er gern mit ihnen. Aber heute hat er andere Pläne. Und bei diesen Plänen wäre ihm ein Zimmer in einem Luxushotel nur hinderlich. Neben vielen anderen Annehmlichkeiten gäbe es dort nämlich auch eine Minibar. Er hat zwar keine Angst davor, Alkohol in Reichweite zu wissen. Aber Respekt. Und heute ist sein Respekt besonders groß, denn angefangen hat die Sache mit dem Alkohol kurz nach dem Tod von Theo. Da wurden aus zwei, drei Gläsern Wein am Abend rasch zwei, drei Flaschen. Er trank, wenn er grübelte, wenn er trauerte, wenn er haderte, selbst wenn er betete. Und weil irgendetwas davon immer zutraf, trank er schon bald mittags und schließlich auch morgens.

In der Therapie hat er begriffen, dass er all die Jahre fest daran geglaubt hat, sich eines Tages mit seiner Familie auszusöhnen. Dieser Glaube war sein Fluchtpunkt, um die Verletzung, die ihm der Bruch zugefügt hatte, kleinzureden und den Schmerz in Schach zu halten. Theos Tod hat Benedikts Glaube zerschlagen. Plötzlich ist ihm klargeworden, dass es nie Erlösung für ihn geben würde. Und im Moment dieser Erkenntnis war der Schmerz wieder da. So bohrend und beständig wie am ersten Tag. Einen Triggerpunkt nennt das sein Therapeut. Seine Familie ist also ein Triggerpunkt, das hat er begriffen. Und alles, was die Familie betrifft, kann ihn im Handumdrehen wieder in den dunklen Abgrund stoßen, aus dem er mithilfe seines Therapeuten mühsam herausgekrochen ist.

Das kleine, schlichte Pensionszimmer ist perfekt für einen, der nicht mehr verlangt als einen Raum, in dem er zur Ruhe kommen und still sein kann.

Er holt das Holzkreuz aus dem Koffer, umfasst es mit beiden Händen und schließt die Augen. Es dauert nur einen Moment, bis er den Gekreuzigten vor sich sieht. Jenen Messias aus der Kirche in Oberalthofen, der ihn in ein Leben als Priester geschickt hat. Das Bild dieses Gekreuzigten hat ihn all die Jahre begleitet. Er fragt sich manchmal, ob es sich im Lauf der Zeit wohl verändert hat. Vermutlich. Er selbst hat sich verändert, warum sollte sich also sein Bild von Gott nicht auch verändert haben?

»Ich weiß, dass ich nichts von dir verlangen darf«, beginnt er. »Und doch kann ich die Hoffnung nicht aufgeben, dass du mir Gnade zuteilwerden lässt. Nicht, weil ich deinem Ruf gefolgt bin und mein Leben in deinen Dienst gestellt habe. Und auch nicht, weil ich seit über dreißig Jahren dein Schweigen ertrage. Nein, du schuldest mir nichts, weil Gott einem Menschen nichts schuldig sein kann, während wir Menschen dir ja immer alles schuldig sind. Selbst unser Glück und unser Leben schulden wir dir.«

Er atmet tief durch. »Entschuldige, wenn das jetzt ein bisschen bitter klang. Du siehst, im Handumdrehen stehe ich schon wieder in deiner Schuld. Selbst beim Beten kann das passieren. Bitte, sieh es mir nach. Manchmal bin ich wütend, enttäuscht oder verbittert, obwohl ich als dein Diener immer demütig sein müsste. Aber gewöhnlich weiß ich, wo mein Platz ist. Nein, du bist mir nichts schuldig, nicht einmal das Wunder, für das ich all die Jahre gebetet habe. Und doch hatte ich auch die Hoffnung auf dieses Wunder nicht aufgegeben. Die Hoffnung, eines Tages meinen Bruder wiederzusehen. Bis zu jenem Tag, an dem er starb, habe ich fest an deine Gnade geglaubt. Doch nun ist er begraben, und das Wunder wird es nicht mehr geben. Ich bin sicher, du hast Gründe dafür, mir dieses Wunder zu verweigern. Vielleicht musstest du mir zeigen, wie unerforschlich deine Wege sind. Vielleicht wolltest du mir helfen, das zu verstehen und dir zu vertrauen. Wobei ich im Grunde ja weiß, dass ich dir maßloses Gottvertrauen entgegenbringen müsste. Als dein treuer Diener schulde ich es dir sogar.

Aber die Wahrheit ist, ich fürchte mich davor, noch einmal bitter enttäuscht zu werden. Ich habe Angst vor dem, was mich morgen erwartet. Ich habe Angst, mir Hoffnungen zu machen, und Angst, dass auch diese Hoffnungen sich zerschlagen. Ich habe Angst, dass ich am Ende wieder wütend bin. Auf mich selbst, weil ich diese Wut zulasse. Und auf dich, weil du mein Leid nicht verhindert hast, obwohl das für dich nicht viel bedeuten würde. Es wäre ein göttlicher Fingerzeig. So wie du mir damals gezeigt hast, dass ich dir folgen soll. Aber du willst mir kein Zeichen geben. Du willst lieber schweigen, und ich frage mich ohne Groll, ob das deine Art ist, mir zu sagen, dass du mich nicht mehr brauchst. Oder ist es in deinen Augen eine Drohung, wenn ich so denke? Fühlst du dich von mir unter

Druck gesetzt, weil ich mich von dir abwenden könnte, wenn du dein Schweigen nicht brichst?«

Benedikt hält inne. Hier wäre jetzt Raum für eine Antwort. Er horcht in die Stille. Und er versucht zu erspüren, ob da irgendwo in der Stille des Raums oder im eigenen tiefen Inneren eine Antwort sein könnte.

»Ich weiß nicht mehr, wie ich dich gnädig stimmen soll«, fährt er fort. »Aber ich kann dir versprechen, ich werde weiter versuchen, die Hoffnung nicht aufzugeben.« Er öffnet die Augen, senkt den Kopf und schaut das Kreuz an. »Amen.«

Als er sich nach einem kurzen, unruhigen Schlaf auf den Weg macht, dämmert es gerade. Trotz einer ausgedehnten Kaffeepause ist er viel zu früh am Ziel. Aber das macht nichts, Hauptsache, er ist da. Als wäre sein Termin ein Schiff oder ein Flugzeug, das er verpassen könnte. Dabei hat ihm die Heimleiterin gesagt, er könne ganz entspannt irgendwann im Lauf des Vormittags vorbeikommen. Dieser Termin wäre ihm also ganz sicher nicht davongeschwommen.

Die Nachtschwester begrüßt ihn, versorgt ihn mit einer Tasse Kaffee und bringt ihn auf die Terrasse hinters Haus. In knapp einer Stunde werde hier das Frühstück serviert, erklärt sie. Auch Schwester Alma, die Leiterin, beginne gewöhnlich um diese Zeit mit ihrer Schicht. So lange müsse er sich deshalb noch gedulden.

Er geduldet sich. Er betrachtet die sanften Hügel seiner fränkischen Heimat und überlegt, ob er ins Dorf fahren und der Kirche einen Besuch abstatten soll. Dann würde er sehen, ob sich sein Bild von Gott in den letzten Jahren wirklich verändert hat.

Er verzichtet lieber. Wie jemand, der am Flughafen sitzt und Angst davor hat, die Maschine zu verpassen. Er rührt sich nicht vom Fleck, bis Schwester Alma erscheint.

»Sie sind früh dran. Sagten Sie nicht, dass Sie aus München kommen?«

»Ich bin meistens früh auf den Beinen«, sagt er.

»Das haben Sie mit Ihrer Mutter gemeinsam«, erwidert sie. »Sie können gleich zu ihr. Ich hatte zwar gehofft, dass sie sich zu Ihnen an die frische Luft setzen möchte, aber sie zieht es vor, auf ihrem Zimmer zu frühstücken – wie jeden Tag.«

»Wie geht es ihr?«, fragt er.

»Heute? Ganz gut, würde ich behaupten. Genau kann man das aber erst sagen, wenn man sich eine Weile mit ihr unterhalten hat. Hin und wieder nimmt sie wahr, was um sie herum passiert. Meistens lebt sie jedoch in ihrer eigenen Welt. Der Arzt sagt, dass körperlich so weit alles in Ordnung ist.«

»Woher rühren dann die Probleme?«, fragt er.

»Unsere Psychologin meint, dass der Sturz für Ihre Mutter ein traumatisches Erlebnis war, das ein anderes, ein älteres Trauma wachgerufen hat. Ihre Mutter verdrängt das, indem sie sich in die Vergangenheit flüchtet. Im Alter passiert das häufig. Menschen, die am Ende ihres Lebens mit Fragen konfrontiert werden, die sie oft schon viele Jahre oder Jahrzehnte mit sich herumschleppen, werden an den Ursprung dieser Fragen geführt. Plötzlich erinnern sie sich lebhaft an Momente und Details aus ihrer Jugend, während die Gegenwart langsam verblasst. Es ist, als würde sich der Prozess der Erinnerung umkehren.«

»Versuchen Sie mir da gerade schonend beizubringen, dass meine Mutter unter einer beginnenden Demenz leidet?«, fragt er.

»Wir müssen abwarten, ob ihr Zustand sich verbessert«, antwortet die Schwester ausweichend. »Für ein abschließendes Urteil ist es zu früh.«

»Gut.« Er atmet tief durch. »Kann ich jetzt zu ihr?«

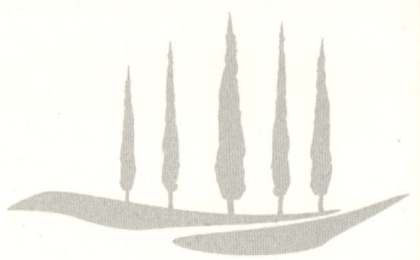

# 24

Das Zimmer ist klein, aber hübsch. Er erkennt ein Möbelstück wieder, ein kleines Schränkchen. Er weiß sogar, wo es früher in der Küche gestanden hat. Und noch etwas ist ihm vertraut. Der Duft von Hagebuttenmarmelade und Kaffee. Früher hat sie ihre Lieblingsmarmelade sogar selbst eingekocht.

Sie sitzt an einem kleinen quadratischen Tisch am Fenster und scheint nicht im Mindesten erstaunt zu sein, ihn zu sehen. »Guten Morgen, mein Junge«, sagt sie. »Auch so früh auf den Beinen? Setz dich und iss was.«

»Guten Morgen, Mutter.« Er gibt ihr einen Kuss auf die Wange und setzt sich, froh darüber, sie an einem ihrer besseren Tage zu erleben. »Danke, aber ich hab keinen Hunger.«

»Aber du musst was essen.«

»Lass gut sein, Mutter«, sagt er lächelnd. »Ich komm schon klar.«

»Aber es ist nicht gut, ohne Frühstück in die Schule zu gehen«, beharrt sie. »Auf nüchternen Magen kann man nicht lernen.« Sie sieht ihn an und scheint darauf zu warten, dass er seine Meinung ändert. Dass sich in seinem Gesicht gerade Bestürzung abzeichnet, merkt sie nicht. »Na gut. Wenn du jetzt nichts essen willst, dann mache ich dir eben eine Pausensemmel«, verkündet sie und greift nach der Hagebuttenmarmelade.

Seine Bestürzung weicht der Frage, in welcher Zeit sie sich gerade befindet. Er hat eine Vermutung. »Ich kann mir ja was bei Rauschert holen«, sagt er und sieht, wie sie den Marmeladentopf sinken lässt.

»Das ist eine gute Idee«, erwidert sie und nickt nachdrücklich. »Erinnere mich daran, dass ich dir ein Fuchzgerl mitgebe. Oder besser gleich eine Mark, dann kannst du deinem Bruder auch eine Semmel kaufen. So wie ich Theo kenne, will er bestimmt auch nichts frühstücken, wenn sein großer Bruder es ihm vormacht.«

Benedikt spürt, dass ihm Tränen in die Augen steigen, und muss mehrmals schlucken, um sie zurückzuhalten.

»Versprich mir, dass du auf ihn achtest, Benni.«

»Ich verspreche es«, sagt er und wischt sich rasch übers Gesicht, weil sich nun doch ein paar Tränen auf die Reise gemacht haben.

»Ich weiß, dass du ihn beschützen wirst«, sagt sie zufrieden und blickt aus dem Fenster. »Du bist ein guter Junge.«

Wieder muss er sich verstohlen übers Gesicht wischen, um die Tränen zu trocken. Sie bemerkt es nicht, scheint ganz versunken in den Anblick dieses Sommertages.

Er fragt sich, wann die Bäckerei Rauschert zugemacht hat. Das muss Anfang der Achtziger gewesen sein. Er ist vierundsiebzig eingeschult worden, Theo nur ein Jahr später, obwohl er fast zwei Jahre jünger war als Benedikt. Bis zur vierten Klasse waren sie zusammen auf der Grundschule, dann wechselte Benedikt aufs Gymnasium, während Theo ein Jahr später die Realschule besuchte. Drei Jahre. Irgendwo in diesen drei Jahren lebt sie gerade. Er überschlägt, dass sie damals Mitte dreißig gewesen sein muss. Eine junge Frau und Mutter in einem kleinen fränkischen Dorf. Vielleicht hat sie in diesen Jahren von etwas ganz anderem geträumt. Vielleicht war es aber auch die beste Zeit ihres Lebens.

Er bemerkt, dass ein zartes Lächeln ihre Lippen umspielt, während ihr Blick fast träumerisch am Horizont spazieren geht. Sie sieht einem glücklichen Tag entgegen, denkt er. Einem Tag im Paradies ihrer Erinnerung.

Er spürt ihre Unbeschwertheit und freut sich für sie, aber es schmerzt ihn auch, dass er sie womöglich nie wieder im Hier und Jetzt erleben wird.

Ihr Glück, denkt er. Auch wenn es ihm schwerfällt, sie an die Vergangenheit zu verlieren, wird er diesen Preis zahlen.

»Ich glaube, ihr müsst langsam los«, sagt sie und steht auf. »Du weißt doch, dass ich es nicht mag, wenn ihr euch hetzen müsst. In der Ruhe …« Sie hebt den Zeigefinger. »Na, mein Sohn, wie geht es weiter?«

Er steht ebenfalls auf. »In der Ruhe liegt die Kraft.«

Sie nickt nachdrücklich. »Sehr richtig, mein Sohn. In der Ruhe liegt die Kraft.«

Sie geht zur Kommode, öffnet die oberste Schublade und greift hinein. »Und jetzt kriegst du von mir noch die Mark für den Bäcker.« Sie dreht sich zu ihm. »Hand auf.«

Er hält ihr seine geöffnete Hand entgegen. Sie nimmt sie in die ihre, legt das Geldstück hinein und verschließt seine Finger darüber.

Er spürt, dass der runde Gegenstand in seiner Hand für ein Geldstück zu dick ist.

»Pass gut darauf auf, mein Sohn.« Sie umarmt ihn und drückt ihm einen Kuss auf die Wange. »Und jetzt los. Die Schule wartet.«

»Bis später«, sagt er und wirft einen verstohlenen Blick in die Hand, wo sich das Geldstück als ein weißer Spielstein entpuppt, wie er für Mühle, Dame oder Backgammon benutzt wird.

Als Schwester Alma ihn wenig später zu seinem Wagen bringt, bemerkt sie seine niedergeschlagene Stimmung. »Es ist für die Angehörigen meist schlimmer als für die Betroffenen selbst«, sagt sie. »Ihrer Mutter geht es gut, da, wo sie ist.«

»Sie haben eben erwähnt, dass sie lichte Momente hat«, sagt er. »Wie häufig sind denn diese Momente?« Er sieht ihr an, dass sie die Antwort gern schuldig bleiben würde. »Selten?«, fügt er hinzu.

»Sehr selten«, antwortet sie. »Aber wie gesagt, ist es noch zu früh, um ein abschließendes Urteil zu fällen.«

Er schaut ihr in die Augen. »Und wann ist es Ihrer Meinung nach an der Zeit, ein abschließendes Urteil zu fällen?«

»Das wissen wir nicht. Es gibt Fälle, in denen plötzlich erstaunliche Veränderungen zu beobachten sind.«

»Sie meinen … Wunder?«, fragt er lächelnd.

Jetzt ist sie es, die ihm in die Augen schaut. »Das klingt, als würden Sie nicht an Wunder glauben, Pater.«

»Nehmen Sie es mir nicht übel, Schwester Alma, aber ich habe den Eindruck, dass auch Sie nicht an dieses Wunder glauben.«

Sie seufzt vernehmlich. »Hören Sie, Ihre Schwägerin will glauben, dass sich der Zustand Ihrer Mutter wieder bessert. Ich weiß, dass Frau Steinbach es nach dem Tod ihres Mannes nicht leicht hatte. Ihr Sohn war siebzehn und in einem sehr schwierigen Alter. Außerdem musste sie sich um die Schreinerei kümmern und nebenbei die finanziellen Verpflichtungen stemmen. Bei all diesen Problemen hätte sie bestimmt gern auf die Erfahrung ihrer Schwiegereltern zurückgegriffen. Aber stattdessen wurde zuerst ihr Schwiegervater ein Pflegefall. Und jetzt trifft es auch noch Ihre Mutter.«

Er ist verwirrt. »Mutter hat mir nie davon erzählt, dass mein Vater auch ein Pflegefall ist …«

»Vermutlich, um Sie zu schonen.«

»Was fehlt ihm?«

»Er ist nach dem Tod Ihres Bruders in einer tiefen Depression versunken. Wir haben mit allen Mitteln versucht, ihn wieder ins Leben zurückzuholen, aber

Sie wissen ja, er ist stur. Er will es nicht anders. Er verbringt seine Zeit am liebsten schweigend auf der Terrasse. Ich glaube, die Tage, an denen er in den letzten drei Jahren gesprochen hat, kann ich an einer Hand abzählen.«

»Ich merke gerade, ich hätte mich früher bei Ihnen melden sollen«, sagt er.

»Das hätten Sie jederzeit tun können«, antwortet sie. »Ich wusste nicht, dass Sie regelmäßig mit Ihrer Mutter Kontakt hatten. Wir alle hier dachten, Sie hätten mit der Familie ebenso abgeschlossen wie …« Sie verschluckt den Rest des Satzes.

»… wie die Familie mit mir abgeschlossen hat?«, fragt er. »Wollten Sie das sagen?«

»Es ist nie zu spät für einen Neuanfang«, erwidert sie. »Ihre Schwägerin ist jetzt ganz allein, und ich bin sicher, dass sie es sehr zu schätzen wüsste, wenn sie mit jemandem reden könnte.«

»Es ist ebenso gut möglich, dass sie mich nicht sehen will«, entgegnet er.

Sie zieht die Schultern hoch. »Und wenn schon. Was haben Sie zu verlieren? Mehr, als von Ihrer Schwägerin vom Hof gejagt zu werden, kann Ihnen ja nicht blühen, oder?«

Er muss lachen. Dass die Menschen hier einen manchmal ungewöhnlich nüchternen Blick auf das Leben und die Welt haben, hat er völlig vergessen. »Stimmt. Ich lasse es mir durch den Kopf gehen.«

»Tun Sie das. Und wer weiß, vielleicht kommen Sie beim Nachdenken ja sogar zu dem Schluss, dass es auch einen Versuch wert wäre, mit Ihrem Vater zu reden. Womöglich gelingt es ja Ihnen, sein Schweigen zu brechen.«

»Da wäre ich jetzt noch skeptischer«, sagt er und öffnet die Autotür. »Aber auch darüber werde ich nachdenken. Danke für alles. Ich melde mich, sobald ich mir über ein paar Dinge klargeworden bin.«

Sie nickt.

Als er bereits auf der Autobahn und wieder in Richtung München unterwegs ist, denkt er noch immer über ihren letzten Satz nach. Seit Jahren quält ihn das Schweigen Gottes, jetzt schweigt auch noch sein Vater. Im Grunde hat er das zwar all die Jahre getan, aber Benedikt empfindet es als doppelte Strafe, dass nicht nur er, sondern auch seine Mutter das Schweigen ertragen musste. Benedikt weiß nicht, was Gott, das Universum, das Leben oder das Schicksal ihm damit sagen wollen.

Aber er weiß, dass sein Glaube immer mehr am seidenen Faden hängt. Er muss an den Ratschlag denken, den er seinem Spiritual als Student gegeben hat. Auch Benedikt kann, will und wird Gott zu nichts drängen. Aber ohne einen Fingerzeig des Himmels wird sich auch in ihm langsam das Schweigen ausbreiten. Noch kann er seine Seele hören, aber manchmal ist es nur mehr ein Flüstern, und nur in wenigen guten Momenten klingt es so hoffnungsfroh wie früher. In schlechten ist es kaum ein Wispern. Und schlechte Momente gab es in der katholischen Kirche in den letzten Jahren wahrlich genug. All die Enthüllungen von Sünden und

Verbrechen im Haus Gottes hatten ihn in seinem Herzen zutiefst erschüttert.

Paula hat ihm erzählt, dass die letzte Station ihrer gemeinsamen Reise Rom sein wird. Ein Besuch im *Dikasterium für die Selig- und Heiligsprechungsprozesse* der katholischen Kirche. Täglich werden dort wundersame Ereignisse katalogisiert, geprüft und beurteilt, um herauszufinden, ob es sich nach den strengen Kriterien der Kirche tatsächlich um Wunder handelt. Die Behörde berichtet dem Papst von ihren Ergebnissen und macht Vorschläge, wer selig- oder heiliggesprochen werden sollte und wer es verdient, den Titel Ehrwürdige Dienerin oder Ehrwürdiger Diener Gottes zu tragen, weil sie oder er im Namen des Herrn gestorben ist.

Das Dikasterium residiert am Petersplatz mit Blick auf den Apostolischen Palast. Dieses Wunderamt befindet sich insofern an einem Ort, wo die Wunder eigentlich zu Hause sein müssten. Falls Gott ihm doch noch etwas mitzuteilen hat, denkt Benedikt, dann wird er das in Rom tun, im Zentrum seines Königreichs.

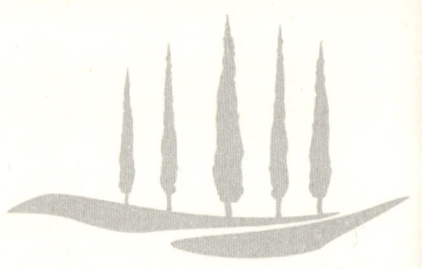

## 25

Als er die Münchener Peripherie erreicht, ist es noch nicht einmal Mittag. Er ruft Paula an, um ihr zu sagen, dass sie am frühen Nachmittag nach Rom aufbrechen könnten. Es hätte den Vorteil, dass sie in Verona oder Modena übernachten könnten und schon morgen Mittag am Ziel wären. »Aber falls du lieber den Tag noch in München mit deinen Eltern verbringen möchtest, ist das natürlich auch völlig in Ordnung«, sagt er. »Ich wollte dich eigentlich nur wissen lassen, dass ich wieder da bin und wir deshalb jederzeit aufbrechen können.«

Sie überlegt einen Moment, dann sagt sie: »Ist nicht so gut gelaufen in Oberalthofen, oder?«

»Nein«, gibt er kleinlaut zu. »War nicht so toll.«

»Sollen wir sagen, wir treffen uns in einer Stunde in deiner Pension?«, fragt sie.

»Gern«, antwortet er und ist erleichtert, dass er nicht den ganzen Tag zum Grübeln und Hadern Zeit hat.

»Schickst du mir die Adresse?«

»Ich kann dich auch abholen«, schlägt er vor.

»Oder so«, antwortet sie.

Eine gute Stunde später sind sie auf dem Weg nach Süden.

»Wie war es denn bei deinen Eltern?«, will er wissen.

»Sehr schön«, sagt sie. »Ich habe ihnen gesagt, dass ich sie über alles liebe und sehr glücklich bin, dass sie meine Eltern sind. Und dass ich ihnen ewig dankbar dafür sein werde, dass sie mit mir zusammen versucht haben, meine leiblichen Eltern zu finden. Aber jetzt, da das nicht geklappt hat, werde ich die Sache abhaken und mein Leben einfach so weiterleben wie bisher.«

»Oh. Beeindruckend«, sagt Benedikt. »Und schön. Eine spontane Liebeserklärung, also.«

»Nicht ganz so spontan, wie es vielleicht den Anschein hat«, erwidert Paula. »Ich habe mir nach unserem letzten Telefonat überlegt, was ich ihnen sagen will, wenn ich wieder in München bin. Ich möchte nicht, dass sie das Gefühl haben, zweite Wahl zu sein. Und sie sollen nicht denken, dass ich nun ewig damit hadere, nicht zu wissen, woher ich komme. Das tue ich zwar manchmal, aber inzwischen nur noch selten und nur ein bisschen. Das müssen die beiden aber nun wirklich nicht wissen. Mir ist nämlich auch klargeworden, dass sich die Beziehung zu ihnen selbst dann nicht verändern würde, wenn ich meine leiblichen Eltern gefunden hätte. Isabell und Markus sind Mutter und Vater für mich, und das werden sie auch immer bleiben, weil es allein ihre Liebe, ihre Geduld und ihre Unterstützung waren, die mich zu dem gemacht haben, was ich heute bin. Mag ja sein, dass meine leiblichen Eltern mich gesät haben, gepflegt, gegossen und aufgezogen haben mich meine Adoptiveltern. Ich weiß, dass sie es mir von Herzen gegönnt hätten, meine Wurzeln zu finden, aber mir war wichtig, ihnen zu sagen, dass diese Suche nicht mein Leben bestimmt und rein gar nichts an meinen Gefühlen zu ihnen geändert hat.«

»Immer noch beeindruckend«, sagt er. »Ich bin sicher, wir sagen den Menschen in unserem Leben viel zu selten, was wir für sie empfinden und dass wir ihnen dankbar sind.«

Sie sieht, dass er grübelt und ahnt, was ihn beschäftigt. Wahrscheinlich stellt auch er sich die Frage, ob er den wichtigen Menschen in seinem Leben oft genug gesagt hat, was sie ihm bedeuten, denkt Paula und lässt ihm Zeit, um darüber nachzudenken.

Benedikt beschäftigt in Wahrheit etwas ganz anderes. Er fragt sich, ob auch er jemals die Chance gehabt hätte, den Bruch mit seiner Familie einfach so … abzuhaken. So wie Paula ihre Suche abgehakt hat. Am Ende hat sich seine Hoffnung, dass die Situation sich verändern könnte, ja doch zerschlagen. Er hätte es sich auch sparen können, all die Jahre zu hoffen und zu hadern. Allerdings sind seine und Paulas Voraussetzungen auch grundverschieden, denn sie hakt eine Familie ab, die sie nie hatte. Das ist einfacher, weil sie nicht weiß, was sie verliert. Benedikt weiß es. Spätestens seit heute Morgen.

»Und wie war dein Familienbesuch?«, fragt sie. Es klingt beiläufig, obwohl sie ja längst weiß, dass der Tag für ihn nicht gut begonnen hat.

»Willst du die lange Version oder die kurze hören?«, fragt er.

»Die lange natürlich«, antwortet sie. »Wie soll ich dir kluge Ratschläge geben, wenn ich nicht alle Details kenne?«

Er nickt, dann beginnt er zu erzählen.

Paula hört aufmerksam zu, unterbricht ihn nur selten für eine Nachfrage und lässt am Schluss die Geschichte eine Weile auf sich wirken. Dann sagt sie das Gleiche wie Schwester Alma. »Jana muss jetzt alles allein machen. Ich finde, du solltest ihr deine Hilfe anbieten. Das heißt, eigentlich hast du gar keine andere Wahl. Sie ist nicht nur deine Schwägerin, sondern auch die Frau, die du nicht geheiratet hast. Du schuldest ihr etwas, das hast du selbst gesagt. Und müsstest du ihr nicht erst recht helfen, weil es dein Job ist, Menschen in Not zu helfen?«

Er wirft ihr einen Seitenblick zu.

»Sag ich doch«, erwidert Paula zufrieden.

»Aber zuerst muss ich nach Rom«, sagt er. »Falls Gott mir doch noch ein Zeichen geben will, dann wird er das am ehesten dort tun.«

»Wie gut, dass wir gerade zufällig auf dem Weg dorthin sind«, erwidert Paula. »Nur mal so aus Interesse. Was erwartest du eigentlich genau von Gott, wenn wir in Rom sind? Etwa ein Wunder?«

»Nein, mein Wunder hat sich ebenso erledigt wie deins«, antwortet er. »Ich wäre schon zufrieden mit einem freundlichen Empfang in Gottes Hauptstadt, denn dann wüsste ich, dass er mich noch braucht.«

»Wieso glaubst du, dass er dich nicht mehr braucht?«

Er zieht die Schultern hoch.

»Ich bin mir sicher, die Menschen brauchen dich. Ist das nicht in seinem Sinne?«

Wieder zieht er die Schultern hoch.

»Man kann es auch anders betrachten«, überlegt sie. »Selbst ohne den Segen des Himmels wäre dein Job sinnvoll. Außerdem hat er dir ja bereits ein Zeichen gegeben. Das ist zwar lange her, aber es ist trotzdem mehr, als den meisten Menschen vergönnt ist. Ich meine, es gibt auch Menschen, die Gott folgen, ohne jemals ein Zeichen von ihm bekommen zu haben.«

»Willst du damit sagen, ich verlange zu viel?«

Paula kommt nicht dazu, ihm zu antworten, denn ihr Notebook meldet sich.

»Ich wette, das ist Franca«, sagt er, während sie das Videotelefonat annimmt. »Hallo, Franca.«

»Ich hab ein Wunder gefunden!«, fällt ihre Sommerfreundin begeistert mit der Tür ins Haus. »Eigentlich sind es sogar ganz viele, aber ihr müsst euch das selbst ansehen. Wann seid ihr wieder da?«

Paula wirft Benedikt einen fragenden Blick zu.

»Ich vermute, am Dienstag«, sagt der nach kurzem Überlegen. »Vielleicht aber auch erst Mittwoch. Wir brauchen heute und morgen bis nach Rom und auch wieder zwei Tage zurück.«

»Schade«, sagt Franca. »Morgen wäre besser gewesen.«

»Warum?«, fragt Paula.

»Weil ich nicht so lange warten will. Wo seid ihr eigentlich gerade?«

»Auf dem Weg nach Modena«, antwortet Benedikt.

»Das kenn ich!«, ruft Franca. »Das ist da, wo mein Vater immer seinen Essig kauft.«

»Gute Wahl«, sagt Benedikt. »Die machen da nämlich den besten Essig der Welt.«

»Wirklich?« Franca ist erstaunt. »Dann kriegen die Gäste in unserem Hotel ihren Salat mit dem besten Essig der Welt?«

»So ist es«, sagt Benedikt.

»Das ist toll«, freut sich Franca. »Ruft mich an, wenn ihr in Modena seid. Ich will wissen, wie es da aussieht.« Und weg ist sie.

»Bin gespannt«, sagt Benedikt.

»Worauf?«, will Paula wissen.

»Na, auf die Wunder, die Franca entdeckt hat. Vielleicht geht es uns beiden wie dem kleinen Tiger und dem kleinen Bären, die nach Panama auswandern wollen, um am Ende dort glücklich zu sein, wo sie herkamen.«

Paula muss lachen. »Finden wir es heraus.«

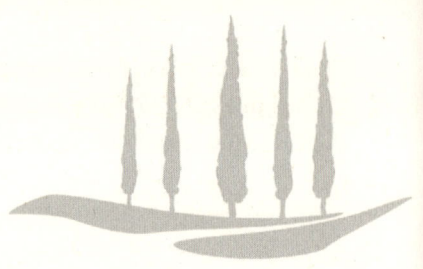

# 26

Am frühen Abend erreichen sie Modena. Es war im Vorhinein nicht klar, in welcher Stadt sie übernachten würden, daher haben sie noch keine Unterkunft gebucht. Benedikt beginnt, das Stadtzentrum zu umkreisen. Als er zum zweiten Mal die Runde dreht und wieder sämtliche Hotels und Pensionen links liegen lässt, will Paula wissen, was er vorhat.

»Ich suche ein Restaurant.«

»Aha. Ein bestimmtes?«

»Eines, in dem ich vor dreißig Jahren einen großartigen Tomatensalat gegessen habe. Den musst du unbedingt probieren. Und nebenbei hab auch ich Appetit darauf.«

»Vor dreißig Jahren? Wer sagt dir, dass es dieses Restaurant überhaupt noch gibt?«

»Wir sind in einer Stadt, in der die Menschen die Muße haben, Traubenmost fünfundzwanzig Jahre lang reifen zu lassen, damit daraus der beste Essig der Welt wird. Ich vermute, solche Menschen sind nicht eben schnelllebig. Außerdem wissen sie hier bestimmt einen guten Tomatensalat zu schätzen.«

»Und dieser Salat ist wirklich mit einem fünfund-zwanzig Jahre alten Essig angemacht?«, fragt Paula.

»Selbstredend. Er wird aus besonders frischen und sonnengereiften Tomaten zubereitet und mit sehr altem Balsamessig aus Modena gekrönt«, antwortet Benedikt. »Es ist ein denkbar simples Gericht, doch die erlesenen Zutaten machen es zu einer Delikatesse.«

»Ich kenne Aceto di Balsamico«, sagt Paula.

»Ich würde darauf wetten, dass du diesen nicht kennst«, entgegnet Benedikt. »Es ist nicht der Aceto, den man normalerweise kaufen kann. Der trägt zwar gewöhnlich den gleichen Namen wie das Original, aber er darf sich nicht mit der Zusatzbezeichnung *Tradizionale* schmücken, was den entscheidenden Unterschied ausmacht.«

»Weil?«

»Weil er zu hundert Prozent aus eingekochtem Traubenmost besteht. Die andere wichtige Zutat ist Zeit. Wenn man keine Zeit investieren will, dann mischt man Weinessig unter den Traubenmost und bekommt so den Essig, den man normalerweise im Supermarkt kaufen kann.«

»Und das macht einen derart großen Unterschied?«

»Das wirst du gleich schmecken – sofern es mir gelingt, das Restaurant wiederzufinden.«

»Ich drück uns beiden die Daumen«, sagt Paula.

Nach der dritten Runde um die Altstadt wird ein Polizist auf den Volvo aufmerksam. Er wartet ab, bis der Wagen die Altstadt ein weiteres Mal umrundet hat, dann winkt der Beamte sie an den Straßenrand. Der Polizist zupft seine Uniformjacke zurecht und bedeutet Benedikt, das Fenster zu öffnen.

»Jetzt bekommst zur Abwechslung du mal eine Predigt«, flachst Paula.

Benedikt kurbelt das Fenster herunter und begrüßt den Beamten, indem er ihm einen gesegneten Tag wünscht. Er erklärt ihm, dass er nur deshalb ständig um die Altstadt herumkurve, weil er Lust auf den besten Tomatensalat von Modena habe.

Der Polizist wirkt irritiert. Paula fragt sich, ob er überlegt, was er mit dem Priester machen soll. Wird er ihn verwarnen oder sogar mitnehmen?

Der Beamte hat eine bessere Idee. »Können Sie sich denn wenigstens daran erinnern, wie es dort ausgesehen hat, wo sie den besten Tomatensalat der Stadt gegessen haben, Monsignore?«, fragt er betont freundlich.

Benedikt schüttelt den Kopf. »Ich kann mich an die Details des Restaurants leider nicht mehr erinnern. Aber ich weiß noch genau, dass es nicht sehr groß war und nur etwa einen Steinwurf von der Piazza Grande entfernt lag. Außerdem, glaube ich, fing der Name des Restaurants mit E an.«

»Mit E, aha.« Der Beamte lüftet seine Schirmmütze und kratzt sich am Kopf. »Enzo«, sagt er dann. »Das kann nur Enzo sein. Der macht wirklich einen sehr köstlichen Salat. Sie haben einen guten Geschmack, Monsignore.« Er nickt Benedikt anerkennend zu. »Wissen Sie, was? Ich fahr Sie kurz hin.«

Er steigt auf sein Motorrad, um sie durch die engen Gassen von Modena zu lotsen. Ein paar Minuten später bekommen sie von dem freundlichen Polizisten obendrein noch einen Parkplatz gleich neben Enzos Restaurant zugewiesen.

Durch die Seitengasse kann man die helle Westfassade der Kathedrale mit dem gotischen Rundfenster sehen.

Paula zieht ihr Handy aus der Tasche. »Ich möchte noch ein Foto machen, bevor wir essen gehen.«

»Ja klar«, sagt Benedikt und spaziert mit ihr zur Piazza Grande. Dort setzt er sich auf eine Bank mit Blick auf die Kathedrale, während Paula fotografiert.

Ein leises »Pling« ertönt. Sie blickt aufs Display, tippt darauf, scrollt und ist irritiert.

»Etwas nicht in Ordnung?«, fragt er.

»Wir haben Post vom Dikasterium bekommen«, antwortet sie stirnrunzelnd.

»Und?«

»Wenn ich das richtig verstehe, dann werden wir ausgeladen.«

»Was?« Benedikt wirkt ebenso erstaunt wie schockiert.

Paula setzt sich und liest vor. »… müssen wir Ihnen mitteilen, dass wir Ihren geplanten Besuch bei unserem Dikasterium für die Selig- und Heiligsprechungsprozesse bedauerlicherweise nicht ermöglichen können. Wir schätzen Ihr Interesse, haben uns aber nach Lektüre Ihrer Arbeit zu diesem Schritt entschlossen.

Unserer Ansicht nach berücksichtigt Ihre soziologische Untersuchung nicht genügend, dass Gläubige Wunder als ein rein göttliches Ereignis verstehen. Wie es auch in der Bibel zu lesen ist. Gott der Herr allein kann Wunder vollbringen. Sehen Sie es uns bitte nach, dass wir den Zugang zu unseren Einrichtungen und Arbeitsbereichen vor allem jenen Menschen gewähren, die sich den Grundwerten und Traditionen der katholischen Kirche verbunden fühlen. Diese Entscheidung beruht auf unseren internen Verfahren und Bestimmungen, insbesondere auf den Entscheidungen des Heiligen Vaters.«

Paula atmet geräuschvoll aus. »Irre ich mich, oder klingt das so, als wäre ich nicht gläubig genug, um vom Dikasterium empfangen zu werden?«

»Absolut, so klingt es«, antwortet Benedikt. Da ist ein verbitterten Unterton in seiner Stimme. »Kommt da noch mehr?«

Paula nickt. »Unser Dikasterium widmet sich der sorgfältigen Untersuchung von Selig- und Heiligsprechungsprozessen. Diese Arbeit erfordert ein hohes Maß an Konzentration und christlicher Überzeugung. Um unsere Integrität zu wahren, müssen wir Besuche von Menschen, die diese Arbeit infrage stellen, selbst wenn sie mit besten Absichten kommen, leider ablehnen. Wir hoffen auf Ihr Verständnis in dieser Angelegenheit und möchten Sie ermutigen, unsere Arbeit weiterhin zu verfolgen. Für Informationen über uns und unsere Tätigkeiten stehen Ihnen unsere regelmäßigen Veröffentlichungen und natürlich unsere

Internetseite zur Verfügung. Wir danken Ihnen für Ihr Verständnis und wünschen Ihnen alles Gute.«

Paula lässt das Handy sinken. Sie braucht einen Moment, um das Gelesene zu verdauen. »Wow. Das hätte ich jetzt nicht gedacht.«

Benedikt ist etwas blass um die Nase geworden. Er schaut zum Rundfenster der Kathedrale, das wie ein riesiges Auge auf ihn herabblickt. »Ich werde das Gefühl nicht los, dass ich diese Nachricht auch als persönliche Absage verstehen soll.«

Paula stutzt, dann begreift sie. »Du glaubst, diese Ausladung ist zugleich eine Art Abschiedsbrief, den Gott dir persönlich geschickt hat?

»Klingt für mich so. Ist doch möglich, oder?«

»Ich weiß nicht. Könnte von dir etwas überinterpretiert sein«, gibt Paula zu bedenken.

»Wieso? Du hast doch gerade vorgelesen, dass die katholische Kirche in dieser Hinsicht nicht mit sich reden lässt. Sämtliche Wunder kommen allein von Gott. Nur er bestimmt also, ob sie geschehen oder ob wir vergeblich darauf warten. Also haben wir es ihm zu verdanken, dass wir Rom aus unserem Reiseplan streichen müssen.«

Paula wiegt skeptisch den Kopf hin und her. »Und das willst du nun gleich als Zeichen sehen, dass Gott dich nicht mehr braucht? Ist das nicht ein bisschen voreilig?«

Bevor er etwas erwidern kann, klingelt ihr Handy. Paula wirft einen Blick aufs Display und nimmt das Gespräch an. »Hallo, Franca.«

»Seid ihr schon da?«

»Gerade angekommen.« Sie hält das Display so, dass auch Benedikt im Bild ist.

»Hi, Betto«, sagt Franca.

Benedikt winkt in die Kamera.

»Geht ihr jetzt ins Hotel?«, will sie wissen. »Dann gehe ich nämlich mit.«

Benedikt schüttelt den Kopf. »Du hast doch heute Mittag gesagt, dass du uns deine Wunder am liebsten schon morgen zeigen würdest ...«

»Ja. Morgen Abend«, sagt Franca. »Aber ihr könnt ja leider nicht, ihr seid ja noch in Rom.«

»Es gibt eine Planänderung«, erwidert Paula. »Unser Rombesuch ist gestrichen.«

»Was?« Francas Augen werden größer. »Heißt das, ihr kommt jetzt doch früher nach Hause?« Wieder sprengt ihr extrabreites Lächeln beinahe den Handybildschirm.

Paula nickt. »Morgen Abend schaffen wir.«

»Das ist super!«, freut sich Franca.

Paula und Benedikt nicken.

»Willst du uns nicht verraten, worum es geht?«, fragt Paula.

»Lasst euch überraschen«, erwidert Franca. »Es wird auf jeden Fall wundervoll, das verspreche ich euch. Und jetzt muss ich Schluss machen, damit ich alles für morgen organisieren kann. Wir sehen uns!«

»Ja, bis ...«, beginnt Paula, aber da hat Franca das Gespräch bereits beendet. Fragend blickt sie zu Benedikt.

»Du hast es gehört«, sagt er. »Lassen wir uns überraschen.«

Die Rückfahrt nach Molitoni verbringen Benedikt und
Paula meist schweigend. Sie denkt über ihre Doktorarbeit nach, er über Gottes unergründliche Wege.

Paula würde ihn gern aufmuntern, aber sie weiß nur
zu gut, wie es sich anfühlt, wenn man die Hoffnung
auf ein Wunder endgültig aufgeben muss. Benedikt
ist in Modena im Angesicht der Kathedrale das Gleiche widerfahren, was auch Paula erlebt hat. Verlierst
du den Glauben daran, dass ein Wunder möglich ist,
fühlt sich das ein bisschen so an wie all jene Entzau-
berungen, die man als Kind erdulden musste. So ein
Moment ist, wenn man erfährt, dass der Weihnachtsmann oder der Osterhase ebenso erfunden sind wie
Einhörner, Feen und Zauberer.

Sie erreichen Molitoni kurz vor Mitternacht. Paula
bietet Benedikt das Sofa im Erdgeschoss an, aber er
zieht sein Hotelzimmer bei Primo und Letizia vor.

»Ist besser so«, sagt er. »Ich muss nachdenken.«

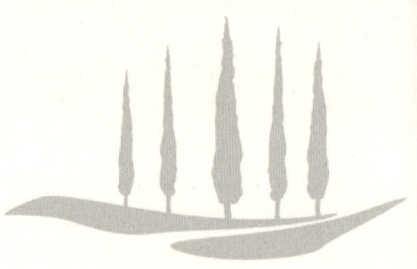

# 27

Franca hat vorgestern mit ihrer Schulklasse eine Exkursion auf den Monte Sogna gemacht. Der Berg liegt landeinwärts, nur zehn Autominuten von Molitoni entfernt. Ein Katzensprung also, es sei denn, man will auf den Gipfel hinauf. Dann muss man für die enge und unübersichtliche Serpentinenstraße nämlich noch mindestens eine halbe Stunde extra einplanen, vor allem, wenn es wie jetzt stockdunkel ist.

Franca behauptet, dass ihre Wunder nur bei Nacht bestaunt werden können, weshalb die drei erst nach dem Abendessen losfahren. Während das Scheinwerferlicht die Bäume und Büsche streift, die den Weg säumen, versuchen Paula und Benedikt ihrer Freundin zu entlocken, was sie auf dem Monte Sogna erwartet. Aber Franca hüllt sich in Schweigen. Erst als im Scheinwerferlicht die Umrisse eines alten Turms erscheinen, lüftet sie ihr Geheimnis. »So, wir sind da. Bei Matteo und Elena Luna. Sterngucker und Weltraumspezialisten.«

»Luna? Heißen die beiden wirklich so?«, fragt Paula.

»Logisch. Warum denn nicht?«, antwortet Franca.

Benedikt stellt den Motor ab, öffnet die Tür und blickt den Turm hinauf. »Da oben sieht man die Sterne bestimmt besonders gut.«

»So ist es«, bestätigt Franca. »Werdet ihr gleich selbst feststellen. Elena und Matteo machen das fast jeden Abend. Sie kennen alle Sterne und wissen, was jeden von ihnen besonders macht. Wusstet ihr, dass der ganze Nachthimmel voller Wunder ist? Und der Weltraum sowieso. Was da oben passiert, ist einfach unglaublich. Im Vergleich dazu sind die Wunder auf der Erde richtig winzig.«

Benedikt legt den Kopf in den Nacken und blickt in den imposanten Sternenhimmel. »Klingt verlockend. Ich bin gespannt, was Elena und Matteo von ihren Entdeckungen da oben so alles erzählen.«

Das leise Quietschen einer Holztür ist zu hören, und am Fuß des Turms erscheint im Gegenlicht die Silhouette einer Frau. »Herzlich willkommen in unserem Weltenturm! Ich bin Elena und habe heute das Vergnügen, euch die Schönheiten dieses Sommerhimmels zu zeigen. Matteo erwartet uns schon. Und zwar 99 Stufen weiter oben.«

Eine winzige Spindeltreppe führt durch die meist aus nur einem Raum bestehenden Etagen des Turms auf eine von mannshohen Zinnen umkränzte Wehrplattform. Man habe sie mal zu Verteidigungszwecken gebaut, erklärt Elena, heute sei sie so eine Art Panoramaterrasse. Tagsüber könne man von hier aus die gesamte Küste überblicken. Bei klarem Wetter seien sogar die Kräne im Hafen von Genua zu erkennen.

Mitten auf der quadratischen Plattform steht ein Teleskop, das die Dimension einer Kanone hat. Es ist auf den Nachthimmel gerichtet. Sieht aus, als wollte jemand versuchen, die Sterne abzuschießen, denkt Paula. Die Idee ist nicht ganz abwegig. Elena ist Astrofotografin und tatsächlich immer auf der Jagd nach spektakulären Weltraumbildern. An den Wänden entlang der Treppen konnten sie beim Aufstieg viele davon bewundern.

Vor dem Teleskop stehen zwei Sonnenliegen. Elena erklärt, dass Matteo und sie im Sommer oft die Nächte hier oben verbringen und den Sternen beim Funkeln zusehen. »Tagsüber hält man es hier oben nicht aus. Die Temperaturen steigen im Sommer oft auf über vierzig Grad. Da hilft dann auch kein Sonnenschirm. Zum Glück ist es im Inneren des Turms immer schön kühl. Nachts hingegen ist es hier draußen herrlich. Bitte, macht es euch bequem.« Sie zeigt auf einen Tisch, auf dem ein Krug Limonade bereitsteht. »Und bedient euch. Selbst gemachte Zitronenlimonade.«

»Die Liegen sind übrigens so ausgerichtet, dass man einen guten Blick auf das Sternbild Perseus und die Perseiden hat«, ergänzt Matteo. »Der Höhepunkt des Sternschnuppenregens ist zwar schon vor ein paar Wochen gewesen, aber mit etwas Glück werden wir heute Nacht noch die eine oder andere Sternschnuppe sehen können.«

»Sollen wir uns eine Liege teilen, oder willst du dich mit mir abwechseln, Franca?«, fragt Paula.

»Nicht nötig, ihr könnt die Liegen gern haben«, antwortet Paulas Sommerfreundin. »Ich möchte lieber durch das Fernrohr gucken. Als wir mit unserer Klasse hier waren, durfte jeder nur ganz kurz in den Weltraum schauen. Matteo hat mir versprochen, dass wir heute mehr Zeit haben. Und ich muss das Fernrohr nicht mit zwanzig anderen Kindern teilen.«

Matteo nickt. »Erkennst du denn noch ein paar von den Sternen, die ich euch gezeigt habe?«

Franca streckt ihren rechten Zeigefinger in den Nachthimmel. »Der hellste ist der da, der Sirius.«

»Sehr gut«, lobt Matteo.

»Und er gehört zum Sternbild Süßer Hund.«

Matteo wiegt freundlich den Kopf hin und her. »Fast. Das Sternbild heißt tatsächlich Großer Hund.«

Elena muss lachen. »Das weiß sie doch, Matteo. Sie hat nur einen Witz gemacht.«

Ein fragender Blick von Matteo, ein keckes Nicken von Franca. »Klar kenne ich den Großen Hund«, sagt sie. »Ich weiß auch, dass es den Großen und den Kleinen Bären gibt, den Drachen und die Eidechse. Und das Sommerdreieck, das aus den hellsten Sternen von drei Sternbildern besteht, und zwar dem Adler, dem Schwan und ...« Franca muss nun doch kurz überlegen.

»Und der Leier«, hilft Elena. »Beachtlich, dass du dir das alles gemerkt hast.«

»Weißt du denn auch, wo man das Sommerdreieck findet?«, fragt Matteo.

»Glaub schon«, antwortet Franca. »Aber Sterneraten ist ein bisschen langweilig. Erzähl uns lieber von all den verrückten Sachen, die da oben passieren. Zum Beispiel, dass mitten in unserer Milchstraße ein riesiges Loch ist. Und dass in diesem Loch alles verschwindet, was ihm zu nahe kommt, sogar das Licht.«

»Okay«, sagt Matteo und überlegt, wo er anfangen soll.

»Und erzähl uns auch von den Billionen Sternen, die es da oben gibt und die niemand zählen kann, weil sie so weit weg sind, dass man selbst mit dem allerschnellsten Lichtgeschwindigkeitsraumschiff Milliarden Jahre brauchen würde, um hinzukommen.« Franca stellt sich an die Brüstung, wo Paula und Benedikt es sich auf den Liegen mit Elenas Limonade bequem gemacht haben und andächtig in den funkelnden Nachthimmel schauen.

»Wusstet ihr«, fährt Franca fort, »dass man mit Lichtgeschwindigkeit in einer Sekunde fast acht Mal die ganze Erde umrunden kann, während das Licht bis zum nächsten Stern außerhalb unseres Sonnensystems mehr als vier Jahre braucht?«

»Du weißt doch, welches Auto ich fahre«, sagt Benedikt und stellt seine Limonade neben die Liege. »Würde ich damit nur einmal die Welt umrunden wollen, dann würde das sogar länger als vier Jahre dauern.«

Franca lacht ihr extrabreites Lachen. »Du meinst, du wärst dann mit dem Gegenteil von Lichtgeschwindigkeit unterwegs?«

Auch Benedikt muss nun lachen. Francas Fröhlichkeit ist ansteckend. »Ja, ich glaube, das trifft es ganz gut.«

»Bevor die Leute wussten, dass unsere Milchstraße aus lauter Sternen besteht, haben sie übrigens gedacht, dass es wirklich Milch ist«, sagt Franca und freut sich darüber, dass Paula extragroße Augen macht. »Die alten Griechen haben sich erzählt, dass es Göttermilch von der Frau von Zeus war. Wie hieß die doch gleich?«

»Hera«, springt Elena ihr bei.

»Genau. Zeus wollte sie austricksen und legte ihr im Schlaf den kleinen Herakles an die Brust. Aber Hera wurde wach, und dabei kam es dann zu einem kleinen Missgeschick. Ihre Milch spritzte in den Himmel, und die Milchstraße entstand.«

»Bravo.« Matteo klatscht dezent in die Hände. »Ich glaube, Elena und ich können es uns jetzt auch bequem machen und deinen Ausführungen weiter lauschen. Du kennst unseren Vortrag ja fast besser als wir selbst.«

»Stimmt nicht!«, widerspricht Franca vehement. »Diese ganzen komplizierten Zusammenhänge, von denen ihr vorgestern gesprochen habt, die müsst ihr selbst erzählen. Davon hab ich nur die Hälfte verstanden.«

»Was genau meinst du?«, fragt Matteo lächelnd. »Dass es im Weltall Trilliarden von Sternen gibt, von denen wir in so einer Nacht wie dieser aber höchstens sechstausend sehen können? Oder dass niemand weiß, ob das Universum unendlich oder endlich ist? Oder dass sich daraus eine Menge verrückter Sachen ergeben?«

»Genau das!«, ruft Franca und wendet sich begeistert wieder Paula und Benedikt zu. »Wusstet ihr, dass wir alle womöglich mehrere Doppelgänger im Universum haben?«

»Ist das so?«, fragt Benedikt verdutzt.

»Ja! Wirklich!«, beharrt Franca.

Nachdenklich schaut er in den Nachthimmel. »Auf irgendeinem dieser Sterne haben sich also heute Abend unsere Doppelgänger getroffen? Und jetzt versuchen sie gerade, uns mit ihrem Teleskop zu beobachten, während sie darüber nachdenken, ob es vielleicht im Universum Doppelgänger von ihnen geben könnte?«

Matteo lacht. »Freut mich, dass Sie der Vorstellung etwas abgewinnen können, Monsignore. Die Theorie paralleler Universen kommt gewöhnlich besonders gut bei Teenagern an. Kleine Kinder mögen Sternbilder und Geschichten vom Mond. Größere hingegen interessieren sich für Supernovae, schwarze Löcher und die Paradoxien der Raumzeit.«

»Haben wir eigentlich eine Chance, das alles zu verstehen?«, fragt Paula skeptisch.

Elena und Matteo ziehen zeitgleich die Schultern hoch.

»Ich würde nicht darauf wetten, dass auch nur ein einziger Mensch das Universum verstanden hat«, antwortet Matteo. »Selbst der geniale Albert Einstein hat zugegeben, dass er viele der von ihm aufgestellten Thesen später widerrufen musste. Die Menschheit sammelt ständig neue Erkenntnisse über das Universum, aber dennoch scheint es, als würden wir von einem einzelnen kleinen Puzzlestück auf das Motiv eines Riesenpuzzles schließen wollen – obwohl wir nicht einmal wissen, ob es nur aus ein paar tausend Teile besteht oder aus unendlich vielen.«

Elena mischt sich ein. »Sie müssen also nicht alles verstehen, was wir Ihnen gleich erzählen. Wir selbst verstehen es nämlich auch nicht. Was genau da oben passiert, das weiß nur der liebe Gott.«

Benedikt merkt auf. »Soll das heißen, den gibt es Ihrer Meinung nach auch irgendwo da oben?«

»Das wissen Sie doch besser als wir«, lacht Matteo.

»Nun, ich nehme es an«, antwortet Benedikt lächelnd. »Aber ich bin überrascht, dass Sie ihn erwähnen. In den wissenschaftlichen Theorien, die ich in letzter Zeit gehört habe, kam er nämlich nicht vor.«

»In der Astronomie ist das anders. Selbst wenn es uns eines Tages gelingen sollte zu verstehen, wie das Universum funktioniert, dann bliebe doch immer noch die Frage, wer all das da oben geschaffen hat«, erwidert Matteo. »Sicher ist, dass es kein Mensch war. Wir bilden uns ja gern viel auf unsere Intelligenz und unsere Fähigkeiten ein, aber die Trillionen von Planeten und alles, was es sonst noch im Weltall zu entdecken gibt, das ist ganz sicher nicht unser Werk. Im Gegenteil. Wir und unser Planet sind nur ein winziges Sandkorn im Universum. Wir bestehen aus Sternenstaub. Das Eisen in unserem Blut und das Kalzium in unseren Knochen sind überall im Weltall zu finden. Und das, was wir kennen, ist wiederum nur ein Bruchteil dessen, was wirklich da draußen existiert. Man schätzt, dass das Universum mindestens einhundert Milliarden Lichtjahre groß ist. Franca hat eben erzählt, dass es nur eine Lichtsekunde braucht, um die Erde fast acht Mal zu umrunden. Wir Menschen vergessen immer, dass wir zwar diesen Planeten beherrschen – oder das zumindest glauben –, aber im kosmologischen Maßstab sind wir völlig unbedeutend. Wenn ich nicht daran glauben würde, dass es einen Gott gibt, dann hätte ich außerdem ziemlichen Bammel, weil ich hier auf einer Kugel stehe, die mit über hunderttausend Stundenkilometer durch die Nacht saust. Wir alle sind demnach mit dem Raumschiff Erde schneller unterwegs als die Astronauten der Apollo 10, die nur eine Geschwindigkeit von vierzigtausend Stundenkilometern erreicht haben.«

»Ist das nicht supercool?« Franca grinst breit. »Und wir müssen uns nicht mal anschnallen.«

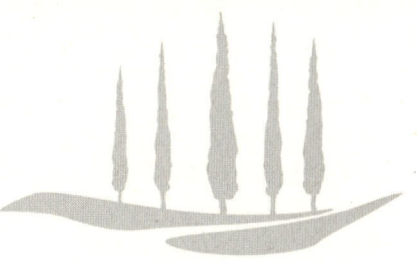

# 28

Erst weit nach Mitternacht sind sie zurück in Molitoni. Franca ist hellwach und plappert ohne Punkt und Komma. Sie will keineswegs ins Bett gehen, sondern sich mit ihren Freunden auf der menschenleeren Piazza über ihre Reiseabenteuer unterhalten. Aber Letizia bleibt hart. Ihre Tochter hat morgen Schule, also muss sie sofort ins Bett.

»Aber das ist nicht fair«, ereifert sich Franca. »Heute ist der letzte Tag von unserer Wunderreise, und ich kann mich nicht mal von meinen Freunden verabschieden.«

»Das könnt ihr doch auch noch morgen erledigen«, beharrt Letizia.

»Außerdem musst du dich noch gar nicht verabschieden«, sagt Paula. »Zumindest nicht von mir. Ich habe nämlich vor, noch eine Weile hierzubleiben und meine Arbeit zu beenden.«

»Ich werde auch nicht gleich morgen früh weg sein«, verspricht Benedikt. »Außerdem hast du recht, wir müssen den Abschluss unserer Reise gebührend feiern. Mindestens mit einem großen Eis. Aber dafür ist es heute ja sowieso zu spät.«

Franca fügt sich nur widerwillig, aber sie fügt sich.

Paula und Benedikt setzen sich an einen der leeren Tische vor dem Hotel und genießen die Stille.

Die alte Steineiche sieht aus, als würde sie im Dämmerlicht der Sterne dösen. Ein leichter Wind vom Meer lässt die Blätter ab und zu leise rascheln.

»Hat sich gelohnt, nach Molitoni zurückzukommen«, sagt Benedikt, den Blick in die Sterne gerichtet. »Ich glaube, ich werde in Zukunft öfter mal in den Himmel schauen. Offenbar kann das einem helfen, die Welt und das eigene Leben nicht immer so ernst zu nehmen.«

Paula nickt nachdenklich. »Ich hab schon immer gern in die Sterne geguckt. Aber ich hab mir nie Gedanken darüber gemacht, wie viele Wunder da oben verborgen sind.«

»Ich auch nicht«, gesteht Benedikt. »Als Theologe befasst man sich leider nur in abstrakter Weise mit dem Himmel.«

»Wenn man Matteo glauben darf, dann passen Theologie und Astronomie erstaunlicherweise sehr gut zusammen«, sagt Paula.

»Ja, aber nicht immer«, erwidert Benedikt. »Im Fall von Galileo Galilei lagen die Dinge ganz anders. Die Kirche ist wahrhaftig nicht mit allem einverstanden, was die Wissenschaft für richtig hält.«

»Ich meinte das auch nur abstrakt«, sagt Paula. »Ich hatte heute die Idee, dass Wunder die menschliche Vorstellung vielleicht ebenso übersteigen, wie es die Gesetze des Universums tun.«

»Guter Gedanke«, sagt Benedikt und zieht die Stirn kraus. »Und ein guter Einstieg in das letzte Kapitel deiner Doktorarbeit. Freut mich übrigens, dass du sie doch noch beenden willst.«

»Ja, wobei ich, ehrlich gesagt, immer noch nicht weiß, was die Quintessenz meiner Recherchen und unserer Reise ist«, erwidert Paula. »Dass Wunder eigentlich unmöglich sind? Dass man sie statistisch kaum erfassen und astronomisch sowieso nicht begreifen kann? Oder dass sie nur eine Erfindung des Menschen sind? Dass sie nur in unseren Köpfen existieren? Dass der Kirche nach zu urteilen, Gott allein für Wunder zuständig ist? Oder dass sie ebenso normal sind wie die uns umgebende Unendlichkeit des Raums?«

»Schreib all das«, schlägt Benedikt vor. »Immerhin ist es die Wahrheit.«

»Ich vermute, meine Professoren hätte gern eine einzige Wahrheit und nicht einen ganzen Strauß davon.«

»Du hast doch gehört, was Matteo eben erzählt hat«, erwidert Benedikt. »Wenn selbst ein Genie wie Einstein darum weiß, dass auch seine Wahrheiten immer nur vorläufig sind, dann kann man von dir erst recht nicht verlangen, dass du die Wunderformel findest.«

»Stimmt. Da hast du recht.« Paula überlegt. »Und du? Welche Erkenntnisse hat dir unsere kleine Reise gebracht?«

»Du meinst, ob ich mit meinem Gott ins Reine

gekommen bin?« Wieder blickt er in den Himmel. »Nein, eher nicht. Aber ich habe beschlossen, dass ich ihm noch eine Chance gebe.« Er versucht ein Lächeln. »Vor allem werde ich natürlich mir noch eine Chance geben.«

»Gut. Dann wäre die Sache mit Gott also geklärt«, nickt Paula. »Aber was ist mit den Menschen? Können die auch auf dich zählen?«

»Du meinst meine Familie?«

Sie schweigt, weil er die Antwort kennt.

»Ja, die können auch auf mich zählen. Ich werde nach Oberalthofen fahren und mit Jana sprechen. Es stimmt, was du gesagt hast. Ich kann sie nicht sang- und klanglos mit meinen Eltern allein lassen. Und das will ich auch nicht. Egal, was gewesen ist, ich möchte ihr sagen, dass ich für sie da sein werde, wenn sie mich braucht. Die Leiterin im Pflegeheim hat gesagt, dass mir nicht mehr passieren kann, als von Jana vom Hof gejagt zu werden. Und das stimmt. Wenn Jana mich nicht braucht, dann kann sie das ja einfach sagen, und ich mache dann eben einfach weiter wie bisher.«

»Guter Plan«, sagt Paula und mustert ihn aufmerksam.

Er bemerkt es. »Was ist? Warum siehst du mich so an?«

»Ich überlege gerade, wovor du mehr Angst hast«, antwortet sie. »Vor deiner Schwägerin oder davor, den Glauben an Gott zu verlieren.«

Er lacht. »Sagen wir mal so: Ich habe nicht das Gefühl, Gott noch etwas schuldig zu sein nach allem, was

266

ich für ihn geopfert habe. Bei meiner Schwägerin ist das anders. Ich glaube, ich schulde ihr zumindest diesen Besuch.«

»Vielleicht hilft Gott dir ja im letzten Moment doch noch mit einem Wunder«, unkt Paula.

Er schüttelt den Kopf. »Dafür ist es zu spät. Ich hätte meinen Bruder gern noch einmal gesehen. Wie soll Gott das anstellen?«

»Na ja, immerhin ist er Gott«, erwidert Paula. »Aber wie auch immer, ich wünsche es dir. Von ganzem Herzen.«

»Danke. Ich wünsche dir auch alles Gute, Kraft und Glück, wo immer du sie brauchst.«

Sie spüren beide, dass ihr Abschied in der Luft liegt. »Wann wirst du abreisen?«, fragt sie.

»Vielleicht morgen Mittag, aber spätestens übermorgen. Wie versprochen, habe ich die Miete für dein Haus bezahlt. Zunächst nur für einen weiteren Monat, aber falls du mehr Zeit brauchst, ruf einfach kurz an.«

»Ich werde dir alles zurückzahlen, wenn ich …«, beginnt Paula, aber Benedikt winkt energisch ab. »Schon gut, mach dir darüber keine Gedanken.«

»Warum willst du eigentlich schon so bald hier weg?«, fragt sie. »Du hast doch Urlaub, oder?«

»Ja, aber ich befürchte, ich bekomme kalte Füße, wenn ich mir zu viel Zeit lasse. Ich möchte meine Pläne sofort in die Tat umzusetzen.«

Sie nickt. Dagegen ist nichts zu sagen. »Werden wir uns denn wiedersehen? Ich meine, du hast ja eben selbst gesagt, dass wir das Ende unserer Reise gebührend feiern müssen. Wir schulden Franca einen richtigen Abschied.«

»Stimmt«, sagt er und überlegt. »Was hältst du davon, wenn wir das im Spätsommer machen? Ich kümmere mich um meine Familie und meinen Kram, du dich um dein Buch. Und in, sagen wir, einem Monat sehen wir uns wieder. Genau hier auf dieser Piazza. Und dann feiern wir zusammen mit Franca, dass das Leben es gut mit uns gemeint hat. Vielleicht haben sich dann ja all die Dinge, die uns heute auf dem Herzen liegen, bereits in Wohlgefallen aufgelöst.«

Sie merkt, dass er nicht nur ihr, sondern auch sich selbst Mut zuspricht. Und sie merkt auch, dass er nicht überzeugt ist von dem, was er sagt.

»Bestimmt«, muntert sie ihn auf. »Und unser Fest auf den Spätsommer zu vertagen, ist eine sehr gute Idee.«

Er nickt. »Dann haben wir eine Verabredung.«

»So ist es«, sagt sie und betrachtet die Steineiche, die langsam mit dem Nachthimmel zu verwachsen scheint.

Aus den Augenwinkeln nimmt sie ein Blitzen wahr. Bevor sie hinsehen kann, ist es verschwunden.

Auch Benedikt hat es gesehen. »War das eine Sternschnuppe?«

»Ich glaube, schon«, antwortet Paula. »Siehst du, auch die Sterne meinen es gut mit uns.«

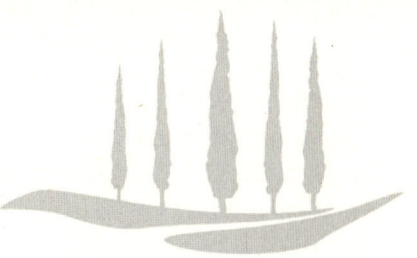

# 29

Paula hat nicht geahnt, wie sehr ihr die Morgenroutine in Molitoni ans Herz gewachsen ist. Die Gartenbank unter dem schattenspendenden Olivenbaum, der mediokre Kaffee aus der Caffettiera, der Blick über die sanften Hügel Liguriens zum Meer, all das hat ihr gefehlt.

Und noch etwas fehlt ihr seit einigen Tagen. Die alte Frau Benedetto. Am Montag hat Paula morgens ein paar Besorgungen erledigt und mittags zusammen mit Franca Betto verabschiedet. Möglich, dass Paula Frau Benedettos täglicher Gang zur Kapelle deshalb entgangen ist. Seit Dienstag arbeitet Paula jedoch wieder täglich an ihrer Dissertation. Heute ist Donnerstag. Die alte Frau ist also schon seit drei Tagen überfällig.

Gerade hat Paula beschlossen, heute Mittag im Dorf nach ihr zu fragen, als Schritte zu hören sind. Wenig später geht, oder vielmehr schleicht, die alte Dame an Paulas Gartenmauer vorbei. Wie immer ist sie ganz in Schwarz gekleidet, allerdings grüßt sie heute nicht. Vielleicht hat sie noch nicht bemerkt, das Paula wieder da ist. Deshalb grüßt sie die alte Dame nun ihrerseits.

Die Signora hält kurz inne und geht dann langsam weiter bis zum Gartentor, vor dem sie stehen bleibt. »Buongiorno«, sagt sie und versucht ein Lächeln.

Sie wirkt müder, gebrechlicher und älter, als Paula sie in Erinnerung hat. Und noch etwas ist anders. Signora Benedetto hat ihren Spaziergang noch nie unterbrochen, schon gar nicht an Paulas Gartentor.

»Wie war Ihre Reise?«, fragt die alte Frau.

»Gut«, antwortet Paula, irritiert darüber, dass sie mehr als den täglichen Gruß über die Lippen bringt.

»Haben Sie gefunden, was Sie gesucht haben?«

Paula schweigt verdutzt. Woher weiß sie davon?

»Betto hat mich am Montag besucht und mir von Ihrer Reise erzählt. Ich war ein paar Tage krank. Eigentlich wollten wir noch gemeinsam in die Kapelle. Aber er hat gesagt, er kommt bald wieder. Dann holen wir das nach.«

Paula steht auf und geht ihrer Besucherin entgegen. Sie hat das Gefühl, dass es unfreundlich und unhöflich wäre, die alte Frau mit ein paar hinübergerufenen Floskeln abzuspeisen. Es ist zwar verwunderlich, dass sie plötzlich mit Paula plauschen möchte, aber auch irgendwie nett. »Um ehrlich zu sein, weiß ich gar nicht so genau, was ich gesucht habe«, sagt sie. »Aber Betto und ich haben spannende Leute getroffen und eine Menge interessante Dinge erfahren. Die Reise war also ganz bestimmt nicht umsonst.«

Paula steht nun auf der anderen Seite der Gartentür, und dabei fällt ihr auf, dass sie der alten Frau noch nie so nahe gekommen ist wie jetzt gerade. Die Signora wirkt kränklich. Vielleicht hätte sie noch ein paar Tage im Bett bleiben sollen.

»Reisen sind nie umsonst«, sagt sie. »Selbst wenn wir unser Ziel nicht erreichen, so lernen wir doch aus ihnen. Ich wünsche Ihnen jedenfalls, dass Sie noch finden, wonach Sie suchen. Was immer es auch sein mag.«

»Das wünsche ich Ihnen auch«, erwidert Paula nachdenklich. Sie erinnert sich daran, dass Betto ihr nicht verraten wollte, wofür die alte Frau jeden Tag in der Santuario della Madonna betet. Aber hat er nicht auch davon gesprochen, dass die Signora für ein Wunder betet? »Ich habe vor dieser Reise sehr lange auf ein Wunder gehofft, aber in dieser Hinsicht kein Glück gehabt.«

»Das tut mir leid«, sagt die alte Frau.

»Nicht weiter schlimm«, erwidert Paula. »Ich habe meinen Frieden damit gemacht. Aber sollte dieses Wunder, auf das ich gewartet habe, noch verfügbar sein, dann hoffe ich, dass es Ihnen widerfährt. Vielleicht ist es ja eine Eigenart von Wundern, dass sie nur jene treffen, die sie wirklich brauchen.«

Auf dem Gesicht der Signora erblüht ein Lächeln. Dabei kommt ihr schlechtes Gebiss zum Vorschein. Sie hat vermutlich mehr Zahnlücken als Zähne im Mund.

Als sie das Gartentor öffnet, muss Paula sich überwinden, nicht zurückzuweichen. Bevor sie versteht, was gerade passiert, hat Signora Benedetto sie bereits in die Arme geschlossen. Fest drückt sie Paula an sich.

Die ist zwar überrascht, empfindet die Umarmung aber nicht als unangenehm. Und das, obwohl die alte Dame nach Krankheit und Alter riecht, was auch ein zarter Duft von Rosenseife nicht überdecken kann.

»Grazie mille«, flüstert Signora Benedetto.

Zwei, drei Atemzüge lang stehen sie einfach nur so da, dann löst sie die Umarmung, lächelt ein letztes Mal, dreht sich um und setzt ihren Spaziergang fort, als wäre nichts gewesen.

Paula schaut ihr verdutzt hinterher. Seltsam, dass die schweigsame und zurückhaltende Signora plötzlich solch überschwängliche Gefühle zeigt. Ob auch das Betto zu verdanken ist? Offenbar hat er die Gabe, Menschen Zuversicht zu geben, obwohl er selbst nur wenig davon besitzt. Sie wünscht ihm von ganzem Herzen, dass sein Mut belohnt wird. Sie hat gehofft, dass er sich nach dem Besuch bei seiner Schwägerin melden würde, aber bisher hat sie noch kein Lebenszeichen von ihm bekommen.

Mit einem großen Kaffee, den sie braucht, um die überraschende Begegnung mit Signora Benedetto zu verdauen, macht Paula sich wieder an die Arbeit.

Als die alte Dame gegen Mittag noch nicht zurück ist, denkt Paula sich nichts dabei. Vermutlich hat sie in den Tagen ihrer Krankheit die Stille und Andacht der Kapelle vermisst und bleibt deshalb heute länger.

Aber dann wird es Nachmittag, und Paula überlegt, ob die Signora überhaupt Proviant bei sich hatte. Ist es nicht viel zu warm, um da oben stundenlang ohne

Wasser zu sitzen? Vor allem, wenn man so alt ist wie die Signora. Was, wenn die Frau vor Hunger und Durst ohnmächtig geworden ist? Es könnte Tage dauern, bis jemand zufällig bei der Kapelle vorbeischaut und sie findet.

Paula versucht sich zu beruhigen, aber die leise Stimme in ihr gibt keine Ruhe. Also holt sie kurz entschlossen eine Flasche Wasser, ein Stück Brot und ein paar Tomaten aus dem Haus und macht sich auf den Weg.

Malerisch thront die Kapelle in der Nachmittagssonne. Das Kreuz auf der Giebelspitze ragt in den blauen Himmel. Es scheint im Sonnenlicht zu glimmen.

Die Eingangstüren stehen offen. Wie auch bei Paulas letztem Besuch hat sich die alte Dame in eine der beiden Kirchenbänke gesetzt, die direkt vor dem Altar stehen. Paula überlegt, ob sie wieder auf der Sitzbank neben der Kapelle warten soll, bis die Andacht der Signora beendet ist. Aber das kann dauern. Andererseits möchte sie die betende Frau nicht stören. Außerdem war Paulas Sorge offenbar unbegründet. Die Signora sitzt an ihrem Platz, es geht ihr also bestens.

Unschlüssig steht Paula vor der offenen Tür, sieht ins Innere der Kapelle und beobachtet die im Gebet versunkene Frau.

Alles scheint in Ordnung zu sein, und dennoch gibt Paulas innere Stimme keine Ruhe. Sie flüstert ihr zu, dass in diesem Raum irgendetwas nicht stimmt.

Paula braucht einen Moment, um daraufzukommen, was es sein könnte. Dann begreift sie, dass in der Kapelle absolute Stille herrscht. Draußen geht kein Lüftchen, Paula selbst hält den Atem an, und auch die Frau vor dem Altar gibt keinen Laut von sich. Nicht das leiseste Atemgeräusch ist zu hören. Rein gar nichts.

Vorsichtig und mit einem unheilvollen Gefühl macht Paula ein paar Schritte in Richtung Altar.

Als sie in Höhe der Signora ist und deren Gesicht von der Seite sehen kann, erschrickt Paula.

Signora Benedetto ist im Gesicht nicht nur weiß wie die Wände der Kapelle. Ihre Wangen sind obendrein eingefallen, so wie man es von kranken oder sehr ausgezehrten Menschen kennt – oder von Verstorbenen.

Paula spürt leise Panik in sich aufsteigen, als sie einen weiteren Schritt nach vorn macht und dabei sieht, dass sich die alte Frau nicht in stiller Andacht gegen das Seitenteil der Bank gelehnt hat, sondern weil es ihr vermutlich nicht gut ging. In der Ecke der Bank hat sie Schutz und Halt gesucht, nicht ahnend, dass ihr Schwächeanfall ein Vorbote ihres nahen Todes sein würde. Denn genau das denkt Paula. Dass Signora Benedetto tot ist. Gestorben beim Beten für ein Wunder. Auch dieses Gebet scheint nicht erhört worden zu sein, stellt sie traurig fest.

Paula zieht ihr Handy aus der Tasche und wählt den Notruf. Während sie auf die Verbindung wartet, berührt sie die kalkweißen Hände der Signora. Sie sind eiskalt und fühlen sich steif an. Paula ist keine Ärztin, aber ihrer Meinung nach muss sich der Notarzt nicht beeilen. Die Signora ist vermutlich schon seit Stunden tot. Sonst hätte die Leichenstarre noch nicht einge-setzt.

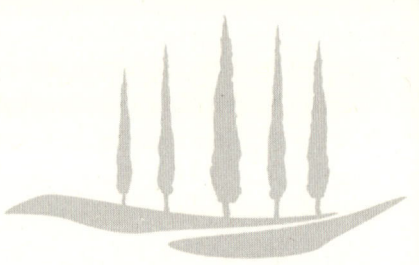

# 30

Er hat den Volvo am Rande des Wäldchens geparkt, in dem er früher oft mit Asko gewesen ist. Der tägliche Spaziergang mit dem Schäferhund, den sein Vater gekauft hatte, um Haus und Hof zu bewachen, war zwar nur ein Vorwand gewesen, um in Ruhe nachdenken zu können, aber den Hund störte das nicht. Er trieb sich sowieso am liebsten allein im Unterholz herum, wo er irgendwelchen Fährten folgte. Benedikt mochte ihn, weil Asko ebenso ein Einzelgänger war wie er selbst. Der Hund verbrachte seine Tage ansonsten damit, an einer langen Leine zu liegen und jeden anzubellen, der den Hof betrat. Manchmal fragte Benedikt sich, ob es Asko gefiel, gebraucht zu werden und seinen Platz in der Welt zu kennen, oder ob er heimlich davon träumte, frei zu sein.

Den Hund gibt es längst nicht mehr, denkt er. Er war schon damals nicht mehr jung. Und auch der Wald von einst ist kaum wiederzuerkennen. Er steht zwar immer noch an Ort und Stelle und ist immer noch von den gleichen Wiesen und Äckern umringt. Vermutlich hat er sich kaum verändert. Trotzdem hat Benedikt ihn völlig anders in Erinnerung. Größer und geheimnisvoller. Vielleicht liegt das aber auch nur daran, dass er diesen Ort damals anders empfunden hat.

Vom Waldrand aus kann er sein Elternhaus sehen. Details sind nicht zu erkennen, aber schon früher hat er von hier aus beobachtet, wenn jemand vom Wohnhaus in die Schreinerei ging oder ein Kunde oder Lieferant auf den Hof fuhr.

So wie jetzt. Er sieht, dass sich ein Auto nähert. Ein kleiner, praktischer Familien-Van mit Schiebetüren. Die Leute in dieser Gegend mögen praktische Dinge. Vielleicht fährt auch Benedikt einen praktischen Kombi, weil er hier aufgewachsen ist. Deine Herkunft ist wie die erste Liebe, denkt er. Ob du ihr bis ans Lebensende treu bleibst, dich von ihr abwendest oder sie verleugnest, bleibt dir überlassen. Aber du kannst nicht ändern, dass es sie gibt. Und manchmal blitzt sie in dir auf wie Wetterleuchten.

Das Auto rollt auf den Hof und parkt neben dem Haus. Eine Frau steigt aus. Benedikt kann ihr Gesicht nicht erkennen, aber er weiß, dass es Jana ist.

Sie öffnet den Kofferraum, der mit Einkäufen gefüllt ist. Als sie die Taschen heraushebt und sich damit zum Haus wenden will, fällt ihr der blaue Volvo am Waldrand auf. Er hat das mulmige Gefühl, dass sie ihn direkt ansieht. Dabei kann sie ihn ebenso wenig erkennen wie er sie. Vermutlich wundert sie sich nur über den fremden Wagen, der da oben am Waldrand steht.

Ein, zwei Atemzüge lang steht sie einfach nur da und sieht zu ihm herüber. Dann wendet sie sich ab.

Als Benedikts Wagen wenig später ebenfalls auf den

Hof rollt, müht sie sich gerade mit einer Getränkekiste ab.

»Lass mich das doch machen«, sagt er beim Aussteigen. Es ist ein seltsamer erster Satz nach so vielen Jahren der Stille.

Das scheint auch Jana zu denken, denn sie stellt die Kiste ab und sieht ihn eine Weile an. Dann sagt sie: »Du hast lange nichts von dir hören lassen.«

Er will sich nicht mit Erklärungen aufhalten. Einerseits. Andererseits hat er Angst davor, dass dieses Gespräch schneller beendet sein könnte, als ihm lieb ist. »Ich weiß. Aber jetzt bin ich hier«, sagt er. »Und ich möchte dir meine Hilfe anbieten.«

»Du willst mir bei den Limonadenkästen helfen?«, erwidert sie. Es klingt nicht spöttisch, eher amüsiert.

»Auch«, antwortet er wahrheitsgemäß. »Ich habe mit Schwester Alma gesprochen und weiß, wie es um meine Eltern steht. Sie meinte, du könntest Hilfe gebrauchen.«

Sie nickt bedächtig. »Möchtest du vielleicht einen Kaffee?«

»Sehr gern«, antwortet er und bückt sich nach der Getränkekiste, erleichtert darüber, dass sie ihn nicht gleich abgewiesen hat.

Wenig später sitzen sie auf der Terrasse hinter dem Haus. Es hat diesen Anbau damals ebenso wenig gegeben wie den Carport oder das Gartenhäuschen. Überhaupt hat sich das Haus im Laufe der Jahre so verändert, dass es kaum wiederzuerkennen ist.

»Du kannst dir sicher vorstellen, dass seit deinem Weggang eine Menge passiert ist«, beginnt sie.

»Ich bin einigermaßen im Bilde«, sagt er.

»Ach ja?«

»Mutter hat mich halbwegs auf dem Laufenden gehalten. Wir haben telefoniert und uns hin und wieder gesehen. Wenn es möglich war.«

»Du meinst, wenn ihr es so einrichten konntet, dass hier niemand Wind davon bekommen hat.«

Er nickt.

»Dann weißt du also von Theos Tod.«

»Mutter hat mir von seinem Unfall erzählt.«

»Warum bist du nicht zur Beerdigung gekommen?«

»Mutter meinte, Vater würde das ganz sicher nicht wollen, weil ich seiner Meinung nach eine Mitschuld an Theos Tod hätte. Wäre ich damals geblieben und hätte er nicht alles allein machen müssen, dann wäre vielleicht alles anders gekommen.«

»Das hat sie gesagt?«

Er nickt. »Ich war deshalb erst nach der Beerdigung an seinem Grab. Um sicherzugehen, dass mich keiner sieht, bin ich im Morgengrauen gekommen.«

»Deine Mutter hat dich also auf dem Laufenden gehalten, dir allerdings nur die Version deines Vaters erzählt.«

»Wie meinst du das?«, fragt er irritiert.

»Theo hatte bei der Arbeit einen Herzinfarkt und ist unglücklich in die Kreissäge gefallen. Aber das lag nicht daran, dass er überarbeitet war. Er hatte schon jahrelang Probleme mit dem Herzen. Doch statt abzunehmen, Sport zu treiben, weniger Fleisch zu essen und mit dem Rauchen aufzuhören, hat er die Ärzte zu Idioten erklärt und so weitergemacht wie bisher. Er war eben auch in dieser Hinsicht wie euer Vater.«

»Deshalb habe ich so lange nichts von mir hören lassen«, sagt er. »Ich wollte nicht noch mehr Salz in die alten Wunden streuen.«

»Also, wenn du mich fragst, dann sind die alten Wunden längst verheilt. Das galt auch für Theo. Nur euer Vater hat es nie verwunden, dass du dich damals gegen ihn gestellt hast. Oder er wollte nicht zugeben, wie sehr es ihn geschmerzt hat, dich zu verlieren.«

Benedikt spürt, dass die Angst, die ihm auf dem Weg nach Oberalthofen das Herz schwerer und schwerer gemacht hat, langsam verschwindet. Es kommt ihm vor, als würde sich das schwere Unwetter, das über ihm lag, in letzter Minute doch noch verflüchtigen.

»Aber da wir gerade von eurem Vater sprechen«, fährt Jana fort. »Ich könnte tatsächlich deine Hilfe gebrauchen …«

»Ich beteilige mich auch gern an den Kosten für die Pflege.«

»Nicht nötig«, winkt sie ab. »Die beiden haben etwas gespart, und ich konnte die Schreinerei nach Theos Tod zu einem guten Preis verpachten. Wir kommen klar.«

»Was ist es dann?«, fragt er.

»Es geht um deinen Neffen. Malte. Du hast ihn leider nie kennengelernt. Er wird im Frühling einundzwanzig und möchte gern in München studieren. Übrigens ausgerechnet Philosophie.« Sie lächelt. »Theo hat Malte manchmal mit dir verglichen, weil er auch ein bisschen introvertiert und ziemlich klug ist.«

Benedikt merkt, dass ihm die Tränen kommen. Rasch schluckt er sie hinunter. »Ich kann ihm gern in München helfen, falls es das ist, was du dir vorstellst.«

Sie nickt begeistert, horcht im selben Moment auf, weil ein Moped auf den Hof knattert. »Das ist ja ein Zufall. Da kommt er gerade. Dann kann ich euch ja gleich mal einander vorstellen.«

»Gern«, freut sich Benedikt, der immer noch mit den Tränen kämpft.

Die Haustür ist zu hören, dann Schritte im Gang.

Benedikt weiß nicht, warum, aber zufällig fällt in diesem Moment sein Blick auf das Kruzifix, das neben der Tür hängt. Es könnte schwören, dass es eine Miniatur jenes Gekreuzigten ist, der in der Kirche von Oberalthofen einst das Wort an ihn richtete. Seltsam, denkt er und verharrt bei dem Kreuz, als ein junger Mann das Zimmer betritt.

»Wir haben Besuch«, hört er Jana sagen. »Das ist dein Onkel Benedikt.«

»Guten Tag«, hört er eine Stimme sagen, die ihm seltsam bekannt vorkommt.

Als er den Kopf wendet, um seinen Neffen zu betrachten, stockt ihm der Atem, und er glaubt, dass im selben Moment die Klammer um sein Herz mit einem lauten Krachen zerbirst. Augenblicklich füllen sich seine Augen mit Tränen. Er kann nicht glauben, was er sieht.

Vor ihm steht Theos Sohn, doch es kommt ihm vor, als wäre es Theo selbst. Die Ähnlichkeit ist nicht nur vage, sondern geradezu bestürzend. Es ist, als stünde Theo vor ihm, in jenem Alter, als er ihn zuletzt gesehen hat.

Benedikt schließt die Augen und senkt den Blick. Seine Tränen tropfen auf den Teppich. »Entschuldigung«, flüstert er.

Er spürt Janas Hand auf seiner Schulter. »Ist schon gut«, sagt sie. »Ich weiß genau, was in dir vorgeht.«

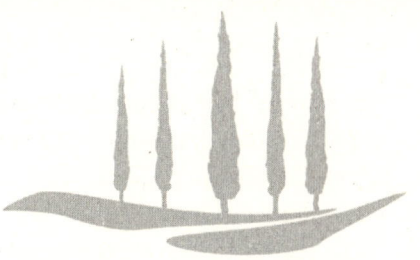

# 31

»Buongiorno, Signora Walther«, sagt der freundliche Dorfpolizist. »Ich hoffe, ich komme nicht ungelegen. Hätten Sie vielleicht noch einmal ein paar Minuten Zeit für mich?«

Paula nickt höflich. »Aber sicher, kommen Sie herein, Signor Riva.«

Er rückt sein Holster zurecht, bevor er das Tor öffnet und den Garten betritt. Paula holt derweil eine Tasse aus dem Haus, weil sie schon weiß, dass er einen Kaffee nehmen wird. Das hat er bislang bei jedem seiner Besuche getan. Und weil sie eben erst die frisch gefüllte Caffettiera auf den Tisch gestellt hat, wird er das bestimmt auch heute tun.

Seit dem Tod der Signora sind zwei Wochen vergangen. Sie ist schon nach wenigen Tagen beerdigt worden. Bis auf den Pfarrer, den Carabiniere und Paula ist niemand erschienen, um ihr die letzte Ehre zu erweisen. Paula hat zwar kurz überlegt, ob sie Benedikt informieren soll, ist dann aber zu dem Schluss gekommen, dass der sich momentan um seine Familie und sich selbst kümmern sollte.

Der Polizist ist seit ihrem Tod damit beschäftigt,

ihren Nachlass zu sichten, um herauszufinden, ob es Angehörige gibt. Bislang ohne Erfolg. Paula weiß das, weil Signor Riva ihr hin und wieder erzählt, wie die Ermittlungen laufen. Ob er das aus Langeweile tut oder weil er einen Vorwand braucht, um sie zu besuchen, hat sie noch nicht herausgefunden. Jedenfalls hat der Carabiniere bisher wenig über die Verstorbene in Erfahrung gebracht. Giulia Benedetto bleibt auch nach ihrem Tod so geheimnisvoll, wie sie es zu Lebzeiten war. Entsprechend brodelt im Dorf die Gerüchteküche.

Der Carabiniere nippt am Kaffee und nickt zufrieden. Ihm schmeckt das starke und bittere Gebräu ganz offensichtlich. Vielleicht haben sie ja auf der Wache noch schlechteren Kaffee, denkt Paula.

»Es gibt interessante Neuigkeiten«, beginnt er und nippt erneut, um es spannend zu machen. »Ich wollte, dass Sie es als Erste erfahren. Immerhin waren ja Sie es, die die Signora gefunden hat. Wer weiß, wie lange sie noch da oben gelegen hätte, wenn Sie ihr nicht gefolgt wären. Es ist gut, wenn die Menschen aufeinander achten.«

Er hat das schon ein paar Mal erwähnt. Paula vermutet, dass es ihm viel Arbeit erspart, wenn alle im Dorf aufeinander achten, weil es dann die Polizei nicht tun muss. »Sie machen mich neugierig«, sagt sie.

Er lächelt zufrieden. »Es gab da eine Spur, die nach Deutschland führte«, sagt er und gefällt sich in der Rolle des erfolgreichen Ermittlers. »Ich habe deshalb die Kollegen um Amtshilfe gebeten und ein paar sehr interessante Informationen bekommen. Man könnte sagen, ich habe jetzt alle fehlenden Puzzlestücke beisammen.«

»Machen Sie es nicht so spannend«, sagt Paula. »Wer war die geheimnisvolle alte Dame?«

»Damit fängt es schon an«, sagt er. »Sie war nicht alt.«

»Ich dachte, sie wäre steinalt«, erwidert Paula.

»Das dachten alle hier. Aber sie war tatsächlich erst dreiundsechzig. Sie hat eine bewegte Vergangenheit in der Drogenszene von Mailand hinter sich. Die jahrelange Abhängigkeit und das Leben auf der Straße haben sie gezeichnet. Erst im fortgeschrittenen Alter hat sie den Absprung geschafft. Nach Molitoni ist sie gekommen, um Ruhe zu finden. Und weil sie hier keiner kannte.«

Immer wieder erstaunlich, was man den Menschen alles nicht ansieht, denkt Paula. Nicht im Traum hätte sie daran gedacht, dass die vornehme alte Signora einst drogenkrank war. »Aber warum haben Sie die deutschen Kollegen um Amtshilfe gebeten, wenn die Signora in Mailand gelebt hat?«

»Bevor sie nach Mailand kam, war sie in der Berliner Drogenszene aktiv«, antwortet er. »Sie kommt eigentlich aus Berlin. Ihr richtiger Name ist Julia Benedikt, und ich glaube, dass sie die Stadt verlassen hat, um nach der Geburt ihres Kindes ganz neu anzufangen.«

»Und Sie haben dieses Kind gefunden?«

»Noch nicht, aber ich arbeite daran«, antwortet er.

»Bislang weiß ich nur, dass es sich um ein Mädchen handelt, in Berlin geboren am 3. Januar 1994.«

Paula merkt, dass ihr Herzschlag vor Schreck kurz aussetzt. »Wie war das?«

»Ein Mädchen, geboren am 3. Januar 1994«, wiederholt er. »Es gibt nur ein Kind, das an diesem Tag in Berlin anonym geboren wurde. Jetzt muss ich noch herausfinden, ob es adoptiert wurde oder in ein Heim gekommen ist, aber die Kollegen sagen, das dürfte nur eine Frage der Zeit sein.« Er sieht, dass Paula plötzlich ganz blass geworden ist. »Alles okay mit Ihnen?«

Sie nickt.

»Wirklich?«

»Ja, ich finde die Geschichte nur sehr spannend. Und zugleich auch sehr rührend.«

Er nickt wissend und zieht einen Brief aus seiner Uniformjacke. »Wenn Sie die Geschichte schon rührend finden, dann lesen Sie mal diesen Brief. Ich muss zugeben, mir sind die Tränen gekommen«, sagt er und legt das Kuvert auf den Tisch. »Sie hat ihn an ihr Kind geschrieben. Ich habe ihn unter ihrem Kopfkissen gefunden.«

Paula zögert kurz, dann legt sie einen Finger auf den Brief und zieht ihn langsam zu sich heran, als hätte sie Angst, er könnte sich jeden Moment in Luft auflösen. Sie muss ein paar Tränen herunterschlucken, als sie das Papier entfaltet und liest. Aber es hilft nichts. Schon nach den ersten Worten fließen ihre Tränen.

Mein geliebtes Kind,

eines Tages, ich bin mir so sicher, werden Dich diese Zeilen erreichen. Aber dann werde ich diese Welt bereits verlassen haben. Auch wenn das Wunder, für das ich so lange gebetet habe, mir zu Lebzeiten verwehrt blieb, so glaube ich doch an Wunder und weiß, dass Dich dieser Brief auf ungeahnten Wegen finden wird. Wenn ich im Laufe meines Lebens eins gelernt habe, dann das: Wir haben keinen Einfluss darauf, den Augenblick zu bestimmen, wann uns ein Wunder erreichen wird, jedoch können wir uns jederzeit bereithalten, es zu empfangen.

Ich stehe nun am Ende meines Lebens und blicke zurück. Ist es nicht so, dass Sterbende meist kurz vor ihrem Tod auf ihr Leben zurückblicken und mit den Menschen, mit denen sie in besonderer Liebe verbunden sind, Frieden schließen möchten? Ich bin da keine Ausnahme, und ich bin Dir außerdem eine Erklärung schuldig.

Seit dem Tag meiner Diagnose habe ich dafür gebetet, Dich noch einmal in meine Arme zu schließen, so wie ich es kurz nach Deiner Geburt getan habe, als ich Dich für einen Atemzug lang an mein Herz drücken und die Wärme und Verbundenheit spüren durfte, die eine Mutter für ihr Kind empfindet. Mein Herz war erfüllt von einer unbeschreiblichen Liebe. Bis heute bin ich Dir für diesen Augenblick dankbar. Ich durfte durch Dich erleben, was es bedeutet zu lieben. Als sie Dich mir wegnahmen und zur Adoption freigaben, hasste ich mich für meine Schwäche.

*Als ich erfuhr, dass ich mit Dir schwanger war, war ich fest davon überzeugt, dass ich es schaffen könnte. Ich träumte von einem ganz normalen Leben mit Dir. Du warst meine Chance, meine Hoffnung, dass ich etwas Besseres verdient habe und aus meinem Leben etwas machen könnte. Mit Dir würde ich die Kraft haben, meinem Leben eine neue Richtung zu geben. Ich habe das so sehr gehofft, das musst Du mir glauben!*

*Doch schon sehr bald wurde mir klar, dass ich bereits zu tief drinsteckte in einer Spirale aus Sucht und Gewalt. Meine Reise in die Nacht war zu diesem Zeitpunkt schon zu weit fortgeschritten. Für mich gab es einfach kein Zurück mehr.*

*Daher traf ich die schwerste Entscheidung meines Lebens. Und ich redete mir ein, dass ich keine Wahl hätte, wenn Du die Chance auf ein besseres Leben fernab von meiner Dunkelheit und meinen inneren Dämonen bekommen solltest – das, was Du verdient hattest.*

*Wie lange habe ich mich für diese Schwäche gehasst.*

*Du warst das Wertvollste, das das Leben mir geschenkt hat – und doch habe ich es nicht annehmen können.*

*Es gab keine Sekunde, in der ich nicht an Dich gedacht habe. Mir vorgestellt habe, wie Du wohl aussiehst. Mit jedem Atemzug erinnerte ich mich an Dich. An das, was ich verloren hatte. Ich verließ Berlin und damit mein altes Leben. Aber es sollten noch viele*

*Jahre vergehen, bis ich mir selbst vergeben konnte. Das war mein Weg aus der Dunkelheit ins Licht.*

*Ich habe mich oft damit getröstet, dass Du in einem schönen Zuhause aufwachsen würdest, umsorgt von Menschen, die Dich lieben und schätzen. Das hielt mich aufrecht.*

*Bitte, vergib mir, mein kleines Mädchen. Verzeih mir, dass ich nicht stark genug war.*

*Du hast bestimmt ein wundervolles Leben, voller Glück und Liebe. Ich hoffe so sehr, dass am Ende meines schweren Lebens die Gewissheit steht, dass nicht alles umsonst war und es sich gelohnt hat, diesen Weg zu gehen. Aber mehr noch wünsche ich mir, dass Du weißt, dass Du immer in meinem Herzen warst und auch bleibst, über die Grenzen dieser Welt hinaus.*

*Vergib mir, bitte.*
*Deine Mutter*

Ohne hochzusehen, legt Paula das Blatt zurück auf den Tisch. Ihre Tränen tropfen zu Boden. Sie schluchzt laut.

Signor Riva legt ein Taschentuch auf den Tisch und wartet geduldig, bis sie sich ein wenig beruhigt hat.

»Ich habe mich daran erinnert, dass ich dieses Datum schon einmal gesehen habe«, sagt er. »Und dann ist mir auch eingefallen, wo. Im Protokoll. Da ist Ihr Geburtsdatum vermerkt.«

Sie sieht ihn durch einen Tränenschleier an.

»Haben Sie gewusst, dass sie Ihre Mutter war?«

Paula schüttelt den Kopf. »Ich habe jahrelang nach ihr gesucht«, flüstert sie.

Er muss schlucken. »Wirklich?«

Sie nickt unter Tränen.

Auch seine Augen bekommen einen feuchten Glanz. Er blickt in den Himmel. »Das Leben geht manchmal seltsame Wege.«

# 32

Es ist Herbst geworden in Molitoni. Die Nächte werden langsam kühler, und die Sonne verliert mit jedem Tag mehr und mehr an Kraft. Es ist, als wäre sie müde, weil der lange, heiße Sommer so anstrengend war. Dass der Herbst sich in ihre warmen Farben kleidet, wirkt da fast wie eine Verbeugung vor ihrer großer Leistung.

Auch die Steineiche auf der Piazza vor dem Hotel Primo hat ihr kräftiges Grün gegen leuchtendes Goldgelb und zartes Rotbraun eingetauscht – als würde sie all das Licht und die Farbe, die sie in den letzten Monaten bekommen hat, nun zurückzahlen.

Seit dem frühen Abend sitzen Paula, Franca und Betto allein auf der Hotelterrasse. Offiziell ist sie abends geschlossen. Wer mag und wem es nicht zu kühl ist, der darf sich gern drinnen ein Getränk besorgen und es sich damit auf der Terrasse bequem machen.

Heute ziehen es die wenigen Hotelgäste vor, drinnen zu bleiben. Dabei kann man es mit einer Decke und einem von Betto zubereiteten Festmahl draußen sehr gut aushalten.

Sie haben Bruschetta gegessen, ein kross geröstetes

Brot mit Tomatenwürfeln, Knoblauch, Basilikum und natürlich bestem Aceto aus Modena. Danach gab es Tortelli di zucca, frische Pasta mit einer besonderen Kürbisfüllung. Und schließlich hat Betto Franca und Paula mit selbst gemachtem Eis überrascht. Ein Lavendeleis, hergestellt nach jenem Rezept, das Paula in Avignon besorgt hat. Franca, ganz aus dem Häuschen über die neue Eiskreation, hat geschworen, dass sie ihren Vater so lange bearbeiten wird, bis er das Dessert auf die Karte setzt. Nicht ganz uneigennützig, versteht sich.

Beim Essen haben sie darüber gesprochen, wie sie den Rest des Sommers verbracht haben.

Franca hat nach dem Besuch bei Matteo und Elena ihre Liebe zur Astronomie entdeckt und investiert nun einen beträchtlichen Teil ihres Taschengeldes in entsprechende Sachbücher. Den Rest spart sie, um sich irgendwann ein eigenes Teleskop zu kaufen. Sie hofft, dass es mit ein bisschen Glück vielleicht schon Weihnachten so weit sein könnte.

Paula hat nicht nur ihr Buch beendet, sondern sich auch von ihrer Mutter verabschiedet. Täglich war sie auf dem kleinen Friedhof von Molitoni, um frische Blumen auf das schlichte Grab zu stellen.

Signor Riva hat ihr inzwischen die wenigen Habseligkeiten ihrer Mutter übergeben. Sie passten in einen Schuhkarton. Die Miete für das winzige Haus, in dem sie lebte, wurde von einem sozialen Hilfsdienst gezahlt. Der hatte auch das Inventar besorgt. Nicht nur die Möbel, auch das Küchengeschirr und alles andere war geliehen oder gebraucht angeschafft worden. Selbst die Kleider, die ihre Mutter am Leib trug, stammten aus der Altkleidersammlung.

Paula fand es zunächst bedrückend, dass ein ganzes Leben in einen Schuhkarton passt, aber inzwischen hat sie erkannt, dass ihre Mutter sich am Ende ihrer Reise nur noch auf das Wesentliche konzentrieren wollte, auf ihren Glauben und ihren Seelenfrieden.

Außer dem Brief, den Paula bereits kennt, befanden sich ein schlichter Rosenkranz und drei handgeschriebene Bücher im Nachlass: die Erinnerungen ihrer Mutter. Weil Paula sich gebührend Zeit nehmen möchte, um sie zu lesen, hat sie die Bücher wieder sorgsam verstaut und nicht sofort mit der Lektüre angefangen – was nicht ganz einfach war, weil sie natürlich vor Neugierde brennt. Aber es ist besser, die Sache nicht zu übereilen. Nach ihrer Promotion, wenn die Tage kürzer werden, wird sie die nötige Muße haben.

Auch Betto will sich im Winter mit der Geschichte seiner Familie befassen. Jana hat ihre alten Fotoalben geöffnet und begonnen, ihm zu erzählen, was in den letzten drei Jahrzehnten so alles passiert ist. Aus der Zeit nach der Jahrtausendwende gibt es nicht nur Fotos, sondern auch Filme, aber die muss sie erst suchen und sichten, denn sie schwirren zusammen mit Tausenden von Schnappschüssen in irgendeiner Datenwolke herum.

Um mehr Zeit für sich und die Familie zu haben, ist Betto mit Ignaz übereingekommen, dass sie sich bis Ende des Jahres die Arbeit in der Gemeindeleitung teilen werden. Ignaz war sofort Feuer und Flamme für den Vorschlag.

Betto hat inzwischen Janas Bitte erfüllt und Malte geholfen, in München Fuß zu fassen. Um ihm nicht auf die Nerven zu gehen, lädt er seinen Neffen von Zeit zu Zeit zum Essen ein. Bei dieser Gelegenheit kann Benedikt unauffällig nachfragen, ob es Probleme gibt, bei denen er helfen kann. Meistens ist das nicht der Fall, aber ab und zu ist er doch gefragt, etwa bei der Vorbereitung eines Essens, das Malte zum Einzug in seine WG gegeben hat. Am Ende war es ein Festmahl, wie es eher selten in Studentenwohnungen serviert wird.

Überhaupt sind Benedikts Kochkünste neuerdings gefragt. Er hat probeweise Frau Hackenberg bekocht, und die ist so angetan vom Ergebnis, dass sie beim nächsten Weihnachtsbasar nicht nur Kuchen, sondern auch Herzhaftes anbieten möchte. Nebenbei hofft sie vermutlich auf weitere Abende, an denen sie von Benedikt probebekocht wird.

»Mama sagt, wenn du mal keine Lust mehr hast, für Gott zu arbeiten, dann kannst du jederzeit bei ihr in der Küche anfangen«, sagt Franca und gähnt herzhaft. Es ist bald Mitternacht, und je später es wird, desto kürzer werden die Intervalle, in denen Paulas Sommerfreundin mit Müdigkeitsanfällen zu kämpfen hat.

»Ich glaube, du musst langsam mal ins Bett«, sagt Paula.

Franca schüttelt müde den Kopf. »Ist gerade so schön hier. Ich bin auch noch gar nicht müde.« Sie will das sofort sich anschließende Gähnen unterdrücken, aber es gelingt ihr nicht.

»Ich habe übrigens noch ein Geschenk für dich«, sagt Benedikt. »Du bekommst es aber erst, wenn du ins Bett gehst.«

Franca ist kurzzeitig wieder hellwach. »Das ist gemein!«, beschwert sie sich. »So was nennt man Erpressung.«

»Nein. In diesem Fall liegt die Sache anders«, entgegnet er. »Es ist wirklich so, dass du dieses Geschenk erst bekommst, wenn du ins Bett gehst. Ich hab das mit deinem Vater so besprochen.«

»Clever von euch«, sagt sie, gibt sich dann aber doch geschlagen. »Na gut. Dann putze ich mir jetzt die Zähne, und inzwischen kannst du Paps ja sagen, dass ich mir mein Geschenk verdient habe.«

»Einverstanden«, sagt Betto.

Franca läuft zum Haus, dreht sich noch einmal um. »Gute Nacht!« Und weg ist sie.

Stille. Benedikt nippt an seinem Wasser und freut sich.

»Was ist es denn?«, fragt Paula neugierig.

Er will gerade antworten, aber da ist in der oberen Etage des Hotels ein langer, spitzer Schrei zu hören, und dann wird das Fenster aufgerissen, und Franca erscheint. »Danke!«, ruft sie in gedämpfter Lautstärke nach unten. »Das ist das tollste Geschenk, das ich je bekommen habe! Danke, Betto!«

»Gern geschehen«, ruft er in ebenfalls gedämpfter Lautstärke zurück. »Viel Spaß damit!«

»Was ist hier los?«, hört man eine Stimme in Francas Zimmer fragen. »Du weckst noch das ganze Hotel auf.«

»Sorry! Alles okay!«, antwortet Franca. »Ich hab mich nur so gefreut!«

Sie winkt noch einmal kurz nach unten und schließt dann schnell das Fenster.

Stille.

Betto bemerkt Paulas fragenden Blick. »Ich habe ihr ein Teleskop gekauft und Primo gebeten, es aufzubauen, während wir essen«, erklärt er.

»Das war wirklich clever von dir«, sagt Paula lächelnd. »Vielleicht kann Franca uns in ein paar Jahren Neuigkeiten über die Wunder des Universums erzählen.«

»Das wäre toll«, sagt er. »Aber inzwischen würde mich interessieren, was du zum Thema ›Wunder‹ zu sagen hast. Wann wird dein Buch doch gleich erscheinen?«

»Spielt keine Rolle«, sagt sie. »Ich kann dir das Manuskript gern jederzeit geben. Aber du bekommst selbstverständlich auch noch ein gedrucktes Exemplar.«

»Vielen Dank. Das freut mich«, sagt er. »Vor allem, weil es so klingt, als wärst du jetzt mit dem Ergebnis zufrieden.«

»Sagen wir, ich habe erkannt, dass am Ende meiner Untersuchung kein Ergebnis steht, aber damit bin ich sehr zufrieden. Ob die Professoren damit ebenfalls zufrieden sein werden, wird sich zeigen. Doch das ist für mich nicht mehr wichtig. Ich finde, die Erkenntnis, dass es kein Ergebnis gibt, ist auch ein Ergebnis, auf das man erst einmal kommen muss.«

»Klingt für mich sehr überzeugend«, sagt Benedikt und gießt Wasser in sein Weinglas.

»Was ist mit dir? Welche Erkenntnisse hat dir unsere kleine Reise beschert?«, fragt sie.

»Dass ich meine Sichtweise ändern muss«, antwortet er prompt. »Ich habe immer gedacht, Gott würde an mir zweifeln, aber in Wahrheit habe ich mehr an ihm gezweifelt als er an mir. Dieser Brief, den uns die Kollegen aus Rom geschickt haben, ist mir nicht mehr aus dem Kopf gegangen. Ich fand es nicht erstaunlich, dass sie die Wahrheit für sich gepachtet haben, das tut die Kirche schon seit ihrer Gründung. Interessant war nur, dass wir Gottesmänner unsere Antworten immer bei Gott suchen. Das Dikasterium macht Gott für die Wunder der Welt verantwortlich, und ich habe ihn für meine Glaubenskrise und meine Einsamkeit verantwortlich gemacht. Aber beides war falsch.«

»Falsch? Du glaubst nicht, dass Gott Wunder wirkt?«, fragt Paula. »Mit dieser Meinung wirst du bei deinen Leuten bestimmt anecken.«

»Ich weiß«, sagt Benedikt. »Aber es ist durchaus möglich, das alle, mit denen wir gesprochen haben, ein Stück der Wahrheit kennen, zumal es am Ende nicht die eine, gültige Wahrheit gibt.«

»Wie? Selbst André hatte recht?«, fragt Paula ungläubig. »Er hat doch behauptet, dass alle Wunder von Menschen gemacht werden, ganz ohne Gottes Zutun.

Ich meine mich zu erinnern, dass du damit gar nicht einverstanden warst.«

»Stimmt, aber er liegt trotzdem richtig, weil jeder Mensch ein Wunder sein kann. Ob er die Kraft dazu von Gott bezieht oder aus dem Universum, ob er sie aus seinem Inneren oder aus einer Mission schöpft, ist dabei nicht wichtig. Es gibt keine pauschale Antwort auf die Frage, warum Wunder geschehen. Diese Antwort kann nur jeder sich selbst geben.« Er nippt an seinem Wasser und beobachtet Paula, die nachdenklich wirkt. »Findest du nicht?«

»Doch«, sagt sie. »Deshalb hat meine Arbeit kein Ergebnis. Ob es einen Gott gibt, ob das Universum unendlich ist und ob die Welt überhaupt jemals in Gänze erklärt werden kann, wird ja auch seit Jahrtausenden ohne Ergebnis diskutiert. Ist nicht jedes Wunder ein Rätsel, das es verdient hat, rätselhaft zu bleiben? Immerhin verbinden uns ja die ungelösten Rätsel der Menschheit mit den Kindern, die wir einst waren. Als Heranwachsende haben wir das Gefühl, die Welt um uns herum wird entzaubert, weil sich all die Wunder, die wir als Kinder erlebt und geglaubt haben, nach und nach in Luft auflösen. Wir merken, dass unsere Fantasie uns lauter Streiche gespielt hat. Viele Menschen belassen es dabei und finden sich damit ab, dass sie in einer entzauberten Welt leben. Wer jedoch bereit dazu ist, Wunder weiterhin für möglich zu halten, der wird erkennen, dass nur Bruchteile der Welt und des Universums überhaupt entzaubert werden können. Unser angeblich so überragender Intellekt ist winziger als das winzigste Elementarteilchen angesichts der gigantischen und unvorstellbaren Geheimnisse, die uns umgeben.«

»Du meinst, es macht absolut Sinn, an das Unglaubliche zu glauben?«, fragt er.

»Aber ja«, antwortet sie und blickt gen Himmel. »Allein schon, weil es Spaß macht. Es verwandelt das Leben in eine Schatzkiste voller Überraschungen. Und es ist das Klügste, was man tun kann, denn vermutlich ist die Wahrheit noch viel unglaublicher, als wir es uns in unseren kühnsten Träumen vorstellen können.«

# DANK

Wahrzunehmen, was unser Leben füllt, und Dankbarkeit dafür zu empfinden, öffnet uns erst dafür, Wunder zu erkennen. Wir danken unserem Sohn Matti, der uns immer wieder daran erinnert, dass es Wunder gibt. Und der uns auf diese Weise zu diesem Buch inspiriert hat.

»Sagten Sie gerade, dass
Sie der Gott des Todes sind?«